ピースメーカー　天海

ピースメーカー　天海・目次

プロローグ　大坂夏の陣

「……長かったな」

徳川家康は汗を滲ませそう呟いた。

大坂特有のまとわりつく湿気が、鎧を身につける老体に堪える。近習二人が、床几に腰を掛ける家康を扇であおいでいるが汗が滴る。

家康は、これまでの人生の、数々の合戦を思い浮かべながらまた呟いた。

「長かったぁ」

この戦いが終われば、天下は自分のものになる。後に大坂夏の陣と呼ばれる戦いだ。

将兵の数は徳川勢十五万五千、豊臣勢五万五千、勝敗は見えている。

慶長二十（一六一五）年五月七日のその日未明、家康は天王寺口平野天神森に陣を進めた。時は巳の刻（午前十時）少し前……まだ合戦は始まっていない。

家康はこの必勝の戦いで、攻撃の主力を将軍である息子秀忠に任せ、岡山口で大軍を率いた陣を敷かせている。そこには黒田長政、加藤嘉明など歴戦の名将たちが参謀につくと共に、家康が最も信頼する人物をも軍師として派遣していた。

「戦下手の秀忠でも、これなら確実に勝利する」

豊臣を滅ぼす戦いを徳川将軍の名で完全なものとする家康の深謀遠慮がそこにあった。

ここまで七十四年の人生、嫌というほど多くの戦いを経験してきたが、この戦いほど確実な勝利が約束されているものはない。

難攻不落とされた大坂城の巨大な堀は埋め尽くされて裸同然。全てが家康の策略の通りに進み豊臣方の少数の軍勢は城を出て決戦に及ぶしかない。いざ戦いとなれば、将兵の数や武器の質と量で徳川方が豊臣方を圧倒しているのだ。時間と知恵を尽くしてここまで来た豊臣家滅亡への策略は今日にも完結する。

しかし……勝負は時の運。

そんな言葉を信じていない策略家の家康だが、この日それを思い知る。人生で初めての油断を家康はしていたのだ。

家康は合戦準備と並行して和睦工作も行っていた。上手く進めば無駄に兵力を失わず大坂城を無傷で手に入れることが出来る。圧倒的大軍で豊臣秀頼(ひでより)とその母、淀君(よどぎみ)のいる大坂城を囲めば、降伏は時間の問題と思っている。味方の士気を落とさぬようそのことは公にはしていなかったが、前線の大将たちには先走って戦端(せんたん)を開くなと伝えてある。

だが、その家康に鉄炮(てっぽう)を乱れ撃つ音の響きが伝わって来た。

（ちッ！）

徳川方本多忠朝隊の足軽たちが、豊臣方毛利勝永隊が迫って来る様子を見て思わず発砲、それに毛利が応戦して来たのだ。

家康はイライラと爪を噛みながら直ぐに戦況を知らせるよう指示した。

敵方の毛利隊は予想外の勢いを持っていた。

それには理由があった。この戦に勝つという大局を捨て、秀忠率いる徳川主力軍を無視。家康の命一点を狙った集中突撃だったのだ。桶狭間の戦いで今川義元の首を取った織田信長と同じ戦法だ。

「行けーッ!! 家康の首を挙げよっ!!」

毛利の精鋭隊は走りながら鉄炮の弾の装塡を行い、楔形に陣形を取り鉄炮から槍、弓、刀と波状攻撃を続けて進んで来る。

敵方の猛攻に本多忠朝は討ち死にし、勢いを得た毛利隊は、さらに小笠原秀政隊に攻撃を仕掛けこれも撃破した。

「なんだ?! どうなっている?!」

家康は自陣のただならぬ動揺ぶりに嫌な予感を覚え、己を落ち着かせようとした。

「軍勢の質量共に、こちらは絶対有利。どう転んでも最後はこちらの勝利！」

自陣の最後尾に陣取る自分は絶対に安全と思っている。

「だが……」

様子がおかしい。

毛利隊はどこまでも勢いづき、榊原康勝(さかきばらやすかつ)、仙石忠政(せんごくただまさ)、諏訪忠恒(すわただつね)ら徳川方の隊を次々に破り、後方で控えていた酒井家次(さかいいえつぐ)隊も敗走させて、家康の本陣に迫って来る。

それを見ていた、豊臣方第一の強者(つわもの)が叫んだ。

「毛利勝永がやったぞッ!!」

茶臼山(ちゃうすやま)からこれを見ていた真田信繁(さなだのぶしげ)は、その軍勢三千五百に突撃を命じ、一気に総攻撃を仕掛けた。眼前には一万五千の越前松平忠直(まつだいらただなお)隊が待ち受けている。

「行けーッ!!　家康を討ち取れッ!!」

毛利隊と同様の戦法で真田軍も動く。

勝負は時の運。時として予想外の勢いを得た者が勝つ。真っ赤に彩られた真田軍の甲冑(かっちゅう)の群れが、躍るように徳川軍に斬り込んでいく。あっという間に、その五倍の兵力の松平隊が、劣勢に立たされてしまう。

「今だッ!!　家康の本陣へ斬り込めッ!!」

真田軍は家康本人に手の届くところまで迫って来た。

「大御所様ッ‼　どうかここは駕籠でお逃げ下さいッ‼」

万一の場合に備えて用意されていたものだ。

「馬鹿をぬかせッ‼　儂はここで指揮を執るッ‼」

そう喚いたが、近習によって家康は駕籠に押し込められた。

家康本陣へ突撃する真田軍の中に、吉村武右衛門という武将がいた。

猛将後藤又兵衛の一の家臣だが、昨日の戦いで、又兵衛が徳川方の鉄炮で重傷を負い、歩けなくなったところで介錯を頼まれ、断腸の思いで主君の首を落とした。

その又兵衛の弔い合戦となった今日、真田軍と行動を共にしていた武右衛門が、その駕籠に気がついた。

「合戦の場に駕籠？」

一瞬、貴人か女人を乗せたものかと頭をよぎったが、駕籠を守っている者たちの形相が尋常ではない。

「もしやッ⁈」

家康が乗っているのではと閃いた。

槍の腕に秀でた武右衛門に、その時は、さらに死んだ又兵衛が憑依したようになっていた。

「あの駕籠の主は家康だッ!!」

そう確信した武右衛門は槍を手にして駕籠に向かって突進、ここという位置で跳躍した。

「――」

駕籠を守る者たちが、怪鳥の鳴声のような甲高いものを頭上に耳にした次の瞬間、駕籠の天井から槍が突き刺さるのを目撃し、全員時が止まったように固まった。

槍を突き刺した武右衛門は、手応えを感じた。

時が動いて駕籠の周囲が騒然となる中、武右衛門は全速力でその場から駆け逃げた。

駕籠の中に誰がいたのかは分からない。

ただ「仕留めた！」という感触が掌や腕に残り続けた。


その人物は、将軍徳川秀忠の岡山口の主力軍の陣中で、ずっと立って戦況を窺っていた。

僧形の丸頭巾姿だが、鎧を身につけた偉丈夫で眼光鋭い老人だ。

戦場にあってその威容は他の歴戦の武将たちを圧倒し、老人の横にいる将軍徳川秀忠は、子供にしか見えない。

岡山口に陣取る徳川主力軍は、家康からの大坂城総攻撃命令を待っていた。家康は城内の豊臣秀頼が直ぐに降伏すると踏み、いたずらに兵を動かすなと主力軍に伝えていた。

「御注進(ごちゅうしん)!!」

伝令が、天王寺口で戦いが始まったと伝えて来た。

(毛利か？　真田か？)

老人は、戦況をその明晰(めいせき)な頭脳で分析する。

そうして暫(しばら)くし、次の伝令かと思って陣中に入って来た人物を見て、老人は瞠目(どうもく)した。

(まさかッ?!)

家康の側近、本多正信(ほんだまさのぶ)だったからだ。

死んでも家康を守らねばならない正信が、戦の最中にこの場に来ることなどありえない。

「御人払いを……」

正信は、秀忠と老人だけになると声をひそめた。

「大御所が身罷(みまか)られました」

真田軍の猛攻を受け、駕籠で逃がそうとしたところを、槍で襲われ落命したと伝えたのだ。

秀忠は呆然となった。

その時だった。

「大御所は御無事。何事もござらん。本多殿、大御所からご指示は拙僧(せっそう)が承(うけたまわ)っておる。さあ、改めて軍議を致そう」

老人はそう言った。

秀忠と正信は呆気にとられた。

「大御所は死んではおらん。豊臣を滅ぼし徳川の世を、天下泰平の世を盤石のものとするまでは決して死なん！　お分かりかッ！」

そう一喝されて、二人は雷に打たれたようになった。

「ここからの戦略戦術は、全て拙僧が描く。従前より、大御所からはそう命じられております。御了承願おう。宜しいですな？　上様！」

将軍である秀忠は、何も言えず震えながらただ頷くだけだ。

「ご、御上人がそう仰せになるなら、従うのみでございます」

老人は、不敵な笑みを浮かべて頷いた。

この老人こそ南光坊天海。僧侶でありながら、徳川家康の最側近にして軍師を務める男。

嘗て明智光秀として織田信長に仕えた後、千利休となって豊臣秀吉を支えた怪物……怒濤の三つの生を生きる人物だった。

第一章　天海、家康の軍師になる

千利休は目を覚ました。

たおやかな揺れを体に感じたと思うと、直ぐ海鳴りが聞こえた。天井から日の光が差し込んでいる。

「船？」

今自分は、三途（さんず）の川を渡っているところかと思った。

「だがここは海の上、船倉（せんそう）の中だ」

訳の分からない利休は、一体何が起こったのか思い出そうとした。

豊臣秀吉から切腹を命じられ、全てを整えてその場に臨み、末期（まつご）の茶を自分自身の為に点（た）てて飲んだ。

「そう……あの味は忘れん」

それは明確に覚えている。だが、そこからの記憶がない。

「私は腹を切ったか？」

壮絶な痛みを伴いながらも恍惚（こうこつ）に浸る筈だった切腹の記憶はない。

利休は腹をさすってみた。何も変わるところはない。

「一体どうなったのだ？」

そうして周りを見回した。船倉の一角と思えるそこには布団が敷かれ、今の今まで自分は眠っていたようだ。

「私は生きているのか？」

そう思った瞬間、猛烈な喉の渇きを感じた。それこそ、生きている確かな証拠だ。

「？」

男が現れた。

「お目覚めでございますか。直ぐに水をご用意致します」

黒ずくめのその姿から、その男が草（忍び）であることが分かる。

「……お前は？」

利休は、見覚えのあるその男のことを懸命に思い出そうとした。

直ぐに男は桶に入れた水を運んで来た。

利休は貪るように飲んだ。五臓六腑に染み渡っていく。

そうして一息つくと、男のことを思い出した。

「お前は確か……」

男は微笑んだ。

「伊賀の服部半蔵でございます」

利休は完全に思い出した。

秀吉から追放を命じられ、堺の屋敷に蟄居していた時だ。

その男は町人の格好で、いつの間にか座敷に上がり込んでいた。

「徳川家康様にお仕えする服部半蔵と申します」

そう聞いたところまではハッキリ覚えている。しかしその後利休は意識を失い、気がついたら半蔵はいなかった。

何故か今、その男が目の前にいる。

「全て話して貰おう。一体私に何をした？」

利休は半蔵に訊ねた。

半蔵のその話は、驚愕の内容だった。

天正十九（一五九一）年二月二十六日、千利休は関白豊臣秀吉から京へ呼出され、正式に切腹の命令を受けた。

切腹の場とされた葭屋町の屋敷は、上杉景勝の軍勢三千人に囲まれた。

利休は辞世の偈を残し、検使役としてやって来た蒔田淡路守らに茶を振舞った後、真っ白い死装束に着替えた。

「介錯仕りましょうか?」

その蒔田の申し出を丁重に断り「独り茶を点て、独り飲んだ後、独り逝く」と言い残して茶室に入った。

切腹の為の脇差は、柄に紙縒りを巻いて用意してある。

利休は茶を点てた。その茶で今生との別れとなる。

茶を飲み干した後、上半身を開いて座り直し、脇差に手を伸ばそうとした時だった。

「――」

利休は気を失った。

直後に、天井から音もなくその利休の背後に降り立った黒装束の男がいた。それが服部半蔵だった。半蔵は利休の茶の中に、無味無臭の強い眠り薬を仕込んでいたのだ。

そうして半蔵は、音もなく茶室の畳をあげた。すると床下から別の男が現れた。

顔つき年格好、そして体格までが利休にそっくりだ。男は素早く利休の着物を脱がせると、自分の装束と取り替えた。

そして半蔵が音もなく利休を床下に運び入れると、男をじっと見詰め、声を発さず「南無」と唇を動かした。

男は半蔵の唇を見て打たれたようになり、どっかと利休のいた位置に腰を下ろした。

「フーッ」

大きく息を吐いて上半身を開けると、脇差を逆手に握った。

物凄い気合と共に、男は脇差を腹に突き刺し先ず横一文字に掻っ捌いた。腹の筋肉を強く締めたまま脇差を持ち直すと、今度は鳩尾に刃を差し入れた。

切腹独特の唸り声が大きく響き、隣室の蒔田たちも緊張を覚えた。

男は、鳩尾から真っ直ぐ下へ刃を落とし腹を十文字に切り裂いた。そして脇差を引き抜くと、両手で握り直し喉に切っ先を当てた。

「……」

そこで一気に腹に力を入れ、腸を曝け出すと同時に喉を突いた。

「!!」

男は前のめりになって絶命した。

死の気配を察知して、蒔田たち検使役が茶室に入った。

その死に様を見て皆は心を震わせた。

「見事なお最期！」

蒔田は思わず口にした。

それから、蒔田はその首を落とし秀吉のもとに持参したのだ。

半蔵は床下で、その一部始終を気配で感じ取っていた。全てが終わったその日の深夜、仲間の者と共に眠らせた利休を運び出し、小舟で淀を下ると、大坂の港から東に向かう船に乗せたのだ。


「なんだとッ?!」

千利休は声をあげた。

とても信じられない。

「だ、誰が私の身代わりになったのだ？」

半蔵は不敵な笑みを浮かべている。

「我が伊賀の手の者に、傀儡(くぐつ)の術を使ってのことでございます」

背格好が利休に瓜二つの者を選び出したという。

「だが顔はどうする？　顔を似せることなど出来んぞ！」

そこからの半蔵の説明に利休は驚愕する。

「利休様が堺に蟄居されていた折、拙者が参上した時のことを覚えておいでですか？」

利休はあっと思った。自分は意識を失い、気がついた時には半蔵の姿は無かった。

「あの時……目が覚めて顔がほてっているのを感じた」

半蔵は、膠(にかわ)の一種の溶剤を使って利休の顔型を取ったのだという。

利休は呆気に取られた。

「利休様の顔型を基に生き面を作り、我が手の者に身代わりとしてつけさせました。死んで首を落とされた後には、絶対に利休様と見分けのつかないもの……全て伊賀の忍びに伝わる術でございます。これまでそれで何人もの別人の首を拵(こしら)え、敵を欺(あざむ)いております」

俄(にわ)かに信じ難い話を聞いていて利休は身震いを覚えた。

「だ、だが……その男は自ら腹を切ったのであろう？　先ほど傀儡の術と申したが……それは一体何だ？　そんなことが何故出来る？」

利休は我を忘れ、戦術家の武将に戻って疑問をぶつけていた。

そしてそこからの半蔵の話が……利休のその後の人生に大きな影響を与えることになるとは思いもよらなかった。

それは人を操る……伊賀の忍びの首領だけが身につけている術だった。

半蔵は説明した。

「先ずはその根本。我ら伊賀の忍びの者の祖は、大僧正行尊(だいそうじょうぎょうそん)からその術の教えを受けたと聞いております」

行尊と言われても、利休は誰のことか分からなかった。

「今から五百年ほど前の高僧です。天台座主、持呪験得の行者として各地を修行して歩き、伊賀の地に滞在した折にその教えを受けたのが、後の伊賀者の祖とされています」

利休は驚いた。

「天台座主ということは天台密教の会得者ということか？」

そうだと半蔵は言う。

明智十兵衛光秀として織田信長の命を受けて実行した比叡山全山焼き討ち……自分が行った天台宗総本山の破壊を改めて思い出し、利休は苦い顔をした。

「天台密教、それがそんな力を……」

半蔵は頷いた。

「行尊は人の心を操る洗脳術を会得されていたのです。それを伊賀者は戦で使えるようにしました。拙者は人を別人にさせることが出来ます。その術は首領のみに伝わる一子相伝の術。それを使い、ある伊賀者の心に自分が利休様であるように刷り込んでいったのです。そして最後には立派に腹を切るまでに致しました」

利休は目を剥いた。

「そこまでして私を生かしたのは何故だ？」

半蔵は姿勢を正した。

「全ては我が主君、徳川家康様のご命令でございます。この船は関東に向かっております。豊臣側の目の届かぬ地で利休様をお守りせよというのが、家康様からのご命令でございます」

利休はただ驚いた。

そうして船は東に向かっていく。

◇

天正十九（一五九一）年三月二十一日、京から江戸に戻った徳川家康は普請中の城に入った。

直ぐに服部半蔵が現れた。

「首尾良く参りました」

半蔵の言葉に家康は頷く。

「今はどちらに？」

近くの寺にいると言う。

「今夜、参上すると伝えてくれ」

畏まりましたと半蔵は姿を消した。

その夜。

家康が半蔵の案内で寺の本堂に入るとその男は蠟燭の灯りの中、僧形で待っていた。

家康は男の前に座り、深々と頭を下げた。

「このような勝手を致し、誠に申し訳ございません」

男は言った。

「他人の生き死にを弄ばれては困る。徳川殿のお言葉次第で直ぐにでも腹を切る所存。何故このようなことをなされたか、とくとお聞かせ願おう」

そう言ったのは千利休だ。怒気を含んでいる。

家康は頭を上げると、どっかと胡坐をかいて大きく微笑んだ。

「天下泰平の世を創る為でございます。千利休様、そして明智光秀殿には生きて頂かねばならぬ。そう考えてのことでございます」

そう告げる家康の綺麗な目の輝きが、蠟燭の灯りに映える。

その目を見ながら利休は言った。

「天下はもはや豊臣で盤石。それを徳川殿がどこまでもお支えになる、ということか？」

家康は首を傾(かし)げた。

「以前、利休様と最後の茶となった折、利休様はこう仰せになられました。『私亡き後、徳川殿にお願いしたいのは〝唐入り(からいり)〟の成功を成し遂げて頂きたいということ』……」

利休は頷いた。

「そしてさらにこう仰(おっしゃ)った。『もし〝唐入り〟が失敗となった場合、その時の天下の纏(まと)め、徳川殿にお願いしたい』と……」

利休は再び深く頷いた。

「その通り。関白殿下のしくじりを補えるのは徳川殿だけ。その考えは今も変わっておりません」

さらに利休は言った。

「関白殿下の指揮の下〝唐入り〟が成功すれば……豊臣の世は盤石となるだけでなく、この日の本の国のあり方が根本から変わる」

そこまで言ってから、利休は薄く笑い口調を変えた。

「秀吉は化け物。あの男の欲には限りがない。この日の本の歴史で誰も成し得なかったことをやるとすれば、あの男だと私は思う。出来ればそれを見てみたい。その力量は信長様をも超えている。それは間違いない。だが……」

そこで言葉を呑んだ。

家康は訊ねた。

「だが、その化け物に弱みが生まれた？」

利休はその通りだと言う。

「子供が出来てあの男は変わった。それまではあらゆるものを手に入れる欲に核があった。それは虚無。信長様もその心の裡にお持ちだった虚無を秀吉は抱えていた。だから強い。化け物になれる。しかし鶴松君の誕生でその虚無が消えた。ただただ人の親、それも親馬鹿の最たる者となった。心の全てを息子に奪われてしまった。天下人の衣を着た只の馬鹿な父親。それが今の秀吉の本性。そんな男が〝唐入り〟を成し遂げる為の壮大な戦略と戦術を精緻に描き、想像を超える海の向こうでの壮絶な戦の苦労に耐えられるであろうか？　私は今のままの秀吉では〝唐入り〟は失敗すると思っている」

家康は、利休の、そして明智光秀の洞察の鋭さに心を動かされる。

「利休様の率直なお言葉、この家康感服しきりでございます」

その家康を利休はぐっと睨みつけた。その眼光の鋭さには家康でさえ気圧される。

「話を戻そう。徳川殿はこの私をどうしたいのだ？　豊臣の天下の下でご自身は何をしたい？　何を以て天下泰平の世を創ろうとされる？」

家康は頷いた。

「このまま〝唐入り〟となれば、必ずや有力大名たちの間で軋轢が生まれて来るでしょう。それでも豊臣の天下として纏まっていられるとすれば関白殿下その人あれば、と存じます。私は殿下がおられる限り、その天下をお支えしたいと考えております」

利休は目を閉じて聞いている。

家康は話しながら、利休に対しては虚心坦懐に接しないと通用しないと思っている。

そんな家康の心を利休は突いて来る。

「関白殿下がおられる限り……と申されたな？　それは殿下の命ある限りということでございますか？　それとも若君が継ぐ豊臣の天下をも思ってのお考えですか？」

家康は利休ににじり寄った。

「関白殿下亡き後の天下は、この家康が治めてご覧にいれます。天下泰平の世を盤石なものにしてみせます。その為、その為に利休様を、そして明智光秀殿には我が師となって頂き、お傍からお助け願いたいのです」

そう言ってまた頭を深く下げた。

利休はずっと目を閉じている。そこから長い時間が過ぎたと思われた時、利休は静かな口調で話し始めた。

「私は明智光秀として主君織田信長様を討った。そこには、絶対に言葉にしてはならない理由があった。だがその大義名分は天下泰平。そして本能寺の変の後、自裁の戦いの後に秀吉に命を拾われ千利休となって、秀吉の茶頭、軍師として働いた。それも天下泰平の世を創る為……。今のまま〝唐入り〟となれば、十中八九負け戦となり天下は再び乱れる。それを見るのは忍びない。何とか天下泰平の世の土台をしっかりと作ることに、命があれば使いたいとは思う」

家康の顔が明るくなった。

「我が師となって頂けますでしょうか？」

利休は笑った。

「関白秀吉をたばかり、秀吉が切腹を命じた千利休を助けた所業は大変なもの。もし秀吉が知れば徳川殿は切腹、領地没収となりましょう」

それは覚悟の上と家康は語る。

利休は少し考えてから言った。

「天は泰平の世を求めて私を選んだのかもしれません。応仁の乱から続く下克上を無くし、戦国の世を終わらせる。日の本の全ての者が安寧に暮らせる世を創り出す。それを成し遂げるまでは生かしておくということかも……」

それは、利休が江戸に来てからずっと考えていたことだった。

そして家康をじっと見詰めた。

「徳川殿。秀吉が生きている間は、とことん秀吉に尽くさねばなりませんぞ。徳川殿が信長様に殴られようが蹴られようが、御正室並びに御子息を殺せと命じられても徹頭徹尾従われたように……秀吉の命のある限りは従わねばなりませんぞ」

家康はその言葉で腹に力を入れた。

利休は続ける。

「そして秀吉よりずっとずっと長生きすること。健康に何より留意し、必ずや天下泰平の世を創りあげる体力気力を持ち続けること」

承りましたと家康は頷く。

そこで利休は不敵な笑みを見せた。

「ここからは軍師として戦略と戦術をお話ししよう。必敗となる〝唐入り〟からは出来るだけ遠ざかっておかれるのが肝要。が、それは秀吉の胸三寸」

仰せの通りでございます、と家康は言う。

「その秀吉に、徳川殿には常にそばにいて貰いたいと思わせること。つまり〝唐入り〟へ送り出してはならんと思わせること」

利休の目は武将の目になっている。

「どうすれば宜しいでしょうか？」

利休はゆっくりと頷いた。

「徳川殿は亡くなられた関白殿下の弟君、秀長（ひでなが）殿にお成りになること」

家康は怪訝（けげん）な顔つきになった。

「どういうことでございます？」

豊臣秀長、秀吉の種違いの弟で、秀吉と諸大名の間の調整役として高い能力を発揮し多くの有力武将たちと秀吉の仲立ちをして来た。

「関白殿下は常に秀長殿をそばに置いて、天下取りの差配に生じる諸問題の調整を任せて来られた。絶対的な信頼を秀長殿に置いていらした。徳川殿は秀長殿と瓜二つになられれば良いのです。殿下への受け答え、声色、態度、ちょっとした言い回し……」

家康は、利休が言うことは分かるがどのようにすれば良いのか分からない。なまじそんな演技をすれば、勘の鋭い秀吉は直ぐに見抜いて鼻白（はなじろ）むのではと懸念を語った。

利休はまたも不敵な笑みを浮かべる。

「実は私、秀吉が天下を取る際、難敵であった徳川殿をどのようにして懐柔（かいじゅう）するか……その策を授けて来ていたのでございます」

家康は目を剝いた。

「私は秀吉に、下に下にと言い続けました。徳川殿に対しては徹底して下手に出る。それによって聡明な徳川殿は、必ずや逆に秀吉の凄さ大きさを理解し、最後には恭順の意を示すと……」

家康は破顔一笑した。

「いや参りました！　まさしくその通りでございます」

利休は自信を持って言った。

「秀長殿に生き写しになっていかれること。徳川殿の腹があればそれは御出来になります。その為には、秀長殿の優秀な家臣であった者を徳川殿が御自身のお味方になさることです」

戦略家の明智光秀がそこにいた。

「秀長殿に仕えた藤堂高虎（とうどうたかとら）。高虎を徳川殿へ惹きつけ、秀長殿の全てを教わるのです。そうして徳川殿は秀長殿に成り代わる」

それを聞いた家康は、心から利休を助けて良かったと思った。

「鶴松！　鶴松！」

天下人豊臣秀吉は、三歳の息子と過ごす日々が楽しくて仕方がない。

あれほど好きだった茶も千利休亡き後は楽しくなく、数も数えるほどになった。

「可愛い鶴松が天下を治める姿が見たい。それだけが儂の願いじゃ」

淀城で鶴松の遊び相手になっていると時間を忘れる。秀吉は己に子供が出来て人生の幸福を初めて感じていた。欲も得もなく、ただただ鶴松の為に自分がいることに喜びを感じるのだ。鶴松のことを思うと嬉しくて嬉しくて仕方がない。得られないと思っていた実の子を得たことで、秀吉は生まれて初めて心が満たされたのだ。

だが天正十九（一五九一）年八月、どんなものより大切なその鶴松が高熱を出した。

「直ぐに祈禱を行わせよ!!」

鶴松はその年の正月も同様の病状になり、秀吉は畿内一円の神社仏閣に病平癒の祈禱読経を行わせた。そして鶴松の快復を得た為に、今回も同様の措置をあらゆる寺社に命じた。

洛中の寺々からは読経の合唱が、神社からは祈禱の声の響きが夜も昼も絶えなくなった。

奈良の興福寺八講屋で同音論が読まれ、高野山でもあらん限りの祈禱がなされ、病快癒で名高い近江木之本の浄信寺でも祈禱念仏が読まれた。その上で洛中洛外の名医や薬師が全て招集され、治療の限りを尽くしていた。

秀吉は淀城にほど近い東福寺で、一心不乱となって鶴松の快復を祈る。

「鶴松をお助け下さればどんなことでも致します！　何卒何卒、鶴松をお助け下されッ!!」

人が人の為に心から祈る。それほど純粋なものは無いが、貧乏百姓の子せがれから天下人となった男の祈りは特別なものだ。

この世の何もかもを手に入れる為に生まれて来た男が、ただ一つの小さな命を救ってくれと祈る。その祈りが叶えられれば万事吉となるが、そうでなかった場合の心の反動は世を途轍もなく変えてしまう。天下人の純粋な祈りとはそれほど恐ろしいものなのだ。

八月五日、東福寺で祈り続ける秀吉に知らせが入った。

「若君が旅立たれてございます」

次の瞬間、

知らせの者は秀吉の様子に怖気づいた。

痩せた顔が土のようになったかと思うと次には灰に変わり……触れれば崩れ風が吹けば全て飛び散ってしまうかのようだ。

秀吉に虚無が戻った。

天下人の喪失の悲しみの先には、生まれてからずっと抱えていた虚無が待っていたのだ。

だがそれは歪みを伴っている。

何もかも消えてしまえばいい。

そう秀吉は思った。

「もう何もかも消えろ。天下も儂も城も……何もかも消えてしまえ」

鶴松が生まれるまでの虚無は欲の、獲得の、創造の核だったが、鶴松が死んで再び現れた虚無は酷薄の、破壊の核となった。

「誰も彼も死ねばいい。儂の気に入らん者は全て死ねばいい。そうだ、死んでしまえ！」

天下人のその歪んだ虚無は巨大なものとなっていく。


人は、突然この世に放りだされ、生きて、死ぬ。どんな人間もそこに例外はない。

環境の違いでそれぞれの人生に大きな格差は出来るが、生きて必ず死ぬことは何も変わらない。

人は死すべき者、なのだ。

その人の価値……人が様々な体験をし、様々な創造をする中で最も価値あること。それは間違いなくその人の〝態度〟だろう。

人は生きる環境を選ぶことは出来ない。生きる時代を選ぶことは出来ない。豊かな環境や平穏な時代に生まれる幸運もあれば、凄惨な環境、戦乱の日々に生きなくてはならない運命もある。人は自分の意思で生きる世界を選ぶことは出来ない。しかし〝態度〟は自らの意思で選ぶことが出来るのだ。

人は喜怒哀楽の感情から逃れることは出来ない。しかしその感情に左右されない〝態度〟を身につけることは出来る。自分より他人や社会を慮る態度、崇高な理念に殉じる態度、そういうものを選ぶことが出来るのだ。

豊臣秀吉は、貧農の生まれから天下人となった日本史上稀有の人間だ。常に上（富や権力）を目指して生きる貪欲さで天下を取った。

だがその秀吉も老いる。死を意識する。

富や地位、権力を得た者が老いた時、死を意識した時、その〝態度〟こそが「死すべき者」にとって一番重要といえる。ただ……老成や達観という〝態度〟を取れる者は稀だ。晩節を飾る〝態度〟は周囲や社会に素晴らしい影響を与えるのだが……。

秀吉の晩年は貪欲さだけが態度の核として残った。その為にこの国の対外的な歴史に今も尾を引く大きな傷を残すことにもなった。

どんな〝態度〟で生きるかに人生の価値を見出す者が理想の「死すべき者」だ。

〝態度〟の核に深い精神性や崇高な理念を持とうとする者は、世界や歴史に優れた影響を与えることになる。

千利休は江戸に連れて来られてから僧形となり、無心と名乗っていた。

「明智光秀も千利休も消えてもういない。何も無い者には良い名だ」

そして徳川家康の軍師になると同時に仏道を学び始めようとしていた。

それには理由があった。

まずあの比叡山焼き討ちだ。

織田信長の命を受け、比叡山全山焼き討ちの軍略を策定し攻撃の実行を指揮した。

無心は信長の為に草稿した檄文を思い出して呟いてみた。今も一字一句覚えている。

――比叡山の山上、山下にいる僧侶たちは、延暦寺が本来、王城鎮護のものであるにも拘わらず、修行を疎かにして仏道から外れること久しく、天下の笑い物となっている。しかもそれを恥じず、天道仏道に背くことの恐ろしさを考えず、色欲に耽り、生臭いものを食べ、金銀の欲に溺れている。その所業の数々をして比叡山は狐狸の化身の巣窟と言える。その上あろうことか、浅井・朝倉に加担し天下騒乱を助長する勝手気儘な振る舞いをした。到底許しおくことは出来ない。ここで信長は天に代わって比叡山延暦寺を成敗することとする。

——成敗に当たっては、あらゆる僧侶、僧兵、俗人、女人、童に至るまで、比叡山に巣くう者たちを全て例外なく、なで斬りとする。根本中堂、日吉神社を始め、仏堂、神社、僧坊、経堂、一棟も残さず全て焼き払う。その際、もし躊躇する心あれば、その時こそ信長を想え。この信長が全てを引き受ける。信長を唯一絶対の力と考え、己自身が信長であると思え。比叡山焼き討ちこそ信長の天下布武の開闢である。手柄を挙げ出来得る限りの褒美を受けよ。

無心は呟いてから改めて考えた。

「信長軍の敵であった浅井長政、朝倉義景の数万の軍勢を駐留させる軍事的脅威の構造を持つ比叡山延暦寺。それを壊滅させると同時に、仏道を学ぶ者たちが薙刀や鉄炮を取って戦を行うことの価値や意味を消滅させる目的がそこにはあった。あの時は焼き討ちを実行する武将や兵たちの心をどう纏めるかに腐心した。将兵たちの心の中にある信仰、畏れ……それを飛躍させていかに腐った僧侶たちを皆殺しにし、仏堂や神社などの宗教施設を焼き払わせるかを考えた。あの時、伊次郎が持っていた唯一の神の考え方を使った」

油屋伊次郎こと帰化人イツハク・アブラバネルから聞いた、猶太の民の持つ唯一絶対の神という概念……その考えに途轍もない力があることに気がついたからだ。

「皆が信長様を唯一絶対の力と信じ、天下布武へ邁進する。その前では日の本の神々も仏も畏れることはないと将兵たちに思わせた」

無心は延暦寺が灰燼に帰した時のことを思い浮かべた。

「比叡山が炎に包まれ、過去から続いた伽藍の全てが灰に、無になった。その無から信長様による天下布武という未来が立ち現れると思った」

その未来には明快な美があると感じ、震えるような陶酔を覚えたことを思い出す。

「既存信仰の徹底的な壊滅、既存制度の徹底的破壊。その先に全く新たな美しい未来を創り上げる。それが唯一絶対を信じることから可能になると思った」

戦乱の混迷と醜悪を終わらせた後には、全く新たな美しい未来がそこにあると信じた。

しかし、その後の信長は唯一絶対になる途上で究極の下克上、朝廷の殲滅を行おうとした。それは日の本で戦乱と争いが無限に続くことを意味する。

「私はその無限戦乱、下克上の連鎖の根を本能寺で断ち切った」

本能寺の変の真実を知る者は少ない。

無心には比叡山全山焼き討ちを行ったことに対して、今も微塵も心の揺らぎはない。しかしそこに仏道を再興することには大きな意味があると考えていた。

「仏道にはあらゆるものを受け入れる考えが根本にある。逆に唯一絶対を人々が信じることは恐ろしい。切支丹の教えがそうだ。善か悪か、黒か白かの二者択一の争いが無限に広がる。それを日の本で蔓延らせてはならない」

その考えは明智光秀から千利休となり、豊臣秀吉の軍師として伴天連追放令を出させることに繋がった。

無心は思う。

「この日の本を纏める。天下泰平のために必要な教え。それは真の仏道にあるのではないか？　あらゆる人々の思想思考として天下泰平に資するものがそこにあるのでは？」

そう考えて今は禅宗の学びを始めていた。

そして仏道を学ぶ理由はもう一つあった。

あの服部半蔵の傀儡の術だ。

「半蔵は、伊賀の忍びの祖が修験者で、大僧正の行尊から天台密教を学んだことで心を操る洗脳の術を会得したと言った。それほど強い力となる〝何か〟が天台密教の中にはある。しかし……」

自らが灰燼に帰させた比叡山には、そのような学びは残されていなかったのではと思う。

「真の天台密教を学んでみたい。そこには真の護国に繋がる〝何か〟がある筈だ。それを会得すれば天下泰平の支えになる」

そうして無心は、関東の地で天台密教を修めたとされる僧を半蔵に探させた。

「おられました」

それは武蔵国入間郡仙波にある星野山無量寿寺の僧正で豪海という人物だった。

無心は直ぐに豪海に会いに行った。

一目見た瞬間、豪海が〝何か〟を持っている僧侶だと無心は見抜いた。内なる光を感じたのだ。

豪海も豪海で無心が只者ではないと見抜いた。飛び抜けた力を持つ老将の眼光の鋭さと共に喩えようのない優美な気品を纏っている。上方で相当な人物だったのだろうと豪海は思いながら弟子とした。

そうして無心は豪海から天海の名を貰った。

その天海の知識の習得力に豪海は驚いた。あらゆる仏道の書や法話の内容を完全に理解していく。ある時、豪海は思った。

「あの男についた方が良いだろう」

それは豪海が自分より天台密教の真を究めていると思っている僧だった。豪海は天海に、その僧の下で修行するように勧めた。

僧の名は随風。常陸国信太郡信太庄江戸崎の名刹不動院で院務にあたっていた。

◇

「随分と田舎びた地だな」

常陸国に入ると天海はそう思った。

だが小高い丘の道を歩き、内の海と呼ばれる湖が広がっているのが分かると嬉しくなった。

良き昔を思い出したのだ。

明智光秀時代の坂本城、天守からの琵琶湖の眺め……共に美しい湖面を見詰めた妻子の姿を想うと涙が出そうになる。

「大変な思いをさせてしまった……」

織田信長軍団の中でも飛び切り早い出世を遂げた光秀の、華の場所が坂本だった。

信長が光秀に比叡山の麓の坂本を任せたのは、全山焼き討ちの後の再建の為だった。戦後処理能力にも長けた光秀は、坂本の地を見事に復興させていった。

「比叡山全山焼き討ちを行い、残りの人生を天台宗と関わるのはどのような因縁か？」

天海は歩きながらそう独りごちた。

だがその天海を影のように護衛する者がいた。服部半蔵の手の者で伊賀の忍びだ。

半蔵は徳川家康から天海の警護を怠らないよう命じられていた。家康と天海の連絡役にも伊賀者は使われる。家康は軍師としての天海に様々な助言を常に求めたからだ。

「近く実行されるだろうな」

〝唐入り〟の早期実現を家康も天海も見通していた。何故なら、秀吉の最愛の息子鶴松が死んだからだ。

「これで秀吉に〝欲〟が戻る。直ぐにでも〝唐入り〟を行う」

鶴松の死を知った時、家康は江戸を離れた陸奥国白河にいた。その地の乱の鎮圧を秀吉に命じられてのことだった。伊達政宗ら先鋒の活躍もあり、鎮圧の進捗具合に安堵していたところへ鶴松急逝の知らせが入った。

天海との話からも秀吉の鶴松への尋常ならぬ思いを最重視していた家康は、秀吉が髻を切って喪に服したと知ると直ちに自分の髻も切って大坂城の秀吉の許に早馬で送らせた。それを聞きつけた他の大名たちも我も我もと髻を送りつけ髻の塚が出来上がった。

「秀長殿ならどうするか？　常にそれを考えて行動されよ」

天海の助言通りに動く家康は、秀吉の心の奥深くを摑んでいく。

天海にはそれが手に取るように分かる。

「いよいよ〝唐入り〟になる。成功するには時間を掛けて兵站補給の拠点を様々に備えることが必要だが……昔ならいざ知らず老いて辛抱の出来難い今の秀吉はそんなことはしない」

戦略家としての天海はどこまでも冷静沈着だ。自分ならば〝唐入り〟には最低五年、出来れば七年の時を掛けて準備し、南蛮の諸国とも様々に外交を重ねて明・朝鮮の内堀外堀を埋めてから実行に移すと思っている。

「海の向こうでの長い戦。勝っても負けても戦ごとに十二分な兵站を整えられるようにしておかないと一気に瓦解する」

のどかな常陸国の湖面を眺めながらも、そんな風に頭を巡らせていた。

「これが不動院か……」

長い石段をのぼった先にその寺はあった。

「？」

本堂の前で頭に手拭いを被って箒掛けしている老人がいる。

一瞬、寺男かと思ったが、天海は体の使い方の自然な美しさからその男が只者ではないと悟った。

天海は男に近づくとその場に正座し手をついて頭を下げた。

男は驚いた様子で天海に言った。

「これはまた!!　たいそう御立派な御坊が何故手をついておられる。儂はただ寺を掃除する男でございますぞ」

天海は頭を下げたまま言った。

「ただ掃除をされる美しきお姿に心を強く打たれました。随風上人に違いないと存じ御挨拶をさせて頂いております。無量寿寺の豪海僧正にご紹介を頂いた天海にございます」

男は笑った。

「はぁ……まだまだ修行が足りませんなぁ。寒山拾得の如くただただ掃除するだけの阿呆になろうと思っておりますが……なかなか」

そう言って被っていた手拭いを取って懐に仕舞うと、自身もその場にさっと正座して手をついた。

「このような片田舎の荒れ寺にようこそお越し下さいました。随風でございます」

天海は頭をあげて随風を見た。

(良いお顔をされている)

一方の随風は天海を見て思った。

(物凄い〝気〟の持主。これまでどれだけの数の人を殺し、どれだけの人を救って来たことか……そしてなんだ?! この佇まいの美しさは……)

共に老僧ではあるが、その二人の間には青雲を流す爽やかな風が吹くようだった。

(随風上人、この方のもとでの就学と修行、楽しみだ)

天海は澄み切った心でそう思った。


随風は陸奥国大沼郡高田領主である蘆名氏系武家の次男に生まれた。

子供の頃から神童と呼ばれ、十一歳の時に黒川稲荷堂別当であった弁誉のもとで得度し随風を名乗った。

「随風は高僧になる。日の本中にその名が知られる者となろうぞ」

高い能力と共に気品と風格を備えた随風は将来を嘱望された。十四歳で仏道の更なる知識を得ようと遊学に出て、下野国宇都宮の粉河寺で皇舜僧正に師事した。

随風の優れた能力とどこまでも学びに貪欲な姿勢に深く感じ入った皇舜は、十八歳になった随風を比叡山に送った。

そうして随風は比叡山神蔵寺の実全について天台密教を深く学びながら、名僧の誉れ高い三井寺の勧学院僧正尊実のもとでも就学、その後には興福寺で仏道の根本に繋がるとされる法相と三論を僧都空実に問うまでに至った。

二十三歳の時、母の病で一時帰郷したが母の死後、再び学びの旅に出て足利学校で四年間学んだ。さらに上野国新川善昌寺の道器から首楞厳と易経を五年に亘って聴聞した。元亀元（一五七〇）年に再び比叡山での修行に入ったが、織田信長の焼き討ちに遭遇し下山を余儀なくされた。

そんな随風の評判を聞いた武田信玄に招かれて天台論議法要の講師を務めた後、天正元（一五七三）年に郷里の蘆名盛氏から会津黒川稲荷堂別当の就任を要請され、以後十五年その地にいた。

そして天正十九（一五九一）年のこの年、蘆名盛重が小田原北条氏攻略の戦功によって与えられた地、常陸国信太郡信太庄江戸崎にある不動院の修営を懇願されてここに至ったのだ。

「そうか……私より十近く年若か」

天海は随風の半生を聞きながら、年齢を重ねた自分を思った。

本来なら弟子となる天海の方から、自ら進んで己の話をしなければならないところだが……何故か随風がまず語ったのだ。そこには随風の配慮があった。随風は思っていた。

（この方は途轍もない人物だ。これまで出会った仏道の数々の師にも感じることのなかった凄い〝気〟の持主。軽々にその素性を知ろうとしてはならない）

そう己に戒めてのことだった。

随風の丁重丁寧な己語りに天海は心からの礼を述べた。

「随風様が仏道の大家であられることよく分かりました。豪海僧正が『自分よりも随風に学べ』とここへ私を寄こしたことも納得出来ます」

その言葉に随風は首を振った。

「私などまだ頭だけで仏道を知ったように思っておるだけ。まだ何も知ってはおりません。真の修行はこれからです」

天海はそんな随風を試したくなった。

「随風様が比叡山におられた折に織田信長による焼き討ちに遭われた。信長やあの焼き討ちを指揮した明智光秀……その者たちをどうお思いでございます」

ほうと少し呆けた表情を見せてから、随風は素直に自分の気持ちを吐露した。

「あの頃の比叡山は仏道の場から遠くなっておりました。信長も光秀も仏敵ではありますが……それに比叡山が抗する(こう)ことの出来なかったのは必定(ひつじょう)。なるべくして全山灰燼に帰したと思っております」

その随風に天海は感心しながら訊ねた。

「それにしてもあの水も漏らさぬ信長軍の総攻撃からよく逃れることが出来ましたな」

まるでその場にいたかのような天海の言葉を妙に思いながらも、随風はその問いに答える。

「私は探題であられた豪盛様について学んでおりました。あの焼き討ちの直前、蜂須賀小六という武将が現れその手引きで豪盛様の指揮の下、天台宗根本経典、妙法蓮華経法典をお山から運び下ろすのに加わった為に無事だったのです」

それを聞いた天海は大きく頷いた。

「探題正覚院　豪盛を逃がしたのは明智光秀の指示でした。しかし最澄上人が開闢した王城鎮護の聖域全て、三塔十六谷、根本中堂、大講堂を含めた全堂舎を焼き尽くし比叡山にいた僧兵、僧侶、学僧、俗人、女人、童……四千人を皆殺しにした攻撃戦の立案と指揮遂行したのも明智光秀でございます」

随風は天海が何を言い出すのかと驚いた。

天海から蒼白い妖気が漂っている。

「その明智十兵衛光秀。ここにおります」

随風は瞠目した。

「あ、明智光秀……」

仏道の修行を重ねて来た随風もまさかの展開に度肝を抜かれた。さらに天海は言う。

「その明智十兵衛光秀、後に千利休となり関白豊臣秀吉に仕えておりました」

随風は口をあんぐりと開けた。

第二章　天海、世の作り方を考える

天正十九（一五九一）年十二月二十八日、豊臣秀吉は甥の秀次を関白に就け聚楽第を譲り、自身は大坂城に移って臨戦態勢を取る。

朝鮮への海の玄関口となる肥前国東松浦半島の突端、名護屋の地に加藤清正を始めとする九州の諸大名に命じて将兵を集結させて城を築かせ、戦への準備を進めていた。この年の八月に秀吉は明・朝鮮征服を宣言。もう全てはその一点を見据えていた。

最愛の息子鶴松を失い秀吉の心に戻った虚無……それは誰にも想像することの出来ない途方もないものを呑み込む巨大な渦となって回転を始めた。

「この世の全てを手に入れる。そして儂に逆らう全ての者をこの世から消す。日の本も明も朝鮮も……全て儂のものにする。それに逆らう者は容赦なく殺す」

たった一人の幼子の死が、大勢の日の本の人間たちと海の向こうの膨大な数の人間たちを戦乱の渦に巻き込んでいくことになったのだ。

秀吉の天才は誰も持ちえない発想にある。それが秀吉を天下人にした。明や朝鮮を征服してその先にはあらゆる国を征服するという絵空事を、本気で発想して実現しようとするのが秀吉の天才だ。

「儂にはそれだけの力がある。儂は生きた日輪であり誰よりも強い！」

天下人となった自分に出来ないことはない。

しかし人の親になることは出来ない。この世の誰もがなれる親に自分はなれない。可愛い我が子を持てない。持ったと思ったらいなくなった。

「儂は一体何者なのだ？」

生まれてからずっと心に開いていた穴、常に満たされることのなかった穴……それが鶴松で満たされたと思ったら、天は鶴松を取り上げもっと大きな穴を秀吉の心に残した。

「もう儂には子供は出来ん。どんなものも手に入れられる儂に叶わぬこと。最も欲しいものが儂には手に入らんのだ」

その体に老いを強く感じるようになった秀吉はそれを考えるだけで気が狂いそうになる。

天才の焦燥ほど恐ろしいものはない。

巨大な虚無を核として持つ男の焦燥……それは天下を動かす力を持つ男に途轍もない行動を取らせていく。そこでは持ち前の頭脳の回転は止まり感情が先走る。

感情によって天才の成功を支えて来た土台、本来は緻密で辛抱強い性格という土台が変質を見せていく。

「全て無くなってもいい。日の本の武将全てが死んでもいい。京の都も大坂も……日の本の全てが焼け野原と化しても構わん。ただ儂のやりたいことをやる。全ては夢なのだ。そう夢……あってもなくても夢……」

秀吉には思い描く未来がなくなっていた。己が取った天下、その天下が栄える未来をどう描くか、そんな思いは微塵もなくなっていた。ただ今日只今、やりたいことだけをやる。それが〝唐入り〟だったのだ。

これほど危険な天下人はいない。

それを最も危惧していたのが天海だった。

天正二十（一五九二）年の正月、江戸城の家康を天海は新年の挨拶に訪れた。

家康が奥羽の乱の鎮圧を終えて江戸に戻ったのが前年の十月末、転戦の疲れがようやく癒えたところで新年を迎えていた。

「常陸国での生活は如何（いかが）でございます？　不自由はございませんか？」

服部半蔵の手の者から天海の様子は逐一報告を受けて知ってはいるが、敢（あ）えて訊ねた。

家康の言葉に天海は頭を下げた。

「お気遣い痛み入ります。この通り元気に仏道修行に励んでおります。何の不自由もございません」

血色良く矍鑠たる天海の様子に、家康は感心しながら頷いた。

「私は齢五十を超え戦での長い道中が体に堪えるようになりました。天海上人のように潑剌と生きられるよう精進を続けねばなりませんな」

家康は千利休であった頃の天海に助言を受けた通り……牛の乳を煮て飲み、どくだみを煎じて飲み、日が落ちてから走って汗を流すことを日課として励行しているのを告げた。

天海は満足げに頷いて言った。

「暇を見つけてさらに足腰を鍛えられることです。私など寺の表参道の長い石段を、朝と夕に往復十回早足で昇り降りしております」

家康は目を剥いた。

（齢七十近いというのに！　化物だ）

その家康の心の裡を見抜いて天海は言う。

「家康殿には長生きして貰わねばなりません。秀吉はいよいよ〝唐入り〟を始める。日の本の歴史で誰も行ったことのない大戦を始める。それも海の向こうで大国の明とそれに従う朝鮮を相手に……」

家康は声を潜めて訊ねた。

「やはり負け戦でしょうか？」

天海は目を閉じた。

「実は〝唐入り〟は方便から始まったのです」

その天海の言葉に家康は驚いた。

「秀吉は葡国(ポルトガル)の持つ最新最強の兵器、大筒を積んだ軍艦を手に入れたがった。それには仲介する伴天連を説得する必要がありました。そこで秀吉は『明・朝鮮を征服して切支丹の国にしてやるから軍艦を売れ』と方便として言ったのです。しかし、葡国もエスパニアも最新の兵器は決して売ろうとはしませんでした」

そうだったのですかと家康は呟いた。

「そんな方便だった〝唐入り〟は真(まこと)になった。私も秀吉の軍師として天下統一の後の世、従えた武将たちの新たな行き場所として海の外を考えた。日の本の地は平穏安寧なままありながら外で戦をする。それで奪った土地をどんどん与えてやれば皆は栄える。商人たちはこぞって武器や兵粮(ひょうろう)の扱いに走り大きな儲けを得ることが出来る。さすれば日の本の民は戦のない世に暮らしながら、海の外の戦で栄えることが出来るという訳です」

家康はそれを聞きながら、天海が利休時代にどれほど秀吉の為に働いて来たのだろうかと改めて思った。

そこまで言って天海は難しい顔をした。

「しかし本当に明・朝鮮を征服するとなると周到な準備が必要です。今の天下を支える全ての者の心を改め、強化せねば〝唐入り〟は失敗に終わるでしょう。準備も長期に亘り、戦も長期に亘る。準備は最低でも五年は必要。そして戦は上手くいっても最短十年、いや十五年は見ておかないと明の征服は不可能でしょう」

家康は訊ねた。

「今のお話に出た天下を支える者の心とは？」

天海はまさにそれが大事なのだと語る。

「戦を仕掛けようとする者の天下、つまり今の日の本の、豊臣の天下の心では他の国で天下を取ることは出来ぬということです。先ず心。この日の本の人間たちの心の持ちようでは、他の国へ攻め入って長期に亘り戦えるとは思えません。心の柱となるものが必要。伴天連たちが艱難辛苦（かんなんしんく）に耐えながら、己の国での生活を捨て全く言葉も習慣も食べる物も違う国で切支丹の布教を行おうとする心。布教の為なら死んでも本望と思う強き心は、唯一の神というものを心に宿し、死ねば神の国に行けると信じているから。見も知らぬ国へ攻め入って長期に亘り戦い続けるには同じような強き心が必要ですが……それが日の本の人間にはない」

家康は頷いた。

「我々は神や仏と直ぐに口にはしますが、それを以て生きる指針とは確かにしておりませんな。将兵が家臣として主の命令に従うのは、戦って勝てば報奨があるとするから」

天海はその通りだと言う。

「現実の中での報奨、土地や城、銭や茶道具が手に入ると思うことと、神や神の国という現実にはないものを信じて行動することとでは、後者の方が強いということです。徳川殿も悩まされた一向一揆。嘗ては頻発しており、信長様が根絶やしにされ総本山の本願寺を完全に抑え込んだことで消えましたが、そこにはないものを信じることの恐ろしさがありました。南無阿弥陀仏を唱えれば極楽へ行けると信じる民百姓が無数に現れ、女子供まで武器を手に命を惜しまず地域の支配者に反逆した。あのような心を〝唐入り〟の将兵が持たなければ長期に亘る戦の継続は出来ないでしょう」

家康は少し考えてから言った。

「現世利益の為の戦は、神や仏の為の戦には勝てんということですな？」

その通りだと天海は言う。

「どんな心を〝唐入り〟に送り出す将兵に持たせるか。その為には死んでも本望と思える理念、想念……神や仏に代わるもの、しかし神や仏と同等の強さを持つもの。それを創り出してからでないと海の外での艱難辛苦となる長期の戦いには勝てぬと思うのです」

家康は心ですか……と呟いた。

「そう心。無いものを信じる心ほど強いものはない。何より強力な理念、想念、概念を豊臣の天下が創り出してからでないと〝唐入り〟は失敗に終わる」

そこから天海は視点を変える。

「そして攻め入る朝鮮や明の人々の心を摑むことが出来るかどうか。豊臣の支配の方が、今の支配よりも良きものと思えるような政治が、彼の地で行えるか。攻め入った土地の民百姓の心を摑まねば兵粮は手に入らぬし逆に武器を取って襲ってくることになる。言葉も習慣も食べる物も違う地を支配するとは途轍もなく難しいということ」

家康は思い出した。嘗て明智光秀が支配した土地では、民百姓が光秀を良き領主として慕っていたということを……。

天海は言う。

「朝鮮や明の将兵や民百姓の心を摑む強き何か……それを創り出さぬ限り〝唐入り〟は成功せぬと私は今、思っております」

家康は深く納得した。

◇

天正二十（一五九二）年の正月五日、豊臣秀吉は自らが〝唐入り〟へ出陣し名護屋へ赴くことを表明、諸大名に対して戦への具体的指示を朱印状にしたためて出した。

先ずは朝鮮に渡る軍勢への兵粮の供出。半年分の米や大豆、馬の飼葉（かいば）を調達し名護屋へ送れとの命令だった。軍事拠点、本営となる名護屋への兵粮の集積だ。

手持ちの兵粮では不足となる大名たちは大坂、播磨（はりま）で借米（かりまい）を行って命令に従っていくことになる。商人たちは、これからの戦で一体どの位の儲けになるかと心躍らせるものが少なくなかった。

秀吉が大坂を中心に播磨から瀬戸内、北九州へと作り上げた兵粮供給の拠点と輸送網の力がそこで十二分に働いていく。だがそれでも海の向こうでの戦では、どれほどの兵粮がどの位の期間必要になるかは分からない。全ては彼の地での戦況と占領のあり方に掛かっている。

朝鮮への進撃部隊は九州、四国、中国の諸大名の軍勢からなる総勢十五万八千余名が一番から九番に編成され順次渡海していくことになった。

「どうも……いかんな」

大坂城で出陣の準備を進めている秀吉だったが自らの体調が今一つなのだ。体が重く視界が曇る。それで気力が充実しない秀吉は〝唐入り〟への号令を掛けたものの場合によって戦を止そうかという気になった。

「朝鮮の国王が仲介要請に応じ、明国が日の本に来貢すればそれでよいのじゃ」

日の本を統一した自分に対して、明が遜ってくればそれで溜飲は下がると考えている。

実際昨年六月に対馬の宗義智を朝鮮の釜山に派遣し、その仲介を行うように朝鮮国王の李昖に迫ったが拒否された為、秀吉は開戦の決意をしたのだ。

だが、ことここに及んで体調の優れない秀吉は急遽小西行長、宗義智の二人を再び朝鮮へ派遣して交渉に当たらせ、先遣諸部隊に対しては二月二十七日付で待機の命令を出した。

既に玄界灘を越えていた進撃隊のうち加藤清正軍は朝鮮の直ぐ近くの島で、九州の諸大名は対馬、四国・中国の軍勢は壱岐での待機となった。

「なんだ？　ここに及んで殿下は和睦を望んでおられるのか？」

「分からんが……将兵の士気に水を差すのも異なもの。何せ言葉も通じぬ異国での戦、さっさと行ってさっさと戦い、さっさと勝ってさっさと国に戻りたいものよ」

それが戦に参加する者たちの本音だった。短期決戦で終わらせたいということだ。

「どうじゃ？　知らせはまだか？」

医師に脈を取られながら秀吉はイライラと連絡を待ったが、交渉成立の吉報がその日も伝わって来ない。

「ええいッ、もうよいッ!!」

医師が飲ませようとした煎じ薬の碗を床に叩きつけて割ると秀吉は喚いた。そうして三月十三日、朝鮮への進撃を命じた。


「では、行くとするか」

徳川家康は三月十七日、京から肥前名護屋へ向かって出陣、家康の軍勢と共に伊達政宗、上杉景勝、佐竹義宣(さたけよしのぶ)、南部(なんぶ)信直(のぶなお)の軍が行動を共にした。

こうして家康は、四月二十日に名護屋の古里町(こりちょう)に一万五千の軍勢を伴って到着する。

「戦況は今どのように？」

「小西行長殿率いる先発隊第一軍は、四月十二日に釜山に上陸して攻略を開始しております。小西殿の上陸と相前後して藤堂高虎殿が紀伊の警固船(けごせん)を、九鬼(くき)嘉隆(よしたか)殿、脇坂安治(わきざかやすはる)殿、加藤嘉明殿らが備前警固船を率いて朝鮮沿岸を一斉に襲撃しております。その兵船数は六百隻」

それから時間を置かず釜山鎮(プサンジン)が陥落したとの報告が入り、その勢いのまま第一陣は東萊城(トンネソン)

をも攻略した。

「幸先の良いこと。祝着至極(しゅうちゃくしごく)」

家康は満足げに報告を聞いた。

四月十八日には加藤清正、鍋島直茂(なべしまなおしげ)らの第二軍が釜山に上陸、同じ日には黒田長政らの第三軍、毛利吉成(よしなり)らの第四軍が釜山に上陸、続いて小早川隆景(こばやかわたかかげ)や毛利輝元らの中国・九州勢で編成された第六軍・第七軍など続々と上陸を果たし各々が朝鮮半島の北上を開始していた。

家康は江戸を発ってからも天海と草を通じて常に書簡を交換していた。出来る限り正確に最新の戦況を伝えて欲しいという天海の要望があったからだ。

天海は家康への書簡で船の状況を知りたがっていた。

「この戦は兵站が全ての鍵を握ります。そしてその兵站では一にも二にも船の補給と管理。それに尽きます」

天海は家康が江戸を出る時にもそう言っていた。

「秀吉は恐らく最高の切れ者、能吏(のうり)を船奉行に据えると存じます。その男の働きぶりをよく目に留めておかれて下さい」

家康は直ぐに誰が船奉行かを確認させた。

「なるほど……これらの者か」

そこには石田三成を筆頭に大谷吉継（おおたによしつぐ）、岡本重政（おかもとしげまさ）、牧村政吉（まきむらまさよし）らの名があった。

彼らは名護屋にあってこの戦に動員される全ての将兵、武器弾薬、兵粮、船の数字を逐次正確に把握して進撃戦を管理する。部隊の輸送から前線への兵粮、武器弾薬を遅滞なく補給出来るよう努めなくてはならない。戦に勝つために要求されるあらゆるものを調達し送り届けるのが仕事だ。

石田三成は早々に名護屋に着陣して兵站の指揮を執っていた。

「兎に角、船だ！　船の管理を完璧に行う！」

三成は、諸部隊から供出された船を全て登録すると船奉行の指示によって渡航させ、朝鮮に上陸した部隊は直ちにその船を対馬に差し戻し次の部隊が渡航出来るようにしていた。

大量の軍勢を混乱なく次々と送り出していたことを家康は聞いて、三成の能吏ぶりを知った。

「天海上人の仰った切れ者とは……石田三成か」

家康は、嘗て千利休に咎（とが）ありとして切腹を申しつける理由を、秀吉が三成に探させたということを天海から聞いていた。

「表でも裏でも切れる男ということ……だが切れるだけでは戦乱の世を渡っていくことは出来ん。強さを、刃がこぼれても十二分に使える鉈（なた）のような強さを持っているかどうか……」

そう思いながら家康は三成を見ていた。

そうして四月二十五日、秀吉が名護屋に着いた。目の具合の悪さから出陣が大きく遅れていたが朝鮮では進撃が続いている。

「徳川殿ッ‼　大儀でござる‼」

秀吉は家康を見つけると駆け寄って直ぐに手を取った。上機嫌だ。

「幸先良い〝唐入り〟。祝着至極に存じます」

家康はそう言って頭を下げた。

秀吉は途中で小西行長が釜山二城を陥落させたという報告を聞き、翌日には黒田長政が金海城を落としたとの報告を受けたばかりだったからだ。

「破竹の快進撃。殿下の軍勢の前には朝鮮軍など赤子の手をひねるようでございますな」

家康の世辞に秀吉はうんうんと満足げに頷く。家康はここでも天海からの助言を忘れてはいない。

「秀吉の弟、秀長殿ならどうするかどう言うか。常にその一点を頭に置かれて秀吉と接して下さいませ。さすれば秀吉はどんな時も徳川殿をそばに置きたいと思う筈。この戦、決して徳川殿に海を渡らせてはならんと思わせること。そして渡海する時は秀吉も一緒の時……そう思わせることが肝心でございます」

家康は秀吉を見て心配げに言った。

「お体は如何でございます？　遠路無理をなさったのではないですか？」

その優しい心遣いに秀吉は嬉しくなった。

「いやいや、心配ござらん。勝ち戦の報告を聞いて体の重みも吹き飛んでおります。目もしっかりと見えておりますぞ」

家康はなんとも嬉しそうな顔をして「ようございましたぁ」と頷いた。

そしてそこからの秀吉の言葉に驚いた。

「儂の体を心配する淀も連れてきております。淀にとっては小田原攻め同様の物見遊山、子を失っての気鬱を晴らすには丁度良いと思いましてな」

(淀君を?!)

鶴松を亡くした淀君の悲しみの気分を変える為と秀吉は言うが……。

(秀吉は心が弱っている！)

家康は直感した。信頼出来る者がそばにいないと不安なのだと洞察した。

だがそこでも家康はニッコリと微笑む。

「そうでございますか！　小田原攻めと同様、淀殿がいらっしゃれば百万の兵をお味方に迎えたのと同様……必勝でございますな！」

そう言う家康にうんうんとどこまでも満足そうに秀吉は頷く。

その後、上陸した部隊は快進撃を続けた。

慶尚道（キョンサンド）に居並ぶ城を次々と落城させ、五月に入ると朝鮮国王の居城、漢城（ハンソン）にあと一歩のところまで軍勢を進めた。

侵略軍迫るの報を受け朝鮮国王らは漢城を捨て北の平壌（ピョンヤン）に逃走、小西行長と加藤清正の軍は殆（ほとん）ど無傷で五月三日に漢城を占領した。

「よし!!　儂も朝鮮へ渡るぞッ！」

報告を受けて秀吉は叫んだ。

天海は常陸国江戸崎不動院で随風から天台密教を学ぶ合間、草を通じて徳川家康から随時送られてくる〝唐入り〟の戦況報告に目を通していた。

天海は頭の中に全ての状況を想い浮かべる。

朝鮮の前線の補給基地である肥前名護屋に各地から集められた軍勢、兵粮や武器弾薬……どこからどう集められどの位の早さで船で朝鮮に送られるか。

「筆頭船奉行は石田三成……兵粮や船の調達と管理運搬の指図は完璧にやるだろう。兵站に関しては恐らく万全。だが……」

　不安があるのは秀吉の判断だ。常に海路を使う戦となる為に、兵粮の補給等はこれまで経験した戦とは違う。

「緒戦の快勝で既に戦線は伸びきっている。兵站は慎重の上にも慎重に。兵粮は余るほど補給をしておいた方が良いが……」

　家康によると、漢城陥落と国王逃亡の報せ（しら）を受けた秀吉は自らが渡海する為に更なる軍勢を朝鮮に派遣することを最優先とし、兵粮に関しては遠征諸軍が現地で調達するように指示したとある。

　天海は想い浮かべる。

「ここから先は海が荒れる季節になる。船の運航が思い通りにいかなくなると踏んでおかねばならん」

　多くの軍勢を送った後で兵粮が不足するのが最も危惧されるところだ。報告によると、朝鮮方の城には兵粮が残され潤沢だとされていることから秀吉はそう決定したという。

「これは長期戦。落とした城での籠城（ろうじょう）戦もあるとせねばならん。城を落とした諸将が現地の民百姓を懐柔して田畑を棄（す）てさせずきちんと秋の収穫を行わせると共に、他所（よそ）からも調達出来るようにしておかねば……持たない」

　天海は最悪の事態を想定する。

　百姓たちが離散して秋の収穫が出来ない上に、その百姓たちが一揆を起こして遠征軍に向かってくることを考えていた。

「秀吉の判断は甘い。勝ちを焦るが故の甘さがある」

　天海は直ぐに家康への返信をしたためた。

「絶対に今、秀吉に渡海させてはならない。無駄な軍勢の派遣は今ここでは禁物。あっという間に全てが瓦解する」


　速やかな渡航を決意した豊臣秀吉は自らの警固船団の編成を命じた。これで多くの船団が輸送船から軍船へと転用されることになった。船奉行の石田三成はこれによる兵粮不足を危惧したが、秀吉の決定には逆らえない。

「このまま進撃が成功裡に進み、現地での兵粮の調達が上手くいってくれることを祈るしかない」

　元来悲観的に局面を見る性格の三成も、ここは楽観的になろうとした。そうして秀吉の渡海に向けての準備に奔走した。

秀吉は在陣中の諸将に全ての船を名護屋に廻送するよう命じた。

「儂の朝鮮入りじゃ。ド派手に行くぞ!!」

大量の船団を擁する為に時間が必要になる。そこで徳川家康は天海からの手紙を読んで秀吉に渡海を思い留まるように説得する決意をした。天海は説得の為の材料を家康に具申していた。それは秀吉の泣き所だ。

家康は嘗て秀吉の妹朝日を正妻に迎えていたことから、秀吉とは義兄弟となる。

「つまり秀吉の母の大政所は徳川殿の義理の母でもある。この義母が今は病床にあり秀吉の渡海をかねてより心配しているということを理由に、秀吉にこの時期の渡海を見送るよう説得されたい」

そのように手紙にはしたためてあった。

家康は、大老の一人である前田利家も引き連れて秀吉の渡海を諌めた。

「この季節は出港時に海が穏やかでも僅か半日で大変な悪天候に激変致します。ここで殿下の乗られた船に万一のことがあれば豊臣の世は滅びます。自然の天候を味方に出来る時期まで何卒お待ち下さいませ」

利家はそう言って秀吉を諌止した。

ちょうどそこへ、巨済島周辺の海域での海戦で水軍が敗れ、対馬と釜山の間の制海権の確保が危うくなったとの知らせが届いた。

大々的に渡海を宣言している秀吉は迷った。

そこへ家康が言った。

「兄上、京で病床につかれておられる義母（かか）さまも兄上が海を渡られることに大変なご心痛と聞き及びます。何卒ここは暫し御辛抱頂き兄上が大船の中で安眠しながら海を渡れる頃までお待ち下さいませ」

家康はそこで亡き秀長を演じたのだ。

秀吉は「かかさま」と大政所を出されたことでホロリとした表情を見せる。

「老齢（ろうれい）の生母を心配させる訳にはいかんかのぉ……ここは義弟君（おとうとぎみ）の言うことに従うかのぉ……」

これで渡海は中止となった。

その後の七月二十二日。大政所の病状が悪化、危篤の知らせを受けて秀吉は急遽名護屋を発って京に戻った。

家康は利家と共に名護屋の留守を預かった。

秀吉は自らの渡海を延期した六月の初め、石田三成、増田（ました）長盛（ながもり）、大谷吉継らを奉行として朝鮮に派遣した。

「小西行長と加藤清正の部隊に伝えよ。速やかに明国に向かって進撃せよと！」

三成がその指令を諸将に出した後、秀吉から新たな指令が届いた。

「明国への進撃は来春、儂が渡海する時まで待て。今年は朝鮮国内をしっかりと固めよ」

大政所がその後逝去し、後陽成天皇による秀吉の名護屋下向延期要請に沿った形での指令だった。

三成は一転した指令に唇を嚙んだ。

「まずいぞッ!!」

既に小西行長は平壌での戦いの最中で、加藤清正は「朝鮮国の王子たちを捕虜にする！」と息巻いて咸興から会寧へと進軍していた。

「分かってはいたが……内と外ではこれほど戦況の把握と情報の伝達が難しいものなのか……」

三成は急遽秀吉の指令を諸将に伝え直した。

「快進撃と聞いていたが、緒戦では敵は殆ど抵抗らしい抵抗をせず後退しただけだったのが朝鮮に来て初めて分かった。それに……」

南の地域では一揆が起こっていた。百姓たちが義軍となって攻撃を仕掛けて来ていたのだ。それによって漢城と釜山の連絡が遮断されることも頻発している。

「兎に角ここは遠征軍の将たちと膝詰めで話し合わんと先に進めん」

その三成の音頭取りで漢城を守っていた宇喜多秀家は三成ら三奉行と相談、八月七日に漢城に小西行長、黒田長政、小早川隆景らも集めて軍議が行われた。

「勢いに乗って明国にまで攻め入る短期決戦ではなくなったということですか？」

黒田長政の言葉に三成は頷いた。

「殿下は来春の渡海を計画されておられます。全てはそこからの戦いとなるということです」

小西行長はその三成に言った。

「殿下のお耳に入ることと現状とのズレ。それを踏まえながら対応せねばなりません」

元々は堺の商人だった行長は極めて現実的に物事を見る。

その通りですと三成は頷いた。

そして声を潜めて言った。

「殿下の渡海が来春に予定されているということは……あらゆる船は名護屋に温存されるということ。つまり……兵粮、武器弾薬のこの地への輸送は殆ど期待出来んということです。兎に角、諸隊にはこの地での兵粮の調達に努めて頂かなければなりません」

皆が難しい顔になった。

「秋の米の収穫に百姓たちが協力するとはとても思えませんぞ」

その小早川隆景の言葉に皆が頷いた。

隆景は続けた。

「朝鮮人は難しい。機を見るに敏というか、その場その場で敏い動きをする。こちらが強いと見るとサッと逃げるが、弱みを見せるとあっという間に襲ってくる。味方になる振りをして機を見てサッと裏切る。この地を我が軍の領地として固めることは思った以上に難しいですぞ」

そして黒田長政が言った。

「まだ本当の意味での戦闘にはなっておりません。殆ど一方的に朝鮮軍が退いただけですし明軍も本気ではない。真の戦闘を仕掛けられるとどのような戦いになるのか見えていないのが実情。ここで大軍を以て襲って来られるとなると……」

皆はその言葉に緊張する。

「殿下の渡海が延期……今から殿下来朝までの半年、この地に布陣する将兵たちがどのように過ごすか？　進撃はここまで。平壌を最前線、漢城を本陣として二つの地の間の守備を徹底して強固にする。明軍が大挙襲来しても耐えられるようにしておく。それがここに来て兵粮や武器弾薬が限られている我々のやるべきことでしょう」

小西行長はそう言った。そして驚くべきことを告げた。

「実は平壌で明の援軍と一戦交え撃退した後、密かに明に和議を持ち掛けました」

完全な越権行為だが皆は関心を持った。

「明は朝鮮の現況から今なら和議に応じることが分かりました。ただ殿下が和議となった場合にどのような条件を出されるか……国内にいてどうお考えになるか」

それには皆が顔を曇らせる。

秀吉はどこまでも高望みを求めるからだ。

簡単にはこの戦は終わらない。

◇

天海は名護屋にいる徳川家康からの書状を読んでいた。

「秀吉と徳川殿が渡海しなかったことは僥倖(ぎょうこう)、二人に万一のことがあれば〝唐入り〟どころか日の本の天下が崩れ再び下克上の世になってしまう」

天海は、秀吉が来春に予定するという渡海もなんとか回避させるよう、家康には返書を書いた。

「海の向こうの戦いがいかに難しいものか……海外の前線と国内大本営との間の戦況の認識のズレ、機を正確に把握出来ないことから来る判断の誤り……負けるにはいくらでも原因を見つけられる戦いだ」

改めてそう思い、日の本にまだまだそんな力がなく、根本的にこの国の人間は海の外での活動に向いていないのではないかと思う。

「やはり心。それがあって初めて異国への侵略を行う者の胆力も生まれる。単に戦に勝って領土を奪うだけではなく治める、支配するまでには相当な胆力がいる。その心がまず必要。そしてその後に異国の人間の心をどう摑むか。何を以て占領した日の本の人間たちに喜んで従わせるか。それが今の日の本にあるか……」

それを考えたがやはり出て来ない。

さらに天海は、日の本の人間は占領した異国の地に終生居続けることを考えられない人間たちなのではないかと考えた。思い当たる例がある。それは倭寇だ。

足利幕府の頃から海の外で暴れまわり、明の沿岸地域や台湾の一部を占領していたにもかかわらず皆日の本に戻って来る。

「磁石に引き寄せられる砂鉄のように戻って来る。異国での財や土地に代えられない〝何か〟がこの日の本にあるのか？」

それがこの国の人間の、個々の根本を捉えているのではないかと天海は考えた。

天海は仏道の修行と共に、日の本とは、人とは、人が在るとは、を考えるようになっていたのだ。

天海は帰化人の油屋伊次郎ことイッハク・アブラバネルが話したことを思い出した。

伊次郎は言った。

「嘗て猶太の民は神から約束された地に十二の部族が住んでいたとされています。しかし異教徒の侵略でその地を追われ二つの部族を残して十の部族は消えたといわれています。恐らく東へ東へと、太陽の昇る方角に移動を続けて様々な地域に溶け込んだのだと思います。猶太の民は唯一の神を信じるが故にどこへでも行きます。約束の神はどこにいても猶太の民と共にあると考えるからです。恐らくこの日の本にも、失われた部族の中の猶太の民は来ていると思います」

さらに天海は考えた。

「この日の本の地は南蛮人たちも言うように東の果て……。このさらに東は海しかないと遠く南蛮から航海をして来た者たちは言う。とすれば古代より様々な地で戦いに敗れた者や更なる地を求めた民がこの日の本にまで到達した筈だ。しかしここから先は行くことの出来ない行き止まり」

そんな地で人は何をどう思うようになるだろうかと天海は考える。

「争って戦って敗れても逃げるところはもうない。であれば敗れた者たちはどうする？　もうここで諦めるしかないのではないか？」

天海はアッと思った。

「そうかッ！　この国のあらゆる者にはこの諦め、諦念が宿っているのだ。諦めから全てが生まれるとすれば、妥協し最後には和することになる！」

するとある大事なことが浮かんだ。

「この国の古い法……聖徳太子の十七条憲法はまずその一に曰く、和を以て貴しと為し、忤ふること無きを宗とせよだ。聖徳太子は懸命に仏道をこの国に導入した者とされている。しかしその肝心の仏道は第二条。二に曰く、篤く三宝を敬へ。三宝とは仏、法、僧なり、とされている」

天海はこの国のあり様の不思議を改めて思った。

「この地には八百万の神がいると信じられ、さらに外来の仏を信じる者もいる。寺や神社の神仏習合もなされている。元々の神と外来の仏が和していることになる。そして帝と宮中の存在。普段は何もないような無。しかし争いを和する時には必ず顕れとして登場する」

そんなあり方の国に生まれ育った者たちは、この国を出て生きていこうとしない。

「その力は何だ？」

じっと考えると、やはり和をもたらすこの国の空気というものではないかと天海は思う。

「この国は根本で争いを嫌う。宮中は血を見ることを極端に忌み嫌う。武士の起源の検非違使は令外の官、つまり〝あってない者〟であるとされる官職」

しかし今は武士の世だ。鎌倉幕府が成立して以来、政は武士が行い朝廷は国の要の祭祀を行うとされ公武は明確に分かれた。

天海は真の天下泰平の世を創ることを考えている。

「長きに亘って血を見る争いを嫌う朝廷を中心とする平安の時代があった。そんな世を基本とするべきではないだろうか？」

それを武士の世界で置き換える。

「そこにある心と制度……そのあり方を創りあげれば天下泰平の世が、百年二百年、いや三百年と続く世が生まれる」

〝唐入り〟という空前の戦いを考える中で、天海は次の世の創り方を考えていた。

天正二十（一五九二）年十二月八日、改元があり文禄二年となる年が明けた。

朝鮮での戦いは続いている。

「寒さで骨まで冷えて痛いッ!!」

同じ冬とは思えないこの地の厳しい寒さに、遠征軍の将兵たちは心底から震えた。

平壌城で越年した小西行長は、故郷堺での穏やかな正月を懐かしみ「こんなところでの戦はさっさと終えて国に戻りたいもの」と城の蔵に残されていた朝鮮の酒を飲んでいた。

「この酒と朝鮮は同じかもしれんな。口当たりが良くスイスイ盃(さかずき)が進むが……後でドスンと効いて酔うとえらい目に遭う」

その見立ては当っていた。

それは正月五日の夜明けだった。

「敵襲ッ!!」

物見の叫ぶ声に行長は身構えた。

城の外を見て驚いた。

「遂に来たか……」

李如松(りじょしょう)将軍に率いられた明軍数万の大軍によって、夜の闇の間に城は囲まれていたのだ。

行長はこうなった場合の行動を考えていた。

「籠城と見せかけておきながら隙を見てありったけの鉄炮を撃ちかけて敵を怯(ひる)ませる。そうして一気に漢城まで退却する」

現実主義者の行長は想定を怠らない。

そうしてその日一日、明軍の挑発に一切乗らずに沈黙を貫き夜を待った。

「明軍は昨夜この城を囲む為、一睡もせず進軍して来た筈だ。完全に寝込んだところを狙うぞ」

寒さの中の疲労から、明兵の多くが夜明け前にはぐっすりと眠りに落ちていた。

「よしッ、今だ！　放てッ!!」

三百丁の鉄炮が包囲する明兵に向かって火を噴いた。

慌てふためく中、更なる銃撃が重なる。

敵将は一旦後退を命じた。

「さぁ、走るぞッ!!」

行長たちの軍勢は、開門すると怒濤のごとく一斉に飛び出し刀と槍を振り回しながら一心不乱に走った。殿を務める鉄炮隊は三段に分かれて間断なく射撃し、追って来る明軍に弾を浴びせ続けてその足を止めた。

こうして行長は漢城にまで逃げおおせた。

その明軍来襲の報せに応じ漢城には開城で陣を敷いていた小早川隆景、黒田長政、吉川広家、小早川秀包、立花宗茂らが呼び戻され総勢五万の兵力が集まった。

平壌からの退却戦で多数の兵を失い疲れ切った小西行長に代わって、小早川隆景が全軍の指揮を執ることになった。

隆景は石田三成と策を練った。

「敵は大軍だが平壌からここまでの移動で疲れている。それにこの寒さで野外での宿営は堪える筈。ここはこちらの速い動きで攪乱させる戦術でいこう」

こうして明の大軍を三方向に分かれて迎え撃つ戦術が決定された。

「敵にこちらの位置を掴ませないように波状攻撃を仕掛け、仕掛けたら直ぐに移動するようにせよ。さすればこちらに数十万の兵がいるように敵に思わせることが出来る」

こうして正月二十六日、碧蹄館で明軍と激突した。

明の大軍は遠征軍の大量の鉄炮による波状攻撃に翻弄された。バタバタと味方の兵が倒れていく中で、明軍と朝鮮軍との連携の悪さも重なり、反撃の糸口を掴めないまま遠征軍に囲まれていく。

「一体どの位の大軍がいる?!」

思いもよらぬところからの銃撃の嵐に、明軍の将兵たちは焦りの色を濃くした。

「平壌は奪還した。徒に兵を失っても意味がない。一旦北へ退却して軍勢を立て直す」

そうして明軍は撤退していった。

「なんとか……しのぎましたな」

三成は隆景ら諸将をねぎらった。

「殿下がこちらに来られるまで……どう立て直しておくか」

皆は溜息まじりで考え込んだ。

徳川家康は、前年十一月初めに名護屋に戻った豊臣秀吉と共に越年した。

平壌城が敵方に奪還されたという報せはまだ届いていない。秀吉は渡海に向けての準備を進めさせながら、名護屋まで運ばせた黄金の茶室での茶会を楽しんだ。

そんな中、家康は正月二十日に神屋宗湛による山里の数寄屋での茶会に招かれた。

（ほう……）

宗湛は敢えて格式の高い唐物の道具仕立てで家康をもてなした。

ゆったりとした調子で茶を飲み干し、天目茶碗を台に戻さず掌に載せたままじっと見詰めて家康は言った。

「このように唐がやすやすと手に入ればよいのだが……」

宗湛はその言葉に頷いた。

「朝鮮ではお味方快進撃と聞いておりますが？」

家康は微笑む。

「もうすぐ殿下が渡海される。ですがその前にも和議となりましょう。明国は遠征軍の勢いに恐れをなし朝鮮で戦を止めておきたい筈。和平を懇願して来ますでしょう」

宗湛は「そうでございますか……宜しゅうございますな」と微笑みながらも内心では面白くない。

（この戦、我々博多商人にとって宝の山。まだまだ続いて貰わねば……）

そんな宗湛の心の裡が手に取るように分かる家康は言った。

「もし千利休様がおられたらこの戦どう思われたと……宗湛殿は思われる」

宗湛はドキリとした。

利休が秀吉から切腹を命じられた理由は、茶頭の身分を弁えず〝唐入り〟を諫めた為という噂の一つを思い出したからだ。

宗湛は少し考えてから言った。

「利休様も殿下と共に海を渡ると仰ったのではないでしょうか？　茶人として朝鮮や明の焼物をご自身の目で様々に見てみたいと思われたのでは？」

それを聞いて家康は、流石に商人の宗湛はそつがないと思った。

「茶人……利休様亡き後、今その茶人たちは茶を、利休様の茶をどう思っておられるのか……私は元々茶がよく分からん無粋、不調法者でしてな」

その家康に「ご謙遜を……」と宗湛は微笑みながら目は笑っていない。

（千利休を、その茶を語るのは恐ろしい）

それが宗湛の本音だ。

実際に京や堺、博多の町衆茶人たちとの茶会でも決して誰も利休のことは語らない。ある意味〝茶〟は死んでしまったようにも感じる。それだけ利休の存在は偉大だったということだ。

そしてその死はどこまでも謎だ。

利休が明智光秀であったという公然の秘密が切腹の理由であろうと宗湛は思っているが、当然それは誰にも口にしない。利休は利休として自分の知る茶人の利休だけしかいないのだ。

宗湛はふと思いついたように言った。

「茶は面白うございます。どのようになっても面白うございます。私は茶人を名乗るほどの者ではありませんが、茶を楽しむことは出来ているつもりでございます」

家康は頷いた。

「なるほど……楽しむ。私など本当に茶を楽しい、面白いと思ったことはない。いつも茶室では戦場にいるような気がします」

宗湛は家康から刃を向けられているような気がした。

(どうもこの御仁は苦手だ……)

宗湛は家康をそう思っている。

家康は秀吉の大のお気に入りである宗湛のことを決して粗略に扱いはしないが、心を通じて付き合おうとはしない。

(元来私は商人が苦手なのかもしれん)

そう家康は思う。天下取りの為には商人との上手い付き合いが必要なのだが……一皮剝けば算盤ずくの彼らは鼻につく。

宗湛は、秀吉お気に入りの御用商人に徹することで莫大な富を築いた。それを推してくれたのは他ならぬ千利休だった。

嘗て秀吉の九州征伐の折、博多に利休が造った茅葺の茶室での茶会。

宗湛と共に招かれた博多を代表する会合衆、島井宗室と柴田宗仁の三人を前に利休は言い放った。

「明・朝鮮攻め。博多が兵站となるその戦での商い、博多衆には幾ら稼いで頂いても結構。

博多衆の為の戦だと受け留めて頂きたい」

それを聞いた時の晴れ晴れとした心持を宗湛は今も忘れない。

宗湛は家康に言った。

「茶室の中は戦場……確かに我々商人も茶を商いの道具に使っておることからすれば茶室は戦場でございます。それも利休様から教わったと思っております。戦と商いは表と裏。どこまでも一緒と……」

家康はふと宗湛が、利休が生きていることを知ったらどうなるか、そして天海となっている今の利休がこの場にいたら宗湛にどのような言葉を掛けるだろうかと思った。

すると言葉が自然と出た。

「戦と商いは表と裏……どこまでも一緒。そう申されたな？」

宗湛は頷いた。

「確かに申しました。商いと戦は切っても切れぬ関係にあるのは真実でございます」

家康はふと気が抜けたような表情になった。

（そうか！　天下泰平の世では商いをどこまでも自由に広げさせてはならんということか！）

それはその後の家康にとって極めて大きな気づきだった。

宗湛は家康が何を考えているのか分からない。

「フッ……」

家康が微笑んだ。

「いや、利休様がここにいらしたらどんなお話をなさったであろうかと考えておりましてな。するといも思よらぬことが頭に浮かびました」

宗湛は何でございますと訊ねた。

それに対して家康は不思議な言い方を返した。

「まぁ……利休様にお訊ねしてみましょう。戦と商い。天下泰平の世。何が最も大事でその為に何を成さねばならんのか……」

宗湛は怪訝な顔つきになった。

「利休様に？」

家康は頷く。

「そう。今は亡き利休様に……」

〝死の商人〟という言葉がある。

戦争でビジネス、金儲けを行う者を蔑み、どこか間違った、後ろめたい存在であるという意図を含んだ言葉だが……この意図は本質を捉えていない。

これまでの人類の進歩は戦争なくしてありえなかった。経済の拡大、産業の発展、科学技術の進歩は全て戦争というものがもたらしたものだ。

戦争とは国や地域が武力・暴力を行使して目的を達成しようとするものだ。勝った方は全てを奪い負けた方は土地・財産は勿論自由や命まで奪われる。生きるか死ぬかの総力戦で、勝つ為の道具である武器の質と量をあげることは必然となる。

ビジネスの本質は戦争だ。

ストラテジー【戦略】やロジスティクス【兵站】という戦争用語がビジネス世界で使われるのは当然のことで、この不都合な真実に目を背けることは出来ない。

アメリカ合衆国という国の発展はおよそ百年前、大統領のセオドア・ルーズベルトが〝世界の警察官〟を目指すとしてヒト・モノ・カネを誘導し巨大軍事大国を創ったからに他ならない。それはアメリカ経済を発展させると共に、軍産複合体という巨大な怪物をも生み出し国家の意思決定を常に左右するようになる。アメリカ合衆国にとって戦争は国家の成長という裏テーマを持つ永久機関になっている。

だが明治までの日本は違った。

戦国時代、日本はアメリカと同じ永久機関を創り出す寸前にあった。鉄炮がポルトガルから伝来し、僅か十数年で世界最大の鉄炮生産国となる日本は潜在的巨大軍事国家だった。

しかし、そうはならなかった。

そこに何があったのか？

――戦争とはビジネスであり、ビジネスを押さえれば戦争も押さえられる――

この本質を徳川幕府が捉えていたからに他ならない。

身分制度で士農工商、商人を下に設定することの意図はそこにあったと見る。戦争や軍産複合体の核を押さえ込んだのだ。


「それはまことかッ?!」

豊臣秀吉は平壌城が明軍によって奪還されたと聞いて驚いた。

そして直ぐに、今の遠征軍の正確な在陣の配置を大きな絵図面に描かせた。

秀吉には石田三成からの書状で正確な戦況がもたらされた。

「こ、これほど……」

そこには秀吉の想像を超えた戦死者の数が記されていた。

「十六万近く送った軍勢が……五万三千余り」

死者は戦だけでなく朝鮮の寒さによる病死が多かったのだ。そして兵粮の不足が深刻であることが分かった。急ぎ米の搬送を懇願していたのだ。

「漢城や開城、平壌城には潤沢に兵粮があると申していたのではなかったのかッ!!」

秀吉は声を荒らげたが、戦線が伸びていたことの影響と百姓たちの離散によって田畑が荒廃して、秋の収穫が全くといっていいほどなかったのだ。

「ぞ、雑炊でしのいでいるが、それもあとひと月で尽きるだとぉ?!」

秀吉は状況が一変したことで奈落の底に叩き落とされるように感じながらも冷静に頭を動かした。そこは歴戦の将だ。

そうして攻撃から一転、在陣諸将の生命を優先した守備配置を考え、その指令を朝鮮に伝えた。

そして直ぐに兵粮の輸送を命じた。

だが秀吉の渡海の為に軍船に改造された船が多く、大量に食糧を輸送できる船は限られてしまっていた。その上、釜山浦に陸揚げされても馬がおらず、人力で前線まで輸送しなくてはならない為に補給は滞った。

戦線縮小は現場の士気を極端に落とす。

それまで張りつめていた気が失せると臆病風が一気に吹きまくる。

「この寒さ、もう我慢出来んッ!!」

戦線を離脱し国内に逃げ帰ってしまう者が少なからず出て来るようになった。そんな逃亡者の国内流入を阻止する為に、国内の津津浦浦に番所を設け手形のない者の通行を禁止するまでに至った。

一気に戦況が悪化したことで在陣諸将の間の仲違いも深刻になっていく。

元々犬猿の仲だった小西行長と加藤清正の対立は凄まじく、あろうことか両軍が一触即発のところまでに来ていた。

石田三成は在陣諸将の間を駆け廻り「ここは殿下の命令の下、一丸となるところでござろう!!」と説得に努めて誓約を交わさせ「協議の際には各自心底を打ち明け、その上で多数決で決め、決めた以上は何があってもそれに従う」とさせた。

そこへ良い知らせが降って来た。

遠征軍がそんな切羽詰まった状態の中、明国から和議が持ちかけられたのだ。

第三章　天海、既存の見方を捨てる

常陸国江戸崎不動院で、天海は随風を師に天台密教を学ぶと共に禅宗を含めた様々な仏道の知識を身につけようと励んでいた。

「学びたい心があれば幾らでも頭に入るものだな」

学ぶ欲求があれば、齢七十近くてもどんどん新たな知識を吸収出来ることを天海は実感していた。

「年齢を重ねたことで理解力は深まっている。若い頃読んでも決して分からぬことが今なら理解出来る」

嘗て宮中に参内して茶を点てる為、大徳寺で得度し利休居士となった時、茶の湯を究める為に仏道を学んだがなかなか分からないことがあった。

その一つが〝空〟だ。

釈迦は「五蘊は皆、空なり」と立言したといわれている。

色即是空　空即是色

色は空に異ならず　空は色に異ならず

この〝空〟が利休時代は完全には呑み込めなかった。

五蘊とは色、受、想、行、識から出来ているもの……人の感覚知覚そのもののことだ。

色はあらゆるものの存在……人が自身の肉体や目を通して自覚する色や形を意味する。

受はそれらを人の心がどう感受するか。

想はその感受されたものをどう表すか。

行は人の意思がどう表れるか。

そして識は認識を意味する。

釈迦はそれら全てが空、無い、ものであるとした。

天海は考える。

「釈迦の『五蘊は皆、空なり』は〝悟り〟だ。まずその前にあった釈迦の認識。釈迦は自分のいる世をどのように見ていたかを知ることが、仏道の出発点の筈だ」

天海はどこまでも現実として捉える。

「仏道のこの世の捉え方。それは『この世は艱難辛苦に満ちたもの』ということだ」

苦しみに満ちているのがこの世だという前提が仏道にはある。

天海は己の人生をそこで考えてみる。

「私は戦乱の世【色】に明智十兵衛光秀として生まれ武将として足利義昭公と織田信長様に

仕えた。私は戦乱の世を武将として生きた【受】。その時にまず考えたのは立身出世、そして次には信長様が示された『天下布武』の実現だった【想】。今の世のあり方を否定し、さらに上を目指すことを考え行動した【行】。そして、その主君を弑逆した。本能寺の変には永遠の下克上を止める決意があった【識】」

そう思うと苦いものが込み上げて来る。

「だがその裏切りには天下泰平の世の希求という新たな思い【想】があった。下克上の世を終わらせねばならないという意思【行】があったのは確かだ。そしてそれは己の中で絶対に変わらないものだ【識】」

天海はそこからの自身の変転を考える。

「明智光秀を山崎の戦いで大謀反人として葬り自裁する筈が秀吉に阻まれ【色】、その後は秀吉の軍師であり茶頭の千利休となった【受】。秀吉と共に天下泰平の世を目指し【想】秀吉の天下取りを助けた【行】。そこには全く新たな世界である茶の湯があった。茶室、道具、作法の数々【色】があった。そして茶の湯自体が新たな世界を持ち【受】さらに考えを巡らし【想】様々に茶事を行っていった【行】。そこには茶の湯の世界という特別なものがあった【識】」

だがそんな利休も、秀吉から危険な者と見做されて切腹を命じられた。

「あの時、末期の茶を飲み干して私は思った。『真の茶の湯はこれで終わり』と【識】。千利休が死ねば茶は廃れると……」

それは千利休としての〝悟り〟だったと天海は思う。

「その利休が何故か生きている【色】。徳川家康によって生かされている。家康が仕える秀吉は〝唐入り〟に邁進し天下がどのようになるかは不透明だ【受】。その中で私はまだ天下泰平の世を希求している【想】。天下泰平の実現の為に仏道を学びそれをどう活かすかを考えている【行】。天下泰平の世には本当に何が必要なのか。それはまだ見えていない。しかし必ずある筈だ。私はそれを見つける。天はその為、私を生かしているのだ【識】」

そこまで考えて天海は思った。

「なるほど……私の人生を思い返しながら今を思うだけでも五蘊は止めどなく変化する。それらは実体を持たず自立もしていない。つまり〝空〟ということになる。しかし人は生きている。人の世界は在る。その中で私は天下泰平の世の為に今、為すべきことを為そうとしている」

天海は思う。確かに人間にとって生きることは苦しみに満ちている。

「するとあの一向一揆が理解出来る。南無阿弥陀仏と唱えれば必ず極楽に行ける。つまりこの世の苦しみから逃れられると思い、老若男女が命を惜しまず武器を取って襲って来た。あれも仏道が成したことのひとつ。阿弥陀如来を信じることの顕れ……」

天海は現実を直視する。

「何があれほど大勢の何の知識も持たぬ者たちを動かしたのか。誰も見たことのない極楽なるものを信じ目の前の苦しみから抜け出したい一心だけかもしれんが……」

天海は、仏道の使い方を上手く考えねば天下泰平の世は現実には創れないと思うのだ。

「この世はどうあっても従える者と従う者に分かれる。極少数の従える力を持つ者と大多数の従う者。そのあり方を考えていかねば天下泰平はない」

仏道は様々に分かれている。

「誰にでも分かる本願寺の南無阿弥陀仏を説くものから難解な禅宗、秘儀秘伝に覆われた密教まで……」

天海は様々な仏道の中でも難解で知られる曹洞宗の開祖、道元の言行録を読破して〝空〟というものが理解出来たと、悟ったと、思っている。

「仏道はそれぞれあれど出発点は同じ認識に基づいている。『この世は艱難辛苦に満ち溢れている』ということ……」

仏道が様々に分かれるのは……そこからどう抜け出すか、抜け出させるかの方法の違いがあるだけだ。

禅宗は、何故この世は苦しみに満ちているかその理由を先ず示す。

「人がこの世を苦しみに満ちたものだとするのは人が無知であるが故。この世のあり方を知れば、煩悩や苦しみは消えると教える」

千利休として茶を知る。茶を究めた天海だから仏道を〝知る〟ことが出来るかもしれないと思うのだ。

「私は常に茶の湯を考えて来た。何故この茶室の中が快（こころよ）いと感じるのか？　この茶碗の良さはどこから来るのか？　この作法の美しさは一体何故か？」

確かにそこには目に見える形がある。しかしあるところまで来ると「こうとしかならない」境地に到達する。

「あれが〝悟り〟だ」

道元の言行録『正法眼蔵（しょうぼうげんぞう）』その中の現成公案にある。

「仏道をならふといふは、自己をならふなり。自己をならふといふは、自己をわするるなり。自己をわするるといふは、萬法（まんぼう）に証（あか）せらるるなり。萬法に証せらるるといふは、自己の身心および他己の身心をして脱落せしむるなり」

いま〝在る〟もの全てを消す。〝在る〟から悩み苦しむことになる。〝在る〟を自己をして消す。そして全てが消え、〝在る〟の根源を突き詰める。すると〝在る〟を成すただひとつの法が露わになると同時に全てが露わにされる。すると我々の心と体が〝在る〟から抜け落ちてゆく。これが〝悟る〟ということに他ならないとされている。

だが、と天海は思う。

「これは天才や深く学ぶ環境を与えられた者だから理解出来ること。特別に与えられる〝悟り〟だ。するとこの世は極少数の導く者と大多数の導かれる者に分かれる。その世では〝悟り〟も極少数の特権的なものになる。これでは人は救われん」

天海は〝悟り〟の先を行こうとする。その目の前には現実だけがある。

「人間が創ったあらゆるものには限界と誤謬がある。仏道もそうだ。己の心を自由自在に出来る者は元々豊かな環境に生きた者たち。この世にそんな心を持てる者は限られている。豊かな者は豊かな者、貧しき者は貧しき者で幸福を摑める世にしなければならない。その為には絶対の泰平が要る。人が殺し合う傷つけ合うことの無い世、殺戮や破壊が大々的に行われる戦の無い世、それを創らねばならぬ。力のある武将たちが刀を置いてそんな世に導き、民百姓がそれに従いながら幸福を皆が感じる世だ」

〝悟り〟を得た天海だから出来る思想だ。

人は何のために生きるのか？

人にとって最大のテーマでありそこを巡って宗教や哲学はある。

人は生命であり動物である。生存が必然であることから本能として〝欲〟がＤＮＡにビルトインされている。食欲・性欲というものは生命の維持・繁殖に絶対に必要なものだ。

その人は他の動物と違い〝意識〟を持つ。

過去・現在・未来、自己と他者、自己と世界の違いを認識することが出来る。

この〝意識〟が本能として備えた〝欲〟を発展発達させる。

「他者よりも裕福になりたい。社会の中で偉くなりたい、誰もから認められたい」

欲望は物理的・精神的に限りなくなる。

得ると人はもっと欲しくなる。求めるものがどんどん増えていく。すると次にそれが苦しみを与えることになる。

得られないこと。失うこと。欲望のきりの無さに苦しむ。そうして生老病死（しょうろうびょうし）が苦しみとして迫って来る。モノが〝在る〟、平和が〝在る〟、愛する人が〝在る〟、健康が若さが〝在る〟ことを〝失う〟ことが苦しみとなる。

〝在る〟とは〝無い〟の相対だ。

あらゆる宗教の基本テーゼは「この世は苦しみに満ちている」というものだ。そこから脱却するにはどうするかを各々は説く。

人の苦しみの大半は〝相対〟から来る。

「何故、自分は他人と違う？　他人より恵まれない？　何故、前は健康だったのに今は病に苦しまなくてはならない？」

全て〝相対〟、何かとの比較から来る。

この〝相対〟という概念の化物を消すだけで苦しみは無くなる。今の全てを受け入れる。現状を〝絶対〟とする。それだけで苦しみの大半は消える。幸福とは己の〝絶対〟にある。これが一つの〝悟り〟だ。

見方を変える。既存の見方を捨てる。それだけで世界は変わる。心は自由なのだ。

「秀吉の〝唐入り〟が負け戦になった後、どんな世が訪れる？　直ぐに乱世に戻るとは思えんが、そこで秀吉が何をどう考えるか。天下泰平を考えてくれれば良いが……」

天海が気になるのは秀吉の〝老い〟だ。

自分よりも十歳若い秀吉だが、これまで懸命に命を燃え盛えさせて来た者故の〝老い〟が気掛かりなのだ。さらに秀吉の〝悟り〟も天海は懸念する。

「天下人となった秀吉。貧しい百姓の身から天下人となって見えたもの……それが『こんなものか』という詰まらなさ、倦怠（けんたい）を感じているならこれほど恐ろしいことはない」

秀吉は最愛の息子を失った。

「秀吉は生まれてから抱えていた虚無を子供で満たし、初めて幸福を感じたがそれが消えた。その秀吉に再び訪れた虚無。それは歪んだものになっている筈。〝老い〟とその〝歪み〟が秀吉を狂わせる」

秀吉による〝唐入り〟は事態を複雑にさせ混乱を創り出す。しかし現実は天海が思うよりさらに複雑になっていく。

秀吉にまた子供が出来ることになったのだ。

◇

文禄二（一五九三）年四月、明国の講和使節が来月名護屋に到着することになった。

平壌城が明軍に奪還され、漢城までの撤退を余儀なくされた遠征軍の相当な数の被害に衝撃を受けた豊臣秀吉は、明から持ち掛けられた講和の話に乗ることにした。

その秀吉に〝唐入り〟の情勢と同様の、いやそれ以上の衝撃的知らせが大坂の北政所（きたのまんどころ）からの手紙で届けられたのだ。

それを読んだ秀吉は頭の中が一瞬空っぽになった。

「淀が……懐妊？」

秀吉の名護屋入りの際に同道させ、この地で暫く共に過ごした後に大坂へ帰らせた淀君がまた身ごもったというのだ。

秀吉は俄かに信じることが出来なかった。

鶴松の死によって子供を亡くす悲しみの大きさと追慕の念の深さを知った秀吉は、もうあんな思いはしたくない。そんな秀吉に、淀君懐妊の報告はどこか絵空事のように感じられたのだ。北政所への返書には「めでたいことだが、太閤の子供は鶴松だけと思っている」としたためた。

〝唐入り〟は鶴松の死が推進させたものだ。

鶴松を失ったことで秀吉に戻った虚無、途轍もないものを呑み込む巨大な渦のような虚無が欲望を生んでの〝唐入り〟だった。

だがその前哨となる朝鮮での戦さえ苦しいことが分かり、明からの講和使節はもう直ぐ名護屋に来る。

「どうする？　このまま講和に応じるか？」

だがそこで秀吉に、啓示のように大きな考えが頭に浮かんだ。

「鶴松がいなくなって進めた〝唐入り〟の最中に淀が再び身ごもった。ここで〝唐入り〟を止せば……また子供はいなくなるのではないか？　そうだ!!　生まれて来る子供が男子であればその子が明の王になるということではないか?!」

　ここで秀吉は〝唐入り〟を諦めないことを決心したのだ。

　明からの講和使節派遣が決まった為に、遠征軍は漢城から撤退した。小早川隆景らの九州の軍勢は釜山・熊川（ウンチョン）の沿岸まで撤退して駐屯、加藤清正らは晋州（チンジュ）へ引き揚げて陣を敷き直した。そして秀吉は新たに上杉景勝と伊達政宗の軍勢を朝鮮へ送った。

　五月十五日、小西行長、石田三成、増田長盛の三名は明の使節を連れて名護屋に戻った。

　その後、行長、三成、吉継の三人に秀吉は言った。

「今回の和議は進撃の態勢を立て直す為の方便じゃ。儂は必ず明国を征服する。お前たちはこれから直ぐに朝鮮に戻り宇喜多秀家の指揮の下、上杉景勝や伊達政宗らの軍勢と共に晋州城を落とせ。総力戦でやる」

　朝鮮から明へと至る要道の慶尚道にある晋州城は敵の要城だ。漢城から撤退した状況では、ここを落とさない限り明へ攻め上るのは難しい戦略拠点になる。

「明が和議の条件としている当方が捕虜とした朝鮮の二王子の返還、それには応じてやる。儂はこの名護屋での交渉は時間を掛けて引き延ばす。交渉が成立するまでに晋州城を攻略しろ。良いなッ!!」

そうして三人は明の使節団を残して朝鮮に戻った。

使節団の接待役は前田利家と徳川家康が命じられた。どこまでも豪華な接待を使節団に続けながら時間を稼ぐことが二人に求められた。老練な家康と実直な利家、二人による微に入り細を穿つ接待攻勢で使節団は時間を忘れていく。

天海は家康からの手紙を読んで複雑な思いがしていた。

「戦はまだまだ続くということか……だが長くなれば長くなるほど必ず不利になる。秀吉がそれをどう考え、どこでどう引き時と判断するか……」

遠征軍が壊滅的打撃を受けてからでは遅い。

「場合によっては天下大乱もありうる」

くれぐれもそれは避けて貰いたいと家康への返書にしたためた。

そして淀君が懐妊したという話に、天海は鶴松が生まれた時と同様の懸念を持った。

「もし男子が誕生すれば、また秀吉が狂う。今度は前以上に狂うかもしれん」

様々な要素を考えれば考えるほど……天才軍略家の天海の悩みは深くなる。

「よしッ!! これで戦の再開だッ!!」

加藤清正は勇んでそう声をあげた。

朝鮮に戻って来た小西行長、石田三成、大谷吉継の三人から秀吉の晋州城攻略命令を聞いたからだ。それを横目で見ながら小西行長は冷静に言った。

「晋州城は攻めるのが難しい城。本来なら長期戦。大軍で城を囲んで敵を籠城させて降伏を待つのが定石だが……太閤殿下は和議の交渉を優位に進める為にお急ぎだ。かなりの犠牲を覚悟せねばならん」

清正は行長の言葉に薄く笑った。

「城攻めに犠牲は必定。この城は太閤殿下の〝唐入り〟の要の城。どんなことがあっても落としてみせる！」

こうして小西行長、加藤清正そして黒田長政の部隊を中心とする攻撃隊が編成され晋州城攻略戦が始まった。予想通り攻めるのが難しい城を敵側は懸命に死守しようとした。

「ここは昼夜を問わず、手を緩めず、徹底的に攻撃を続けよう」

攻撃軍は「太閤殿下の〝唐入り〟はこの一戦にあり!!」と檄を飛ばし攻撃を続け、六月二十九日に遂に落とした。しかし、相当な数の犠牲者を出している。

晋州城陥落が近いと知った秀吉は、その事実を匂わせながら引見した明の使節団に対して、七ヶ条からなる講和条件を示した。

それは明皇帝の姫を日の本の帝の后とすること、明との貿易の復活、朝鮮八道のうち南部の四道を割譲すること……などから成っていた。

明の使節団はこの条件を帝に届けるとして名護屋を離れた。

「明は絶対に受け入れんぞッ！」

朝鮮に戻った使節団から秀吉の講和条件を聞いた知将小西行長は声を荒らげた。

（どうする？）

晋州城を多大な犠牲を払いながら攻略した行長だったが、兎に角ここは時間を稼ぐしかないと考えた。

「この講和条件をそのまま明国に伝えれば明皇帝は怒り狂い再び戦が始まる。我が遠征軍が朝鮮で力を蓄え長期在陣出来る状態を作り出すまで時間が欲しい」

行長も〝唐入り〟は成功させたいと思っている。誰よりも明や朝鮮の人間心理や実情を理解しているが故に現実的対応を考えていく。

行長は使節団の中心人物である沈惟敬（しんいけい）と話し合った。

「明皇帝に奉る書状を……偽装する」

そうして偽の講和条件が明国に送られた。

これで、講和の条件に対する明側の回答があるまで時間が出来た。

遠征軍は釜山を中心に持久戦態勢を固めるために、東は西生浦(ソセンポ)から西は熊川に至る沿岸地帯に十八の城を築くことになった。

駐留部隊は三分の一から二分の一ずつ交代で帰国させて休養を取らせることで長期戦の形は整い、〝唐入り〟は次の局面を待つことになったのだ。


「何っ?!　まことかッ!!」

秀吉はその知らせに飛び上がった。

淀君が男子を出産したのだ。

文禄二（一五九三）年八月十五日、その知らせに秀吉は嬉々として大坂へ向かって名護屋を発ち二十五日に到着した。

家康も後を追って名護屋を離れて大坂へ向かい、二十九日に帰還してから京に入った。

朝鮮にいた諸将も相次いで帰還し、十月になる頃には在陣の将の数は半数となっていた。

家康は〝唐入り〟がこのまま上手く収まってくれれば良いと思ったが、あの内容では明国は承知しないだろうとも思っていた。

「そうして再びの戦では……私も渡海せねばならんだろうな」

それを思うと気鬱になる。

だがそこで天海の言葉を思い出した。

「秀吉は男子の誕生で再び子狂いとなる筈。その心にどこまでも寄り添うように『兄上、兄上』と親しく遜っておけば秀吉は絶対に徳川殿を常に側に置いていたくなる」

家康はその助言を徹底しようと考えた。

「太閤の子狂い……それがどのようなものとして現れるか？　天海上人は以前よりも狂うと読んでおられる。それを頭に置いておかんとならんな」

家康は久々に戻った京で気を引き締めた。

秀吉に生まれた男の子は豊臣家内に暗雲をもたらす。

◇

文禄二（一五九三）年九月五日、徳川家康は伏見に赴いた。伊豆熱海へ湯治に向かう豊臣秀次の見送りの為だった。

豊臣秀次。

母は秀吉の姉日秀で、若き日に三好康長(みよしやすなが)の養子となり、秀吉に従って四国攻めや小田原征伐で戦功を挙げ近江に領国を与えられていた。

叔父の秀吉の養子となって関白を譲られ、豊臣家の次代を担う者とされている。学芸を好み古筆を蒐集愛好するなど趣ある人物だが、喘息の持病がありそれが先月来悪化、その治癒の為の熱海行きだった。

（やはり気を病んでのことだろう）

家康はそう思う。

それは秀吉に男子が誕生したことだ。

秀吉は世継ぎ誕生の一報を受けると、在陣していた名護屋から矢のように大坂へ戻り、生まれた子を見て狂喜乱舞した。

その秀吉は我が子を拾と命名した。捨て子は育つと言われるところから丈夫に育つことを願ってのことだ。

秀吉に跡継ぎが出来たことで秀次の立場はどうなるのか……誰もがそれを考えた。

家康は思う。

（太閤が関白を譲ったことを後悔し自分は疎んじられるのでは、と秀次様が疑念を持つのは当然。それが体に出たか……）

秀次は秀吉が隠居所と定めた伏見の城の普請責任者だった。秀吉が名護屋に詰めて留守であった昨年から着工、その普請には様々に神経を使って疲労が溜まっていた。そこに思いもよらぬ秀吉の跡継ぎ誕生だったのだ。

秀吉が帰坂してからその子狂いの様子をそばで見て背筋に寒いものが走った瞬間、咳が止まらなくなった。

「おいッ!! 拾が罹ったらどうする!! 直ぐに退散せよッ!!」

秀吉から叱責を受けて城を離れたが、その後も咳は止まらない。

家康は秀次の線の細さを心配した。

そんな秀次に熱海での湯治を勧めたのは、織田信長の頃から名医の誉れ高い曲直瀬道三で、自身も熱海に付き添うという。

「熱海の湯は本当によろしいですぞ。どうかゆっくりと静養なさって下さいませ」

家康の言葉に秀次は懇ろに礼を述べた。

「ですが、そうゆっくりも出来ません。伏見の城の普請がありますので……」

背中を丸めよく眠れていない蒼白い顔でそう言う秀次を見て家康は内心思った。

(派手好き、陽気好きの太閤はこんな関白を嫌う。快復した後には上手く立ち回らないとまずいことになるぞ)

そんな心の裡は表に出さず家康は大きな笑顔で「兎にも角にもご養生なさいませ」と言っ

て送り出した。

その二日後、家康は前田利家の茶会に招かれた。

〝唐入り〟の和議がどうなるかと互いの意見を述べ合った後で、話題は太閤の世継ぎのことに自然となった。

「若君の御誕生は祝着至極。豊臣の世はこれで万全でございますな」

家康の常套句に利家は頷きながらも正直な心持を告げた。

「秀吉の子狂い……あの男を若い頃から見て来て思う。あの男はずっと自分の子供が欲しくて欲しくて堪らなかった。そんな秀吉が天下を取ったら子が出来た。どれほどの幸福を感じたかは思うにあまりある。だがその子を亡くし秀吉は悲嘆に暮れた。天を恨んだ筈だ。それが〝唐入り〟に繋がった。秀吉は思ったのではないだろうか？　明国を征服したらまた子供が出来るのではと……」

信長の草履取りであった頃から秀吉を知る、利家ならではの秀吉観だと家康は思った。

「秀吉は何もかも手に入ると思っている。明国に攻め入ったら直ぐにまた子供が出来た。これで〝唐入り〟も必ず成功すると思っておるだろう」

家康も利家も、秀吉が示した講和条件を明皇帝がとても受け入れるとは思っていない。

家康はゆったりとした口調で言った。

「前田殿も私も海の向こうで死ぬということですな？」

利家は首を振って「もう老いた」と呟いた。

「だが秀吉が渡海するとなれば儂も徳川殿もついて行かねばならん。先鋒を務めねばならんだろう。その覚悟はしておかねばならん」

利家は武将の目で言った。

家康も頷いた。

「明皇帝からの返信が来るのはまだ先のことだろう。何とか真の和議を実現させねばならんとは思う。秀吉には決して言えんが徳川殿には腹蔵なく申しておく」

御信頼頂き有難き幸せと家康は頭を下げた。

「だが海の向こうでの戦の前に、京や大坂がきな臭いことになるかもしれん」

そう言う利家に家康は首を傾げた。

利家はなんとも言えない目をした。

「関白秀次様を秀吉がどう扱うか……秀吉の子狂いを思うと豊臣家の安寧が危ぶまれる」

家康は驚いた振りを見せた。

暫く何も言わずじっと利家を見ていた。

利家は達観したような様子で言う。

「何があっても秀吉を支えてやらねばならん。何がどうなっても……」

表情を変えずじっと家康はそれを聞いた。

「秀吉がどれほど狂っても、儂は支える。それが儂の残された時間の使い方。秀吉と共にある天下、それを支えるのみ」

家康は頷いた。

「前田様のそのお心にこの家康も同一でございます。太閤殿下をどこまでもお支えする。どのようなことが起ころうと盤石の心で殿下の豊臣家をお支えして参ります」

だがその内心は違う。

（太閤秀吉が息子を守ろうと関白秀次を遠ざけるのは必定。必ずそこで豊臣家内で争いが起きる。だがそこでの争いには決して関わってはならん。そして……どこまでも秀吉の味方となって喜ばしてやろう）

その時また天海の助言が頭をかすめた。

（そう。秀長殿に成りきって秀吉に対する。秀吉が狂おうと構わん。賢しらな諫言は決してせずどこまでも秀吉を安心させる。秀吉は老いている。老いた者は聞く耳を持たない。我慢が出来ない。それを心しながら秀吉に接し豊臣の政権の行方を見させて貰おう）

どこまでも冷たい氷のような心根がそこにはある。それが家康を次の天下人にさせる要因だった。

家康は十月十四日に京を発ち、二十六日に江戸に着いた。

江戸城に天海が待っていた。

家康は〝唐入り〟の状況と秀吉の子狂いのあり方を話していった。

「秀吉の心の裡、今やなんでも自分は出来るのだと、神の如き心となっておるでしょうな。ただ一つ、人の心は人の親としてのものだけ。若君のことだけが何よりも大事と……」

家康は頷いた。

「その中で今は〝唐入り〟が中入り状態。明皇帝が太閤殿下の示された和議に応じるとは到底考えられませんから、いずれまた戦となります。その際には太閤殿下も渡海となり私もご一緒することとなりましょう」

天海は笑った。

「もう徳川殿の渡海はござらん」

エッと家康は天海の顔を見た。

「秀吉は若君からもう離れられん。全ては若君あってのものとなっておる筈。大事な息子の為の世、つまり息子がすくすくと成長するのを常に見続けたいと思っている筈。名護屋にまた赴く機会が到来しても、若君を連れて行けるようにならんと動かんでしょう。若君は〝唐入り〟より大事なものに秀吉にはなっているということ」

家康はその天界の言葉に目を剝いた。

「天海上人はまるで太閤殿下をそばで見てらっしゃるよう！　それほど殿下にとって若君は大事でございますか？」

天海は不敵な笑みを見せた。

「秀吉は化け物。戦略家、政治家、そして茶人としても化け物です。それには徳川殿も誰も敵わん。しかし子がその弱点であることは明白。徳川殿に申し上げておく。ここからの秀吉の子狂いで豊臣政権に隙が出来る時、そこには確実に楔を打ち込んでおかれること。勿論それは見えない楔。どこまでも静かにゆっくりと楔を打ち込むこと。どこに隙が出来るか……朝鮮に在陣の将兵たちの心。本来は人たらしの秀吉が摑んでおかねばならない彼らの心を、秀吉はしっかり握らなくなる。まずそこが最大の隙。兎にも角にも徳川殿は朝鮮の将兵との音信を絶やさず様々に心配りをなされよ。だがその表面はどこまでも〝唐入り〟の成功の為とされねばなりませんぞ」

家康は、天海は凄いと改めて思い、さっと頭を下げた。

「御上人の仰せの通りに致します」

天海はその家康に微笑んで言った。

「徳川殿はここから秀吉と心ひとつにされねばなりませんぞ。秀吉が関白秀次殿を疎んじるようになれば、秀次殿からは必ず距離を取られるように。決して秀吉に秀次殿と内通しているなどあらぬ疑いを掛けられぬように……」

ハッと家康は頭を下げる。

天海は冷たい目をして言った。

「千利休時代の私が知る秀次殿は……線が細い。そしてどこか陰気。秀吉が真から気に入る人物ではない。あの暗さ、必ず疑いを秀吉に持たせます。秀吉は思う筈。『秀次が若君を亡き者にしようとするのではないか？』と……」

家康は目を剥いた。自分が懸念する先を天海は読んでいる。

「天才の狂い。天下人の狂い。どれほど恐ろしいものとなるか……」

天海の呟きに家康は頷いた。

◇

天海は随風について天台宗を学び進めるうち、その仏道のあり方から様々な学びを得ていた。

天台宗……伝教大師（でんぎょうだいし）最澄が八百年前に唐に渡り天台山麓にある国清寺（こくせいじ）を中心に学んで帰朝した後、天台法華宗として開いたものだ。

そこには最澄が〝悟った〟とする真理、法華一乗がある。

それに天海は魅かれた。

「法華一乗の考え……あらゆる仏道のあり方が全て有益であるとする姿勢。そこからまた様々なものが生まれる」

天台宗では円教、密教、禅法、戒法を総合する理論、四宗融合が説かれている。

「これが多くの仏道の祖を生み出すことに繋がったということか……」

比叡山延暦寺で天台宗を学んだ者たちの中から法然（ほうねん）、親鸞（しんらん）、一遍（いっぺん）などの浄土宗系の宗祖、そして道元、栄西などの禅宗系の宗祖が出ている。そのことは天台宗そのものの懐の広さと深さを示している。

天海は決してのめり込み執着することがない。それが全ての事柄をこだわりの無い目で捉えることに繋がっている。そのことが、天海を他の人間たちより先を観られる者にしていた。

明智光秀という天下布武を成せる武将としてのあり方、千利休という茶道の創造者としてのあり方。そこには天海が生来持っている真に自在な思考があった。

その天海が仏道を究めようとしていた。

それも〝天下泰平の世の創造〟の為であって単に己が悟りを得る為ではない。この世の誰も持ちえない途轍もない信念と思想を持って、難解とされる仏道に取り組んでいたのだ。

天台宗の修行には止観とされる観想行と密教の修行法とがある。

止観とは瞑想のひとつだ。

「止」とは心の乱れを止め特定の対象に心を同調させる。「観」では、そうした心に起こって来る正しい知恵を以てあらゆる対象を明らかにしていく。

「心をひとつにすることで全てを観ることが出来るようになる。一は全てであり、全ては一」

天海はそう理解した。

止観は隋の僧智顗が著書『魔訶止観』の中に定義したもので、天台宗では実相を明確にとらえる円頓止観を本義としている。

円頓とは……円満にして偏らず、時を経ず速やかに成仏することとされる。

止観には四種あってそれは四種三昧と呼ばれる。

先ず常坐三昧……九十日間座り続ける。

そして常行三昧……九十日間阿弥陀仏の周りを回りながら念仏を行う。

次に半行半坐三昧……本尊の周りを歩く行と、座る行を繰り返して行う。

最期は非行非坐三昧……日常の全てが行になるものだ。

天海はこれを行う中でその精神が研ぎ澄まされていくことを感じた。様々な想念が起こっては消える。それらが雑念にならずひとつのものへと収束していく。

「それが〝仏〟ということか……」

天海そのものの悟りがそこにあった。

天海が天台密教で気に入ったのは、密教をあらゆる仏道の集合である法華円教（ほけえんぎょう）の一部としていることだ。

「空海の真言宗は密教は別格とし他の仏道の教えを超えるものとしている。しかしそれでは仏道はごく一部の者だけのものになる」

根源的教えで現実世界の人間をどれだけ多く惹きつけることが出来るかが、天下泰平の世の戦略家の天海には大事なのだ。

真言宗の総本山金剛峯寺は高野山にある。

「高野山……」

そう呟いた時、天海は現実に戻った。

文禄四（一五九五）年のその夏、豊臣家は天海が予想した通りの展開になったのだ。

「関白秀次様に謀反の疑い?!」

誰からどのようにそれが伝わったのか定かではない。だがいつしかそんな剣呑な噂が京や大坂で広まっていた。

「捨て置けんのぉ」

太閤秀吉はそう呟いた。

「聞き捨てならんのぉ……様々な者の口の端にのぼっておるそうじゃな？」

石田三成を前に、太閤秀吉は芝居がかった調子でそう言った。

三成は「御意」と応える。

その噂を流したのは三成本人だ。

嘗て千利休を切腹に追い込んだ時と同様、秀吉から「秀次謀反の証拠を見つけよ」と突然言われ、驚いた。能吏の三成は秀吉の意を汲んで動いたが証拠は見つけられない。

「全く何もない……どうする？」

秀次を関白として支える豊臣政権の人間たちが多いこともあり、捏造も難しいと判断した三成は、窮余の策として「秀次謀反」の噂を手の者を使って市中に流させたのだ。あとはそれを秀吉がどう扱うか、だけだ。

秀吉は冷たい目をして言った。

「火のない所に煙は立たぬ。噂となっておること自体、もう既に関白に咎ありと定まるというものッ!!」

はッと三成は頭を下げた。

七月三日、秀吉は石田三成らを聚楽第の関白秀次の許に派遣して詰問させた。

秀次はただただ動揺し、喘息の発作で咳が止まらなくなりまともに受け答え出来ない。

その報告を受けた秀吉は頷いた。

（これで決まりじゃ）

翌日、秀次は太閤の手の者によって伏見に召喚されて関白職を解かれ、高野山に追放となったのだ。

徳川家康は江戸からそのことを天海に書き送っていた。

「全て御上人様のお察しの通りと相成りました。ことが穏便に済むことを願っております」

そうしたためていたが天海は秀吉の内心を厳しく見た。

「あの男の心の中には若君しかない。若君に渡す天下しかない。そうなると若君の存在を脅かす恐れのある者は全て消し去ろうとする筈。あらゆるものを若君の為に平らかに整えようとするだろう……」

その推察は的中する。

七月十五日、秀次は高野山で切腹を命じられ自刃して果てた。

秀吉は家康に一刻も早く上洛するよう連絡して来た。

家康は直ぐ京に向かい二十四日には秀吉に謁見した。

「徳川殿ッ！　よう来て下さったぁ‼」

早い家康の上洛を秀吉は喜んだ。その表情に気弱な感じを家康は受けた。

（やはりどこか後ろめたいのか？）

家康はそこでも徹底的に秀吉に寄り添う。

「大変でございましたですな……太閤殿下のご心中お察し申し上げます。この家康、微力ながらどこまでも殿下をお支え致します故、どうぞどうぞご安心下さいませ」

関白解任、そして追放から切腹への裏に何があったのかなど一切訊ねない。ただただ秀吉に対して同情の念を見せるだけだ。

だがそこからの秀吉の異常さに家康はゾッとする。

「儂に対し逆心を抱いた秀次の一族は、女子供まで全て処分致す所存じゃ」

家康は天海の指摘した秀吉の子狂い、天下人の狂いのすさまじさを知って唖然とした。だがそこでも家康は従順な態度を崩さない。

「太閤殿下の処断へのお苦しい胸の裡、若君様の天下を思えばのお心……お察し申し上げます」

そう言って秀吉の溜飲を下げさせるのだ。

八月二日、秀次の正妻、側室、子女、侍女ら三十数名が洛中引き回しの後、三条河原で斬首された。女子供が次々と斬首されるあまりの惨さに見物の京童からも「むごい！」と声があがった。

秀吉は諸大名に誓紙を提出させる。

そこには秀吉の若君、お拾様に対して、いささかの表裏別心があってはならぬ。御為になるように、守り奉るべきとあった。

「秀吉の子狂いで豊臣家の内部に大きな亀裂が入った。それが政権崩壊へと繫がる」

誓紙に署名をしながら家康は強くそう思っていた。

◇

文禄五（一五九六）年閏七月十三日。

「なッ?!　なんじゃッ!!」

真夜中。家康は伏見の息子秀忠の屋敷で眠っていたところを、布団ごと突き上げられるようになって驚き目が覚めた。

京を襲った大地震だった。

幸い豊臣家の人間や家康、息子の秀忠も無事だった。しかし洛中洛外の建物の多くが倒壊する大変な被害だと分かっていく。

秀吉が鳴り物入りで建造させた大仏殿、普請中の伏見城も崩れた。家康の京の屋敷の長屋も壊れ落ちていた。

「どんな時も先ず秀吉。どこまでも秀吉に寄り添い、秀吉の心に先んじて行動する」

そう考える家康は、前田利家らと共に秀頼と名乗ることになった若君を、大坂へ移すことを秀吉に進言した。

「太閤殿下が隠居所となさる伏見城も頑丈な地盤を探させた後に再建させます故、どうかここは安全な大坂へ！」

そんな家康の心遣いに秀吉はホロリとなる。そうして秀吉は秀頼を連れて大坂城に入った。

その頃、明からの使節団が到着した。

「ようやく来たか……」

九月一日、秀吉は大坂城で引見した。

彼らが持参したのは明皇帝の冊封文、つまり日の本を明の属国とするとしたもの……秀吉側が敗北を承認したことを前提とされたものだった。その上、彼らは朝鮮における全ての城塞の破却と軍勢の撤退を求めていた。

「なんじゃ……これは⁈」

秀吉は激怒した。

「戦じゃ‼　今度こそ〝唐入り〟を成し遂げるッ‼」

そうして再び朝鮮での戦闘が始められる。

年号が災異改元されて慶長と改められたのはこのすぐ後だった。

「京での大地震の後の〝唐入り〟再出兵……秀吉を巡る一連の動きが悪いですな」

天海は江戸に戻った家康と話していた。

「明を相手に有利な和議など絵空事であったということ。なんにせよこれでまた朝鮮での戦が始まります。どこでどう収めるか……太閤殿下のお心の定まり具合が分かりかねますので難儀でございます」

そう言った家康に天海は頷いた。

「ずっと朝鮮に在陣し疲れておる将兵たちも、秀吉の関白秀次様へのなさりようなどを伝え聞いてどれほど動揺しておることか……。それでここからの戦をどう進めていくか、真に勝つための戦いならば早期に秀吉が渡海し、現地を見て戦略戦術を立てねばならんところですが……秀頼さまがいらっしゃる限り、秀吉は動かんでしょうな」

その通りでございましょうと家康は同意した。

「朝鮮での戦い……時間を与えた分、地の利のある明や朝鮮軍に有利になっておる筈。ここからの戦況は決して好転は期待出来んでしょう」

冷静な戦略家の天海はそう言う。

その見立てが当たった。

十二月下旬に朝鮮で大規模な戦闘が起こる。

慶尚道の蔚山城(ウルサン)が突然、明・朝鮮の連合軍に大規模攻撃を仕掛けられたのだ。

在陣していた加藤清正らは籠城を余儀なくされる。

そこから恐れていた事態となる。

「ここでの籠城戦は予想していなかった。水も兵粮も玉薬(たまぐすり)も……足りない」

再びの戦いとなったが明確な作戦計画が朝鮮の将たちに示されない状況下、兵粮の大部分は釜山に留め置かれていたのだ。

極寒の中で薄い粥をすするだけの籠城は地獄になった。

「呟き込む者が増えております」

飢えと寒さで病魔に襲われる者も多く、清正は部下たちの様子に焦りの色を濃くした。

清正は寒さに震えながら、幼少の頃から仕えて来た秀吉のことばかり考えていた。

「また若君が出来てどれほどお喜びになったことか……」

それが関白秀次の切腹に繋がったことも容易に察しが付く。

「誰かがもっと上手く太閤殿下のそばでお支え出来ていれば豊臣家は安泰であった筈。今の太閤の周りにはそんな家臣がおらんばかりか……」

朝鮮に残されている自分たち将兵のことも蔑ろにしているのではないかと思える。君側の奸という言葉が頭をよぎる。

「あいつが……三成が……」

昔からそりの合わない石田三成、ことごとく頭だけを働かし算盤だけで動いているように思える三成。

「あいつの所為でこんな地獄にいるのではないのかッ?!」

そう思うと腸が煮えくり返る。

窮地に於いて怒りが持久の熱量となることがある。清正にとって三成への怒りがそれだった。清正はその怒りで極寒の籠城を耐え抜いた。そんな清正の耳に明るい声が響いた。

「お味方参上!!　やっとお味方が駆けつけましたッ!!」

多くの兵が病で倒れ、あと数日で落城となるところに救援部隊がやって来てくれたのだ。

城を包囲していた明・朝鮮連合軍は別動隊が現れての挟撃を恐れて退却を始めた。

「ここは攻撃だッ!!　追撃せよッ!!」

九死に一生を得た清正らが息を吹き返してこれを追い、敵軍を慶州(キョンジュ)まで退却させた。

この後、朝鮮在陣の諸将は集まって戦線の縮小の軍議を図り奏上した。だが秀吉からは

「相成らん」と返事があり兵粮も自分たちで十分に確保する努力をせよとして来た。

諸将は釜山に集中していた置兵粮の半分を各城に分散して配分し、今後の戦いに備えることにした。

「太閤殿下の朝鮮入りの為にも釜山には充分な兵粮の備蓄が必要。あとは名護屋からの廻船を待つしかない」

後方支援に疑問を抱えながら、朝鮮在陣の諸将は新たな進撃への命令を待ったのだ。

「太閤殿下がお倒れにッ?!」

慶長三（一五九八）年五月の終わり、伏見の屋敷にいた徳川家康はその知らせを受けて直ぐ秀吉を見舞った。脳卒中で左半身は動かなくなっているが口は動いた。

「あぁ……徳川殿ッ……」

家康は床の中の秀吉の手を取って言った。

「この家康がおります限り太閤殿下の世も秀頼様の世も安泰。どうかどうかご安心なさって養生して下され」

そして近臣たちを安心させるように動く。

まず毛利輝元に家康と前田利家に宛てて起請文を出させた。そこには秀頼への奉公、法度置目の遵守、私の遺恨の企てをしないなど、豊臣政権の安定に資するように誓わせ、島津義久からも同じ内容の起請文を出させた。

石田三成ら近臣はそんな家康の態度に溜飲を下げる。

真の心の裡とは真逆の見事なまでの家康の芝居だった。

秀吉の病状は日に日に悪化していく。

そして八月五日、秀吉は己の死期を悟って五大老である家康、前田利家、毛利輝元、上杉景勝、宇喜多秀家に宛てて遺書をしたためた。それは秀吉亡き後の秀頼の行く末を支えて貰いたいとする父親としてのそれ以上ない正直な依頼だった。

僅か六歳の秀頼……秀吉は石田三成ら近臣に涙を流しながら語った。

「秀頼が十五歳の元服を迎え、儂が天下を譲った後、諸大名が秀頼に奉仕する有様をこの目で眺めるのが願いだったのだが……」

三成らも涙した。

秀吉が信頼する絶対的な家臣には石田三成、加藤清正、福島正則（ふくしままさのり）、浅野長政、大谷吉継など幼い頃から秀吉に仕えて来た多くの者がいるが、天下を支えるとなるとまだ心許ない。

歴戦の諸大名を率いるには力不足なのだ。

秀吉はそれが心配でならない。

最も力のある大名、徳川家康は自分の妹婿（いもうとむこ）でありその子秀忠の娘を秀頼に娶（めと）らせる約束を取り付けているが……自分が死んだ後にどこまで信頼出来るかは全く分からない。それが不安で仕方なく、五大老、五奉行に対しては再三再四（さいさんさいし）誓紙を書かせることでなんとか今際（いまわ）の際の心を安らかにさせていた。

そして八月十八日。

「そうか……」

家康は、伏見の屋敷を隠密裏に訪れた石田三成から秀吉の死の報告を受けた。

三成が帰った後、独りになって呟いた。

「長かったぁ」

千利休であった天海から言われたこと……天下を取るには秀吉より長生きせよ健康を維持せよと言われ続けたことを思い出した。

「さて、次の天下は……」

この時家康は千利休を切腹から救い、天海として自分の軍師としていることを改めて心から喜んだ。

「次の天下。それを儂のものとする為にどのように持っていくか。それはあの方、天海上人、明智光秀であり千利休であった怪物をそばに置いて決めて行けばいい」

そう思うと気が楽になる。

これまで秀吉の存在がある限り、天海を京や大坂に呼び寄せることは出来なかった。

「しかし、これで堂々とご上人をそばに置ける。嘗て秀吉が堂々と明智光秀を千利休として途轍もない力を発揮したように……いや、それ以上の力を発揮させる」

家康は不敵な笑みを浮かべた。

第四章　天海、序列を明確にする

天海は常陸国江戸崎の不動院で太閤秀吉の死を知った時、織田信長に共に仕えた明智光秀時代を先ず思い出した。若き日の秀吉の太陽のような人たらしの笑顔が忘れられない。

「信長様の天下布武、その邁進の為に競い合いながら互いを高く買っていた」

そして千利休となってその秀吉の茶頭、軍師として仕えた。

「天下取り。それを共に成し遂げることが出来た」

その過程で茶の湯を創り上げ、茶の湯御政道(ごせいどう)によって天下を治めることも出来た。

「秀吉は化け物、天才だった。この日の本の歴史を見てもあのような男はいなかった」

その男が死んだ。

「あの男が創り上げた天下……それがここからどうなる?」

天海は考える。

「秀吉が創った天下という器、豊臣政権という器がそのまま持つか?」

秀吉亡き後は五大老・五奉行によって豊臣政権の体制維持は図られる。

「だが、天下泰平の世となるか否かは……」

徳川家康次第だと天海は思う。

「秀吉の創った天下は秀吉だけのもの。化け物が君臨してこそ維持出来るもの。秀吉の残像を利用して暫くは政権の求心力は働くだろうが……その制度や仕組みは天下のあり方として危うい」

天海は家康が天下を取りに行くことを想定し徳川の天下となった場合、その体制や制度を、泰平の世が百年二百年いや三百年と続く盤石なものにしなければならないと考えている。不動院での仏道の学びと修行と共にずっとそれを構想していた。

「器を創り上げねばならん。この日の本の地で万民が泰平の世を維持出来る器を……」

そこに信長や秀吉、そして家康のような特別な人間は必要ない。そんな器による天下泰平の世にしなくてはならないと思っている。

人類が平和と安定に資するものとして発明した最高のものは、制度や法である。

制度や法を人の上に置く。

制度や法という器に人を入れる。

それにより個人ではなく、人類が目指すべき世界が万民に分かるようになったのだ。

世界史は天才が現れて創られて来た。

カエサル、ジンギスカン、ナポレオンなど天才は現れるが全世界を支配することは出来なかった。特別な人間が創る世界はその人間が生きている間が旬であり長くは続かない。

万民が永久に平和に暮らせる世界を創る。

その為に必要なものを考えた時、寿命の限られた人間ではなく永久に存在出来る器を考え出さなくてはならない。人類にとって永続的かつ普遍的に重要なことを為すのは人ではなく制度や法というのは必然となる。

人は何かあると「政治が悪い。リーダーがなっていない」と批判するが本当に大事なのは制度や法の方であって運用する人間の方ではない。人類が恒久平和の為に考えなくてはならないのは、より良い法や制度ということなのだ。

強いリーダーや政治的ヒーローを待望するのは、非常に危険なことだと常々認識しておかなくてはならない。

現代に於いての理想の法や制度とは、個人の人権が尊重され、民主主義に基づいたものということになるだろう。

「戦争はしない」と最高法に定めた国であれば、それを遵守する形で法や制度は作られている。パンデミックが発生すると戦時体制を法的に敷いて人権を強く制限出来る他国と自分の国は全く違うのだということを、その国の国民は理解しておくべきだ。

法や制度を理解しそれを運用する者たちを監視し改善を求めて選挙に臨む。それが真に恒久平和を実現しながら個人の自由を享受する理想の国の国民のあり方になる。

「だがその前に……」

天海は目先の戦を考えていた。

太閤秀吉亡き後、豊臣政権は明・朝鮮との和議と撤兵を決定した。太閤秀吉の死を秘して朝鮮在陣の諸将兵が速やかに無事帰朝できることが最重要となる。しかし撤退戦の難しさからどれほどの犠牲が出るかは未知数だ。もし敵側が秀吉の死を知れば一斉に襲い掛かって来る。日の本の中にも明・朝鮮に通じている者たちはいる。

「勇猛果敢に〝唐入り〟を目指す姿勢を見せながら和議に持ち込み、そして速やかに全将兵が逃げ帰れる用意を整えることが必要」

天海は明智光秀であった時の金ケ崎（かねがさき）の絶体絶命の殿戦が頭に浮かび、あの時も秀吉と家康がいたことを思い出した。

「これからの豊臣政権内の争いの火種は〝唐入り〟にある。遠い異国の地で長く在陣した諸将が帰朝した時、その憤懣（ふんまん）やるかたなさが爆発する。それがどんな分裂をもたらすか……それはこの撤退戦の行方が決める」

天海は家康への筆を執った。

「天下取りは急がぬよう。早晩(そうばん)徳川殿の掌に転がり込む筈。それには朝鮮からの撤退の指示を明確かつ的確に、そして帰朝する諸将への労(ねぎら)い、厚く厚くお心配りなさいますよう」

受け取った家康は、流石は天海だと思った。

「この撤退戦の成否が後の世の流れを決める。金ヶ崎の時のようだ」

家康も天海と同じことを思い出していた。

こうして素早く動いていく。

家康は和睦を指示すると帰朝の為の船を三百隻送ることを決め、兵站の能吏である石田三成らを博多まで派遣した。

「撤退戦は勇猛果敢な将に指揮を執らせるのが良い」

そうして加藤清正に指揮を執らせ、朝鮮在陣の諸将と連絡を密にするよう伝えた。

家康は戦闘が起こっている順天(スンチョン)、蔚山からの撤退の方策と帰朝の手順を指示し、清正には、朝鮮のことは構わず黒田長政と諮(はか)って釜山浦へ速やかに移動して帰朝するように伝えた。

「攻撃は最大の防御、撤退戦を成功させる為に加勢の軍隊を送ってやることも必要」

そうして壱岐・対馬に軍勢を派遣させた。

「明国が和議に応じて兵を引き、将兵の身の安全が確保出来次第、速やかに城を棄てて釜山に集結するよう」

その指示を徹底させた。

「逃げる時には逃げることにだけ集中させねばしくじる」

家康の明確な指示は諸将のためらいない撤退を可能にさせた。

こうして慶長三年の暮れまでには、朝鮮から諸将兵は引き揚げてくることが出来たのだ。

「何とか……〝唐入り〟は終わらせた。ここからだな」

家康はそう呟いた。


慶長四（一五九九）年正月、伏見で越年した徳川家康は天海を密かに呼び寄せた。

「久方ぶりの京の空気は如何でございます？」

家康の言葉に天海はなんとも言えない表情を見せた。

「ここで切腹して果てた筈の身……妙な重さを感じますな」

八年ぶりとなる京や伏見を見て、天海はどこか現実感がなかった。

「これまで俗世を離れて仏道の学びと修行の日々、と言いたいところですが、様々に俗世のあり方を考え続けております。秀吉亡き後の天下、どのように泰平の世の仕組みを創ればよいかを……」

家康は大きく頷いた。

「まさに私が天海上人にお聞きしたいのがそこ。ここからどう動くべきか？　朝鮮からの諸将兵の引き揚げはなんとか及第点で終わりましたが……」

天海は天井を見た。

「秀吉亡き後の天下。徳川殿は真に天下泰平の世をお創りになるのでしょうな？」

家康はぐっと腹に力を入れた。

「嘗ての千利休様、そして天海上人にも言われた通り秀吉より長生き致しました。それも全て天下を我が物にする為。その天下とは泰平の世。その心はぶれずにおります」

天海は視線を家康に向けた。

(明智光秀の眼だ！)

その眼光の鋭さには家康でさえ気圧される。

じっと家康を見据えて天海は言った。

「豊臣政権をここで一気に潰すのは難しいでしょう。先ずは徳川殿が豊臣政権の名代となり、その天下に従わぬ者を排除すること。五大老・五奉行、そして諸将。その腑分けを明確にしておくこと。味方か敵か……それが後の徳川殿の天下を決めますでしょう」

家康は納得した顔を見せた。

だがそこからの天海に天才的軍略家の証を見るように家康は思った。

「豊臣政権の名代。今はこの立場を軸にしながらも敵味方の腑分けの為の揺さぶりは必要。皆が徳川殿を恐れることをなさること。しかし直ぐ戦に繋がる剣呑なものでないことをなさってでは如何です？　豊臣政権がそれに動揺を見せて徳川殿に迫れば、のらりくらりとはぐらかす。そんな揺さぶりが要るでしょうな」

なるほどと家康は頷いた。

「太閤殿下が亡くなる前に提出させた誓紙の数々。その内容をさらりと反故にしてみせるのが良いかもしれませんな？」

天海は微笑んだ。

「さすれば……お味方となる大名との関係は強められ、敵となる者たちは一斉に反発するでしょう」

家康は満面の笑みになった。

そこでまた天海は冷たい目をした。

「秀吉の葬儀の前におやりなされ。ある意味、それが皆に迫ることになる。これからの世、真の意味で、豊臣を取るか、徳川を取るか？」

家康は頭を下げた。

太閤秀吉の死去は朝鮮から撤退する将兵を守るため秘され、遺骸は死の翌日、京都東山阿弥陀峯に葬られていた。その死が正式に発表されたのは撤退が完了した十二月だった。葬儀は翌年二月二十九日、東山方広寺で執り行われることが決まった。

正月の松が取れ、葬儀の準備に掛かっていた石田三成はその話を聞いて驚いた。

「本当か?!」

豊臣政権に届けなく、徳川家康が泉州堺の茶人今井宗薫を仲人として次々と諸大名との縁談を決めたというのだ。私に婚姻を結ぶことは禁じられている。

「明らかに誓紙違反ではないかッ?!」

その内容は……家康の六男忠輝が伊達政宗の娘を娶ること、家康の異父弟である久松康元の娘を養女とし福島正則の嗣子である忠勝に嫁がせること、そして蜂須賀家政の子至鎮と家康の孫娘との婚姻……と続々たるものだ。

前田利家と三成は家康の誓紙違反を詰問した。

「なんですぅ？　媒酌人がとうに届け出て許可頂いたものと思っておりましたがぁ」

家康は惚けた調子で言う。

三成は直ぐに今井宗薫に詰め寄ると、宗薫は「自分は一介の町人でございまして武家の御法度には疎く……」と白を切る。

三成は改めて家康を責めた。

「太閤殿下の御葬儀前にかかる誓紙破り。返答次第では大老の列からお退き頂く！」

その言葉に家康は凄んだ。

「治部ッ!!　言葉が過ぎる!!　誰に向かって申しておる!!」

豊臣政権内に一気に緊張が走った。

全て天海の筋書き通りだ。

太閤秀吉がその晩年に整えた五大老・五奉行の職制による豊臣政権の統治制度。

それは政権の最高顧問として政務を総攬する五大老に徳川家康、前田利家、宇喜多秀家、毛利輝元、上杉景勝がおり、その下に実務を行う五奉行が置かれている。石田三成、浅野長政、増田長盛の三名が一般行政、長束正家が財政、前田玄以は公卿と寺社の取り締まりを担当、重大事は合議がなされることになっている。

豊臣政権による統治の根幹であるこの制度を、秀吉の葬儀の前に家康は揺さぶったのだ。

私の婚姻を禁じる誓紙破りで一気に高まった政権内の緊張は剣呑な噂を呼んだ。

「石田治部少輔が徳川殿を襲う」

大名として圧倒的な力を有する家康、豊臣政権の実務筆頭としての三成、双方の武力による衝突が現実となるのでは、とされたのだ。

噂を聞きつけて家康の許に集まったのは黒田長政、福島正則、池田輝政、藤堂高虎ら。

そして三成側には宇喜多秀家、毛利輝元、上杉景勝、小西行長、長宗我部盛親らが参集した。

「これで……敵味方は明確になったな」

だが家康はここで争いを起こす気はない。

老獪にさっと家康は矛を収める。

四大老と五奉行に対して誓紙をしたため、縁組への警告は了承し今後は遺恨に思わず従来通り豊臣政権を支えるとしたのだ。

これで緊張は解消した。

家康は京の屋敷の茶室で天海に茶を点てていた。

(茶聖千利休との茶事……やはり恐ろしいものだ)

天海はじっと家康の手許を見ているが、その目は茶人のそれではない。茶の湯から〝気〟の抜けた天海の目には何も映ってはいない。

「茶は忘れました」

天海は上洛し家康と会った時にそう言った。

「今は一介の僧侶、目の前にあるのは仏道のみ。茶を点てることはもうございません」

そう言って決して自らが亭主となって茶を点てようとしないのだ。

家康は茶碗を天海の前に置いた。

（相変わらず美しい）

天海の茶室での所作は簡素そのものだが、やはり美しい。

さっと茶を飲み干すと天海は言った。

「豊臣政権の揺さぶり。効いたようですな。如何です？　徳川殿御自身のお力がお分かりになったでしょう？」

家康は薄く笑った。

「御上人様の軍略の凄さ、改めて感じ入っております。これで敵味方ハッキリ致すと共に豊臣政権の脆弱さが分かりました。縁談を進めただけでこれだけの騒ぎ……いやはや脆いものでございますな」

天海は頷いた。

「それだけ秀吉の存在が巨大であったということ。今の政権制度では秀吉なしに天下を支えることは出来んということ」

家康はその天海に「御意」と頷いてから小声になった。

「大納言殿のお体が良くありません」

大納言、前田利家のことだ。

天海は共に織田信長に仕えた利家のことはよく知っている。腹のない実直な性格で、若き日から信長に仕えた幼馴染のような、秀吉の信頼の厚い男だった。秀吉は臨終を迎えるに当たって秀頼の守り役に利家を指名、利家も感じ入って豊臣政権の安定に努めた。家康の私的縁組による誓紙破りを誰よりも糾弾したのは利家だった。

「今直ぐにでも槍を取って徳川殿と一戦交えますぞ!!」

老体を震わせながらそう迫った利家のことを家康は思い出す。その二人の間を心配したのが細川忠興だった。忠興の子の忠隆が利家の娘婿であることから斡旋に動き、利家は病を押して伏見の家康邸を訪れたのだ。その利家の見舞いを名目に、大坂の前田屋敷に家康が返礼に訪れたことで和解がなされていた。

この大坂訪問時、家康は藤堂高虎邸に泊まった。石田三成はそこを襲撃することを考えたが、加藤清正、黒田長政、池田輝政らが家康の護衛に参集すると聞いて諦めたのだ。

家康が利家を見舞った時、家康は利家から死臭を嗅いだ。

そのことを天海に話したのだ。

「豊臣政権の大老の重み。前田殿と徳川殿の重みによる均衡がなくなるとすれば……」

前田利家が死んだ後から政権崩壊が一気に始まる可能性がある。

天海は本能寺の変の後、利家を柴田勝家から引き離し秀吉につける軍略を考え、秀吉に知恵を授けたことを思い出しながら事態は大きくこれで動くと確信した。

天海はふと笑みを見せた。

「大納言殿がお亡くなりになれば……石田三成は焦るでしょうな。一気に徳川殿が天下を取りにいかれると思い……」

家康は何も言わない。

「三成は能吏だが徳がない。情の通じんところが敵を増やす。面白いですなぁ。あの秀吉から〝人たらし〟を何故学ばなかったのか」

そこで家康は草の情報を語った。

「加藤清正と黒田長政の二人。〝唐入り〟では奮闘しながら朝鮮に同道した目付（戦闘査定者）の恣意的報告の所為で恩賞に与れなかったと強く感じて、三成に目付の処分を要求した

もの の……拒否されております。怒り心頭に発した二人は、三成に含むところのある他の諸将を誘い三成を亡き者としようとしている由。ただその三成がずっと大納言殿の病床に詰めておる為、手が出せない状態。ですが、大納言殿が身罷られたら……」

天海は難しい顔をした。

「今、三成を討たせてはなりませんな。豊臣政権内の対立が武力に及びそれも闇討ちのような形でとなると、後々に禍根を残す」

家康は天海にどうすれば良いか訊ねた。

「三成に内々に状況を知らせ虎口から脱出させてやった方が良いでしょう。そして……」

天海は不敵な笑みを浮かべる。

「そして？」

天海は頷いた。

「三成にはいざという時には徳川殿を頼るように持っていかれてはどうです？」

家康は膝を打った。

「なるほど！　ここは豊臣政権の安定の礎を演じろということですな？」

その通りと天海は言う。

「諸将の怒りを収める形で三成にはそれ相応の処分をなさり、政権の安定には徳川殿が欠かせないことを見せつける。さすれば、何の苦労も無しに天下は徳川殿の掌の中に納まりましょう」

家康は満面の笑みとなった。

前田利家が死去した翌日、石田三成襲撃の企てに参加したのは加藤清正、黒田長政、細川忠興、脇坂安治、加藤嘉明、福島正則、浅野幸長の七人だった。

「三成が大納言殿の屋敷を出たところを全員で斬り込む。三成の首を取った後、堂々と君側の奸を討ったと七人で声明を出す！」

そう勢い込んでいた。

だが三成は事前に襲撃の情報を得ていた為に、利家邸の裏口から抜け出し宇喜多秀家の屋敷で一旦ほとぼりが冷めるのを待った後に、伏見の家康邸を訪ねて保護を求めた。事前に「徳川殿が詳しく事情を聞きたいと申しておられる」と聞かされていたからだ。

自邸の玄関先で出迎えた家康に三成は手をついて頭を下げた。

「かかる次第、面目ございません。全て不徳の致すところではありますが、徳川殿には何卒よしなにお取り計らい願いたくッ‼」

焦りの三成の姿に家康は微笑んだ。

「治部殿、ここは皆豊臣の天下を思い心一つにせねばならん時。この家康に任せられよ」

そうして三成を屋敷内に招き入れて匿（かくま）うと同時に、加藤清正ら七将には三成が自邸にいることを分からせた。

「何っ?! 徳川殿のところへ逃げたッ?!」

直ぐに家康の許を訪れ三成を出せと迫る。

家康は、皆の不満は分かると理解を示しながらも決然とした調子で諫めた。

「太閤殿下がお亡くなりになられてまだ日も浅く、その最愛の友であった大納言殿も身罷られたばかり。そんな時に豊臣政権が内部から揺らいでどうする。太閤殿下のお世継ぎであられる秀頼様はまだ幼少。皆が一丸となってお支えせねばならん時だ。兎に角、治部少輔のことはこの家康に一任されたい」

そうして七将は矛を収めたのだ。

三成は家康の屋敷の茶室にいた。

「茶でも点てて進ぜよう」

家康の言葉に甘えてのことだ。

自分の身がどうなるか……全て家康に任せるしかないと覚悟を決めている。

亭主が入って来た。

（なんだ？　内府殿ではない）

大きな背中の亭主の姿には見覚えがある。

（まさかッ⁈）

三成は血の気が引くのを感じた。

そこにいるのは紛れもなく千利休だ。

一言も発することの出来ない三成に利休は言った。

「太閤殿下と入れ替わっての久方ぶりの俗界だが……相変わらず騒がしいな？　治部殿」

そうして茶を点てていく。その姿は美しい。

三成は夢を見ているのだと思った。

そして秀吉の辞世の歌を思い出した。

露と落ち　露と消えにし　我が身かな
なにはのことは　夢のまた夢

利休は茶碗を三成の前に置いた。

「織田信長様は幸若舞の『敦盛』の謡を好まれたが……まさに人の世は夢。だがその人の世を生きる万民に現世を泰平とするのが天下人の務め。それをしかと心得られよ」

そう言い残して茶室から出ていった。

呆然としながら三成はその茶を飲んだ。

(美味い！)

ずっと生きた心地のしなかった自分がその茶で落ち着いた。

「しかし今のは……本当に夢か？」

三成は掌の茶碗を見た。

長次郎作の黒楽茶碗だ。

「黒は古き心なり」

利休の言葉を三成は思い出していた。

◇

細川忠興は嘗て石田三成から、関白秀次の謀反に加担している疑いありとの讒訴を太閤秀吉にされたことがあった。それを家臣松井康之の必死の弁解と徳川家康の援助によって事なきを得ていた。全て三成が忠興の人脈とその資質、知識を恐れてのことだった。

茶の湯の技量に非常に優れた忠興は利休七哲の一人として有名だが、武家故実（ぶけこじつ）に詳しいことでの評価も非常に高い。前田利家邸に太閤秀吉が御成（おなり）になって儀礼の十三献がなされた時、忠興は他の大名を差し置いて奏者（そうしゃ）を務めている。武将としては鷹狩（たかがり）を好み、茶の湯や武家故実だけでなく和歌、連歌（れんが）、能に堪能という文化的才能から広い交友関係を持ち実力者の徳川家康と親しくしている。

豊臣政権内で力を発揮しようとするそんな忠興を追い落としたい三成の勇み足だったが、これで忠興の三成への恨みは深く残ることになったのだ。加藤清正や黒田長政らから共に三成を襲撃しようと誘われた時は、一も二もなく参加を決めた。しかしその三成がこともあろうに家康に助けを求めた為に、三成を葬ることは出来なかった。

三成の処分を一任された家康は、三成に対してその領地である佐和山（さわやま）へ一時蟄居を勧め三成は素直に従った。

忠興たちは、三成が豊臣政権を退いたことで溜飲を下げたが、腹の虫は収まってはいない。

「いずれ機会を見て治部を誅（ちゅう）する」

そう思っていた。

そんな忠興を家康が茶に誘った。

「珍しい」

家康はどんなに忠興が茶を所望しても「茶の湯ではそなたがずっと上」として茶を点てようとしなかったのに、だ。

「きっと三成の一件と今後の政権運営をお話しになるのだろう」

そう思って伏見の家康邸を訪れた。

「？」

茶室に入った瞬間、忠興はその優れた茶の感性で、場に漂う途轍もない趣の良さを感じた。

(内府様の茶はこれほどのものだったのか！)

忠興は、家康がその茶をずっと謙遜していたのだと思った。

そこへ亭主が現れた。

(あぁ、まるで利休様がいらしたようだ)

家康の姿がいつもよりずっと大きく見えると思った。が、違う。錯覚ではない。

大きな背を丸めて狭い茶室の中で美しく炭点前(すみてまえ)をするのは、この世にいる筈のない茶聖だった。

「り、利休様……」

唖然とする忠興に亭主は全く気を取られることなしに釜を据え、水屋に下がる。

忠興は松風を聞きながら夢を見ているのだと思った。

(夢なら願ってもない夢。利休様の茶を頂戴出来る！　醒めて欲しくない！)

そうして利休は道具を揃え茶を点てる。

忠興はその所作に陶然となる。

(美しい……これほど美しいものだったのか)

忠興は、在りし日の利休の茶席にいる自分を幸福に思っていた。

何かがおかしい。

「こ、これは本当に夢なのか？」

あまりにも現実感がある。

その利休が言う。

「茶は止そうと決めたのだが……先日、治部に点ててやったら、ふと心が軽くなった。新たな茶の領域があるものかと……いやはや、茶は恐いな」

そう言って笑うのだ。

忠興はこれが夢でないことを知った。

「い、生きて……おられたのですか？」

舅である利休には、茶だけではなく様々な思いがある。

利休は茶を点てながら言う。

「明智光秀、千利休……そして今は天台宗の僧侶で天海と名乗っておる。なんの因果か、生きておる」

忠興は狂喜した。

そうして忠興は天海と様々に語り合っていく。

「お玉は息災か？」

実の娘である玉がどのようにしているかは、天海にとって一番の気掛かりだ。

「息災でおります。が、……」

天海は察した。

「切支丹は相変わらずということだな？」

大坂の細川屋敷で祈り三昧とのことだ。

天海は忠興に、そんな玉を受け入れ続けていることを感謝した。

忠興は天海の今のあり様を様々に訊ねていく。

天海は言う。

「この身は俗世を離れたものだが……天下泰平の世を目指すとされる徳川殿の軍師として残

された命を全うするつもり。それが豊臣政権を維持することになるか否かは分からん。だが今天下を纏められるとすれば徳川殿しかおらんのは事実だ」

忠興は頷いた。

ずっと前田利家の傘下にあったが、三成の一件以来家康に与することも致し方なしと考えていたところだ。

(舅殿が徳川殿の軍師。そうなれば必ずや次の天下は徳川殿のもの)

織田信長が最も信頼を寄せた家臣である明智光秀。そして太閤秀吉の天下取りを茶の湯御政道で支えた千利休。その二人が同一人物であり、その人物が今は徳川家康の軍師としてそばについているのだ。

忠興は天海の前に手をついて言った。

「これから私も徳川様にどこまでも付き従って参ります。何卒、よしなに願います」

天海は頷いた。

「私のことは徳川殿のお味方には次第に知らしめていくことになるだろう。天下泰平の世の礎、それを私は創っていく。だがそれを邪魔する者は容赦はせん」

そう言った天海の眼光の鋭さには忠興もたじろいだ。

(相変わらず物凄い〝気〟の持主！)

だが次の瞬間、天海は人の親の顔になった。

「忠興殿。お玉のこと、苦労をお掛けするが何卒宜しくお願い致す。そして……以前も申した通り、お玉の切支丹狂い、忠興殿が『ここまで!!』と思われたら躊躇なくお手に掛けて下さいませ」

そう言って頭を下げるのだった。

徳川家康は着々と〝天下泰平〟への布石を打っていった。

石田三成を佐和山に蟄居させた後、伏見城西丸（にしのまる）にその居を移した。

「太閤殿下の遺言で、伏見城は留守居（るすい）によって守らせよとのことではなかったのか？」

豊臣政権内はまた揺れた。戦略的に重要な城である伏見城だ。

家康は入城を敢行し、その助けをしたのが細川忠興だった。嘗て石田三成の側についた毛利輝元や宇喜多秀家を説得し、この家康の行動を支持させていた。

「戦をすることなしに天下を取るのが最上の策。それを成せればこんな幸せはない」

家康は、秀吉の生前に血判（けっぱん）を押した誓紙の数々など無視し、思いのままの振る舞いを見せていく。一旦は中止した縁組を全て進めて結納を取り交わし、朝鮮の戦で譴責されていた諸将を落ち度なしとし、忠興ほか家康の為に行動した者たちを加増していく。

明け透けな家康のやり方だったがそれを制する大きな勢力はなくなっていた。

天海はその様子を見て思った。

「揺さぶりから地ならしへ……徳川殿のやり方に含むところある者たちは必ず行動を起こして来る。そこでどう出るか？」

軍師として天海は考えを巡らせている。

「世間では既に徳川殿のことを『天下殿』と呼んでいる」

しかし家康には常に『秀頼様を粗略なきよう』と口にさせ、豊臣政権こそを〝天下〟と示すように助言している。

そこには「絶対に下克上をさせない」とする天海の信念がある。

「下克上は本能寺の変で終わったのだ。これからの世はどこまでも上下の決まりがなくてはならん。それを揺るがせてはならん」

その中で家康の真の天下をどう創らせるかが、天海の絵の描き方にかかって来る。

「やはり……戦はしておかねばならんな」

豊臣政権を構成する大名の主従、序列を明確にするには戦が必要だと天海は考え、その軍略を練り始める。

◇

石田三成は、佐和山城での蟄居生活を余儀なくされてから己を見詰め直していた。

「私に何が足りない？」

亡くなった秀吉への忠誠心にかけては、誰より持っていると思っている。

「殿下の為には何でもした。どれほど皆に嫌われようとも全ては殿下のお心を思ってやって来た」

三成には秀吉を見上げる縦の視線しかなかった。秀吉に仕える者たちへの横の視線を疎かにしていた。秀吉が亡くなった後の徳川家康の攻勢を見て、天下というものの扱いの巧みさに己の力の無さを思うしかない。

その家康はその後も豊臣政権を越権して、どんどんその力を見せつけた。

亡き前田利家の跡を継いだ利長は、そんな家康に感情的になり大坂城登城途中に討とうとした。が、それを察知した家康は難を逃れ、逆に加賀に戻った利長を討たんと挙兵を計画する。

三成は利長に呼応して家康と一戦交えることを画策するが、利長と姻戚関係にある細川忠興が家康への陳謝を利長に説得、これに成功する。利長は、生母を家康の人質として江戸に出す等の、家康から出された条件を全て呑むことで許された。三成は落胆したが、家康に対しては別の火の手が上がった。会津に戻っていた上杉景勝が家康の専横に反発を見せ、家康が上杉成敗に動くことになったのだ。

「ここだッ‼　ここで挙兵する！」

三成はこれを好機と捉えた。だがその三成の脳裏によぎるものがあった。

「家康の屋敷の茶室で見た利休様が夢でなかったら？　千利休が、明智光秀が生きていて家康についているとしたら……家康は途轍もない力を持っていることになる！」

三成はその掌に黒の楽茶碗の感触を思い出しゾッとした。

五大老の一人である上杉景勝は太閤秀吉から会津に封ぜられ、越後からの領地替えで百二十万石を有するようになっていた。

そうして新たな領土の経営に着手したところで秀吉が死去、その後の豊臣政権内での一触即発の争いからは距離を置くように会津での領地政策に励んでいた。景勝は豊臣政権の中で大きく天下を動かす気概はなく、古い戦国大名として土地に固執する。

「新しい領地には新しい城も欲しい。土地も広く開墾させ越後のような米どころに会津をさせたい。そして戦にも備えておく」

蒲生氏の城であった若松城は本城としては小さく狭いことから新たに城を築き、会津の中心から四方へと繋がる道路を整備し橋を架け、領内の諸城を修繕修築、武器を購入して多くの浪人を召し抱えていったのだ。

徳川家康はそんな景勝を警戒した。

「石田三成とかねてより昵懇で戦となるとうるさい大名。大老の中で唯一自分になびかぬ輩……その上杉が明確に反旗を翻しているといえる所業」

家康は天海に会津攻めについて意見を訊いてみた。

天海は大きな紙に日の本の群雄地図をさっと描きあげ、それを使いながら意見を述べていく。

(信長様に軍略を説明する時と同じ!)

家康はそう思って聞いていた。

天海は今の情勢を、一切私見を交えず図を指し示しながら現状を述べていく。そして想定される楽観と悲観の二つの状況を口にすると、最終的な判断は家康に任せるようにする。

(見事な軍師ぶり！　やはり信長様がどこまでも信頼されていたことが分かる)

家康は言った。

「私が会津征伐に動いて京、大坂を留守にすれば三成は動くと？」

家康は草からの情報で、前田利長を攻めようと自分が金沢攻めに出た場合には、三成が兵を挙げようとしていたことを語った。

天海はそうでしょうなと頷いて言った。

「三成はもう佐和山城でじっとしていることは出来ぬ筈。徳川殿に一矢報いぬと腹の虫が収まらぬと思っておるのでしょう。その時にどれだけが三成の味方となるか？」

家康は考えた。

「三成と死んでも良いと思う者がどれほどいるか？　ということですか？」

天海は首を振る。

「三成は戦というものを根本で間違えておると思います」

家康には意味が分からない。

「どういうことでしょうか？」

天海は天井を見ながら言った。

「三成は秀吉の為なら死んでも良いと思ってこれまで戦をして来た筈。縦でしか戦を見ておりません。しかしこの戦には秀吉はいない。戦う者たちは横で連ならねばなりませんが、そういう戦は今まで誰もしていない」

家康は不敵な笑みを見せた。

「家康憎し、だけの連帯は脆いと？」

恐れながらと天海は頷く。

「この戦で徳川殿が絶対に三成に許してはならんのは縦の力を作らせること。つまり……」

家康は分かった。

「秀頼公を旗印にさせてはならんということですな？」

その通りでございますと天海は言う。

「大坂には戦となった折、幼い秀頼公を守りどちらにも与することのないようあらゆる手立てを講じておかれること。横だけならどれほどの大軍で攻めてこようとお味方の勝利に持っていけると考えます」

そう言った時の天海の眼光の鋭さには家康もドキリとする。

「大きな戦にはしたくはありません」

家康は本音を言った。

「上杉景勝を成敗し東国の地をしっかりと固める。先ずはそれが大事と心得ております」

天海は少し考えた。

「とすれば……三成が動いた時にはどうされます？」

家康はニヤリとする。

「三成に呼応して他の大名たちが勇んで立った折には……和議に持っていこうと思っております。そしてその際には三成一人に責任ありとして他の者は罰せず三成を排除する」

天海は、流石は家康だと思った。ここで上杉景勝さえ抑えてしまえば、後は戦をせずとも政略によって家康が天下を取ることは、時間さえ掛ければ確実に出来る。

（辛抱強い！　信長様からどれほど惨い仕打ちを受けようと従われた忍耐が徳川殿を創りあげたのがよく分かる）

そうしてそこから具体的戦術を天海は家康に話していった。

慶長五（一六〇〇）年六月に入ると、家康は家臣たちに奥州表への出陣の意向を告げて準備に入らせた。

「何より油断してはならんのは石田三成の動き。儂の出陣の後に必ず動くとして抜かりなきよう！」

そして大坂城西丸に諸将を集めて、具体的な会津征伐の攻撃分担を定めた。

東北道の白河口（しらかわぐち）から家康と秀忠が上方の諸大名を率いて進軍し、仙道口からは佐竹義宣、信夫（しのぶ）口からは伊達政宗、米沢口からは最上義光（もがみよしあき）、越後津川（つがわ）口からは前田利長が軍を進めることが決められた。

　そうして六月十六日に、家康は会津征伐に大坂を出発した。

　石田三成は家康の会津征伐に対して、表面上は恭順の意を表して自らも従軍したいと伝え、家康もこれを受け入れる旨を申し送っていた。

「家康は油断している！」

　三成は大谷吉継と秘密裏に談合、共に会津征伐に従軍すると見せかけ隙を見て家康を討つことを決めた。

「兎にも角にも家康の命さえ奪えばいい。そうすれば豊臣政権を奪還出来る」

　そうして家康が近江を通過する際に密かに襲撃の計画を立てたのだ。

　徳川家康は石部（いしべ）に宿泊した六月十八日の夜、水口（みなくち）城主の長束正家が自らの城で饗応（きょうおう）したいと申し入れて来た。

「これは有難い申し出を頂戴した。是非ともお受け致そう」

　家康は上機嫌でそう言うと、正家はしてやったりの心の裡を隠して城に戻り家康を討つ準備を整えた。

しかし待てど暮らせど家康はやって来ない。

「何っ?!」

謀略を察知していた家康勢は、石部を早々に発って水口城下を素通りして伊勢に出て、海路を東に向かったのだ。

「しくじった？」

石田三成は佐和山城で大谷吉継と挙兵の協議をしていたところに、水口城での家康襲撃失敗の報を受けた。

「ことここに至っては正々堂々と戦うしかない」

莫逆(ばくぎゃく)の友である吉継の言葉に三成は頷いた。

能吏の三成はこの謀議の場にもう一人の重要人物を呼んでいた。

安国寺恵瓊(あんこくじえけい)、安芸(あき)の安国寺の僧だが弁舌に優れて毛利輝元に寵愛され、輝元と秀吉の間の様々な斡旋に働いて来た軍略家だ。

「この戦に毛利の力は絶対的に必要」

そう考えた三成が恵瓊を呼び寄せたのだ。

恵瓊は臨機応変を自らの力としている。

「分かりました。家康の専横、目に余るものがある。私が輝元様を説得してみせましょう」

これで決まった。

石田三成は反家康の兵を挙げた。

「生きておられたとは……」

北政所は京の屋敷で天海と会っていた。

そこにいるのは千利休であり明智光秀だ。

「何の因果か……生きております」

天海はそう言うと微笑んだ。

目の前にいる女性は、戦国の世にあって貧農の身から天下人となった男を伴侶として支え続けた卓越した女性だ。天海は北政所に対して強い敬いの念を持っていた。

それは明智光秀時代も千利休の頃も同じだ。

そしてその天海の気持ちを、人の心を見抜く力を持つ北政所も感じていた。

(この方は芯のお心の優しい方)

それが目の前の人物への自分の思い……おねの時の明智光秀評であり、北政所としての千利休評だ。その女性は夫である秀吉をどう見ていたか。

（この方は心の奥底で秀吉を軽蔑している）

それが天海の見立てだ。

事実、秀吉が成り上がっていくのを正妻としてそばで見ながら感心しつつも尊敬するよりはどこか呆れ、妻として夫の女狂いとその果ての子狂いを軽蔑していた。

秀吉の正妻である北政所として、表面上は秀吉の子の秀頼とその生母淀君を立ててはいるが、心の奥底に両名への愛慕(あいぼ)は微塵もない。

自分には子が出来なかったが多くの他人の子供たち、戦国の世の定めで政略によって秀吉の許に集められた子供たち……その子たちを我が子のように育てて来た。

「あの子らこそ我が子」

その思いは強い。そして北政所に育てられた者たちは皆、おねの優しさに感じ入りずっと実の母のように慕っていた。

天海はそのことをよく知っている。

加藤清正、黒田長政、小早川秀秋、そして石田三成……彼らは皆、北政所の息子たちだ。

天海は己のここまでを語った後で言った。

「この度、内府殿は会津征伐に向かわれました。この戦……場合によっては国を二分する戦になるやもしれません」

北政所は何とも言えない表情になった。

「それは……三成、ですか？」

天海は御明察の通りと頭を下げた。

「三成が徳川殿に対して兵を挙げ、それに呼応する者たちとの戦ということですね？」

天海は頷いてそれを北政所に止めて貰いたいと切り出した。

「北政所さまのお子達が敵味方に分かれての戦をさせてはなりません。今の天下の流れは徳川殿による豊臣政権強化が最善。ここで要らぬ戦はさせず、天下泰平の世を創ることをお子たちに強く申し渡して頂きたいのです」

北政所はその天海に訊ねた。

「徳川殿に逆らうなと皆に申せということですか？」

その目は据わっている。普通の者ならその視線にたじろぐところだ。

(さすがは天下人の妻……戦を裏で支えることを知っている)

天海は頭を下げた。

「その通りでございます。それが天下泰平の世への道となります」

北政所は笑いながら言った。

「徳川家康殿に明智光秀殿がついておられる。そうなれば誰も敵わんのは必定。皆にはよくよく申し伝えましょう」

有難き幸せと天海は言った。

天海はこうして、裏から着々とこの戦を成功に導くための工作を行っていく。

そして千利休も大きな戦力となった。

細川忠興が利休縁（ゆかり）の茶人武将たちに対して秘密裏に「利休様は生きておられ徳川殿の軍師となっておられる」と伝えていたのだ。古田（ふるた）織部（おりべ）や織田有楽斎（うらくさい）はそれを知って狂喜し二人は天海に、家康につくことを喜んだ。家康の会津征伐に伴って忠興は東奔西走していた。

が、その忠興が大きなことを見落としていた。そして天海もそれを知って、己の描いた軍略の中でそれが完全な死角となっていたことを後で深く後悔する。

それは忠興の妻であり天海の娘である玉だった。

石田三成と大谷吉継は大坂に赴き奉行の長束正家、増田長盛、前田玄以の説得に成功、三奉行の名を連ねて反家康の戦に向け毛利輝元の上坂を促した。

これが上首尾（じょうしゅび）にいった三成は能吏として策を巡らせる。ここから自分たちがどこまで有利に家康との戦いを進めることが出来るかを考え、あることを思いつく。しかしそれが敵対する武将たちの心にどんな影響を与えるかを深く考えず、利に敏い戦術に走ったのだ。

家康に従って軍勢を整え東国へ向かった諸大名の動きを封じられると考え、その妻子を人質としようとしたのだ。豊臣政権の大名たちの主だった家族は大坂に住まいをしている。その者たちを大坂城に収監することを命じた。

三成の動きを察知した黒田長政の母や加藤清正の妻は、直ぐに大坂を脱出し国元に逃げ帰った。しかし細川忠興の妻の玉、切支丹洗礼名ガラシャは大坂の細川屋敷に留まっていた。そして細川家の留守を預かる老臣の小笠原小斎に対して玉は「自分は決して大坂城に登らない。人質にはならないので殿には安心するよう伝えよ」と言い小斎はその旨を忠興に飛脚で知らせた。

宇都宮の北で野陣していた忠興は、それを読んで周囲に「満足だ」と告げたが不安だった。

（玉は大丈夫か？）

妻が切支丹であることを隠している忠興にとって、玉の真の心の裡は理解出来ない。

（本当に……大丈夫か？）

玉は忠興から「玉の父明智光秀殿、千利休様は生きておられ徳川家康殿の軍師天海様となっておられる」と教えられていた。玉は敬虔な切支丹であると共に、心根は武将の妻であり娘だった。

「ここで私が人質となれば夫忠興殿だけでなく父上にもご迷惑がかかる」

三成方が屋敷に押し入り大坂城に拉致される可能性もある。

玉は己の命を絶つ覚悟を決めた。

（だが……）

切支丹は自殺を教義で禁じている。

玉は小斎と話し合った。

「お方様……」

玉の言葉に、小斎は戦国大名の妻の覚悟というものの凄さを思った。

玉は家臣や侍女たちの身の振り方を指示し、子供たちへの形見の品を整え手紙をしたためた。

七月十七日の夕刻、登城への催促の使いが大勢で細川屋敷を訪れた。

玉は屋敷の女たちには既に暇を出し最期に向けて少数の人間だけが残っていた。

玉は辞世の歌をしたためた。

散りぬべき　時しりてこそ　世の中の

花も花なれ　人も人なれ

それは父明智光秀に対しての思いを込めたものだった。光秀が本能寺の変の前に辞世として残したものへの返歌になっている。

時は今　天が下しる　五月哉

「この世に神の国、天国を、天下泰平の世を創られるまで……父上には父上の時を生きて頂きたい。わたしにとっては今ここで死ぬことがその時……」

そうして白装束の玉は長い黒髪をきりりと巻き上げると畳に座った。膝に揃えて置いた両の拳の内にはロザリオがある。

自ら短刀で喉元を突き介錯させるという武家の女としての自害は出来ない。

玉の前には薙刀を握った小笠原小斎が立っている。

玉は目を閉じて最後の祈りを捧げると小斎に対し「お勤め宜しく」と告げ胸を張った。

「御免ッ!!」

小斎は玉の胸元を薙刀で突き玉は絶命した。

最期を見届けた二人の侍女は形見の品を持って屋敷を出た。同時に忠興に事の詳細を知らせる役目の家臣は東国に走った。

小斎は玉の遺骸に蔀や遣り戸を掛けると、周囲に鉄炮の玉薬を撒いて火を点けた。そうして轟々と燃え上がる細川屋敷の中で切腹して果てたのだ。


天海は事の詳細を京で知った。

屋敷から一歩も外に出ることなく、家臣や侍女に対する指示を完璧に成し終えて自害した娘の玉を見事だと思った。

が、同時に玉の存在が自らの死角になっていた思慮の欠落を恥じ深く後悔した。

「この状況で何故自分は娘のことを考えてやれなかった」

玉が切支丹であったことが、いつの間にか己の意識の外に置くことに繋がったのではと思った。千利休として秀吉に伴天連追放令を出させるに至ったこと……唯一絶対の神を信じることがいかにこの日の本では危険なことかと自分が考えることで、玉を死に追いやったのではないかと思える。

だが天海の冷徹な戦略家の目は玉に己との同質を見る。

「玉の死は、徳川方を勝利へ導く旗印となる」

遠征中の細川忠興は、玉の死を知ると憤怒の表情となった。

「三成を亡ぼし、讐を報じる!!」

周囲で涙を流す家臣たちにそう告げた。

忠興の妻の死に様を聞いた家康に与する諸将は、その心を奮い立たされた。

「卑怯者石田三成ッ!!　必ず討ち滅ぼす!!」

こうして天下はその分け目の戦いに入っていく。

第五章　天海、制度を作る

徳川家康は上杉征伐に出発する前、大坂城本丸を訪れて秀頼に暇乞(いとまご)いを行った。

幼い秀頼のそばには淀君がいる。

「世間では太閤殿下亡き後、この家康に専横ありとする者もおるようですが、全て秀頼様をお守りする為であることは御承知おきのことと存じます。此度(こたび)は豊臣に反旗を翻した上杉景勝を成敗し東国を平定して参ります。秀頼様元服の暁(あかつき)にはどこまでも平らかな天下をお治め頂けますようこの家康が致しますので」

家康の言葉に淀君は喜んだ。秀頼からは家康に対しての餞別(せんべつ)として金二万枚、米二万石が与えられた。

家康は有難き幸せと言いながら淀君に釘を刺した。

「この家康の留守中、万一不穏な動きがあればこの大坂城にて秀頼様をお守り下さい。どのようなことがあろうと……この難攻不落の大坂城に秀頼様がおいでになれば御身(おんみ)は安らかでございます。どのようなことがあろうと……」

そう言って何とも言えない目で淀君を見た。そこには、反家康の挙兵があっても決してその動きに乗るなという含みがある。

淀君は我が子可愛さから、家康に言われなくても大坂城の外に秀頼を出すことなど微塵も考えていない。が、家康が石田三成の動きに乗るなと言っているのは分かる。

淀君は石田三成とは同じ近江の国の者として、秀吉存命中は豊臣政権に仕える者の中でも特別な近しさにあったのは事実だ。

淀君はその三成から密書を受け取っていた。

そこには豊臣を蔑ろにする家康とこの機に一戦交える覚悟であり、その際には秀頼公に大将としてお出まし頂きたいとあった。

それを読んだ淀君は思った。

「秀頼はどこまでも豊臣の大将、三成の戦の大将などとなる必要はない。もし戦となるなら勝敗が決した後に『大儀』と、この大坂城に勝者を迎えればよいだけ」

そう冷徹に計算は出来ている。

淀君は家康に言った。

「徳川殿。ご心配召されるな。秀頼はどんなことがあろうと私がこの大坂城にて守ります。御武運をお祈り致します」

ははッと家康は頭を下げたのだった。

「やはり動いたか……だが思ったより三成はやりよるな」

江戸城に入った家康は石田三成と大谷吉継、それに三奉行の反家康の動きを、草を通じた早飛脚で知った。

「大坂の奉行たちに加え毛利まで……」

三奉行と毛利輝元が三成らと同心したことに、家康は少なからず驚いた。

「西国の大名たちはことごとく敵となることもありうる」

そう冷静に判断しながら天海との軍議を思い出した。家康は天海を会津征伐に帯同させようとしたが、天海は上方に残ると言ったのだ。

「真の火種はこの地にございます。何が起こるにしろそれを身近で見て、どう徳川殿が動かれるべきかを判断しとうございます」

今はその天海が彼の地にいてくれることがどれほど心強いかと思った。

「あの明智光秀が儂の分身として奴らの喉元におるのだ」

この時、家康は多くの大名が三成に同心する場合には和議に持っていくことにしていた。

「止めては揺さぶり、揺さぶっては止める。そうすることでこの天下の本当の姿が見えて来る。急いてはならん。急いては……」

先ずは、上杉景勝を仕留めて東国を完全支配することが次に繋がると思っていた。そこで三奉行と毛利の変心のことは、周囲には動揺を与えないように隠した。

家康は息子秀忠の軍勢を会津に向けて先発させた。そして二日後に自身がその後を追って江戸を発った。

「だが西の動き……万一がある。会津征伐は最小限の軍勢で進めよう」

そうして会津征伐に先発させている家康方の大名たちには、ひとまず進軍を止めるように連絡した。反転西進を敢行させることを考慮してのことだ。

家康からの待機の連絡と共に三成の動きを知った家康側の大名たちは、家康は直ぐ上洛するだろうと思い奮い立った。

「これは大戦になるッ‼」

皆の頭には、日の本の大名が東と西に大きく分かれてぶつかり合う合戦が思い描かれていた。そんな戦いは歴史の中でもない。

そうする裡に小山で待機をしていた大名たちに、大坂に残している妻子が三成によって人質とされるという連絡が入ったのだ。細川忠興の妻、玉は人質となることを拒んで壮絶な死を遂げたという……。

小山に到着した家康は皆に会津攻めの延期と西上を諮った。

怒り心頭に発していた黒田長政、福島正則、池田輝政らの大名たちは直ちに三成を討つことを進言した。家康はここで自らの軍勢を西上させることを決め、舵を完全に西に切った。

しかし、大坂の奉行たちと毛利の変心のことは隠し通した。

（ことは大名たちの心ひとつ。この中からその情勢を知って儂に刃を向ける者が出れば致命傷になる）

味方を欺くのも戦法のひとつと、家康は狸のような表情で泰然として上洛準備を始めた。

石田三成は不思議な気持ちがしていた。

「自分に太閤殿下が憑いてらっしゃるのか？」

西国の大名たちが味方になってくれることに感涙の思いがする。自分に秀吉を見てくれているのかと思うと奮い立つ。

だが大名たちの心の裡は違っていた。

「豊臣政権は脆い。大きな戦が起これば天下はどうなるかは分からん。戦の中で力を見せれば、次に来る天下で地位を上げ領地を増やすことも出来る」

何より多くは〝唐入り〟を経験している。極寒の朝鮮での戦を余儀なくされ結果は退却。なんとも嫌な燃え残しの戦心を抱えた者たちなのだ。

「勝手知ったる日の本の地での戦……相手の戦の仕方も分かる。暴れるだけ暴れてやる」

皆は武将だった。目の前に戦があるとなれば心に火は点きあっという間に業火となる。

石田三成に与した大名たちの先陣を切って、小早川秀秋と島津義弘の兵は家康の家臣鳥居元忠が守る伏見城に攻撃を仕掛けた。

伏見城は戦略上の要害であることから、家康は元忠に死守するように命じていた。

家康がまだ幼い頃から仕えて来た元忠は十三日間に亘って死闘を繰り広げた末、命を落とし伏見城は落城した。

元忠の死は家康に衝撃を与えた。

だがそこでも家康は我を失わず自身の戦略を考えた。

「こちらには豊臣政権の戦いという大義名分がある。それさえあれば……この戦は勝てる」

家康は小山で「自らが秀頼公を奉じて豊臣政権を安定させる唯一の大名である」とし豊臣への〝謀反〟を起こした三成を誅する戦いだと檄を飛ばしていた。

「この戦いは短期決戦で終わらせる。長引かせては天下が揺らぐ。何としても短期で終わらせなければならない。そして短期で終わらんと判断した時には直ちに和議とする」

日の本を分ける東と西の大戦となる中、目先の戦ではなく真にその後の天下を考えているのはこの時二人しかいなかった。

徳川家康と天海だ。

「天下泰平の世を創る」

その道の一里塚だとこの戦を見ているのはこの二人だけだ。

だから強い。

先を見据える者の強みは身近な状況も正確に捉える。


世の中を動かす。国を動かす。良き世を創る。そんな人間とはどのような人間か。

大きな理念がありそれを確固たるものとして持ち続けて行動する。そんな人間が真に良き国を創る人間だ。

その理念が大きく普遍的であればあるほど、その国は強国となる素質を持つ。

今もまだ世界最強国のアメリカ合衆国は、ジョージ・ワシントンという天才的戦術家であった農園主が革命軍のリーダーとなってイギリスからの独立戦争に勝利し、全国民的な支持を受けて初代大統領に就任した。ワシントンはナポレオンのように国王となろうと思えばなれる状況だった。しかし彼は明確な理想国家の理念、連邦制や民主制というものを持ち続けその実現に尽力した。そして大統領を二期務めた後、三選は民主制を損なうとして自ら身を引き隠遁する。

このワシントンのあり方がアメリカ合衆国を永続的な民主国家とし、国際政治の上で最強の国家であり続ける礎となったことを人類は忘れてはならない。

家康は息子の秀忠を上杉の押さえに宇都宮に駐屯させると、自身は一旦江戸に戻った。

そこへ天海からの手紙が届いた。

「さすがは明智光秀……」

天海が家康の名を使って要衝の武将たちに様々な調略を行っていることを知ったのだ。

柳生宗厳や筒井定次、飛騨高山城主の金森長近ら……家康は直ちにその調略を追認する書状を各々の武将たちに送った。

その天海が最も警戒する武将が嫌な動きを見せていた。

真田昌幸だ。

家康の会津征伐に追随し古河まで出陣していたが、石田三成からの勧誘状を受け取ると承諾の返書をし、直ぐに信州に引き返していた。

「真田昌幸が我が方に就いたッ!!」

三成は狂喜乱舞した。

「勝てる！　これでこの戦に勝てるぞ！」

そうして三成は悠々と大坂城に登城し秀頼に謁見した。だがそこでの秀頼の生母、淀君の対応に現実を知らされ愕然とする。

「治部、そなた佐和山に蟄居の身ではなかったのか？」

そう言われて、豊臣政権を蔑ろにしようとする家康を討ち滅ぼす為に出陣した旨を改めて告げた。

その三成に淀君は冷たい目をして言う。

「秀頼は豊臣の天下の象徴。どのような戦になろうと、誰が勝とうと、秀頼の天下に些(いささ)かの揺るぎもない。分かっているな。治部」

何があろうと秀頼に責任を負わせてはならないとの厳命だ。三成は秀頼を大将として戦うことは諦めざるを得なかった。

◇

豊臣秀吉が創った天下というものがある。

天下は重い。

織田信長が目指し豊臣秀吉が成し遂げた天下統一。秀吉亡き後もその天下の重みをこの世で最も感じていたのが天海だ。

その天下は泰平にしなくてはならない。

天海は泰平の世となる天下のあり方を常に考えその為の戦はどうあるべきかを考える。

「天下の重みを知らしめるものにこの戦をしなければならない」

その為には豊臣政権という天下をどちらが支えようとしているか、その大義名分が極めて重要になる。

「豊臣政権に反旗を翻す上杉景勝を成敗する為の出陣、秀頼公からのお墨付きを頂いた徳川殿に対して上杉と呼応しての敵対とは豊臣政権への敵対となる」

秀頼のいる大坂城は反家康となった奉行衆たちによって〝占拠〟されている状態だと大義名分からは読まなくてはならない。

「三成は秀頼公を担ぎ出すことは出来なかった。淀君への徳川殿の脅しは効いている」

秀頼はどこまでも豊臣政権の象徴としてこの世にあるものとさせているのが分かる。

天海は三成の性格を見切っている。

「あの男は完璧を求める。能吏が故の性。秀頼公を旗印と出来ないと力でこじ開けねばならんと必ず焦る。動かずにじっと時局を見極めることが出来ない。本来なら己と同様に秀吉に幼い頃から仕えて来た加藤清正、黒田長政に頭を下げ、共に豊臣政権を、秀頼公を支えていこうと粘り強くやることが真の勝ちに繋がるが……それが出来ない。ここまで思った以上に上手く運んだだけに三成には難しい局面になる。徳川殿は三成を揺さぶる和議に出ることも十二分に可能。急がず調略を進めて様子を見るのも勝機を摑む手となる」

そのように戦略の手紙をしたためると、天海は草に手渡した。

天海は京を離れて丹波国にいた。

嘗て明智光秀の時に最後に作った山城、周山城の麓の寺にいて、草を使ってあらゆる方面の動きを耳に入れていた。

「こうやって、戦場からほどよく離れた地で戦況を見るとよく分かるものだ」

情報の収集と分析の能力にかけては戦国武将の中で傑出する明智光秀がそこにいた。

光秀に戻った天海は家康の心の裡も考えていく。

「あの御仁は戦に強いが緒戦でバタつくところがある。和議の戦略を棄てて戦となった時のことを考えると……手を打っておかねばならんな」

そして戦になるとかなり大きな戦になる。

「三成についた西国の大名たち、そして徳川殿につく東国の大名たち」

それを図に描いて考えていく。

「毛利輝元が鍵となるな。あの男に兵を挙げさせぬようにせねばならん」

西国の雄である毛利に参戦させない策を天海は考える。そこでまた輝元の性格を分析していく。

「あれはどこまでも慎重な武将……秀頼公を奉じての戦いとなれば大老としての大義名分ありと参戦するだろうが……」

輝元の腹は決まっていないと天海は冷静に判断する。

「あの武将は神経が細かい。三成側に徳川殿への内通者がいるとなれば……」

それで戦への心も揺らぐと見ている。

天海の脳裏に、輝元が信頼していないと見る三成側の奉行の名が浮かんだ。

「増田長盛……あの者が徳川殿と通じていると草を通じて流させるとしよう」

大きな戦いの前の神経戦だが、天海は明智光秀時代から、このような細かい工作の積み重ねが勝利を呼び込むことを知っている。

さらに天海は三成側の大名たちの弱点を探し出す。

「大きな戦だが短期で決着がつくとなると……負けるとすれば徳川殿のバタつき、勝てるとすれば寝返りだな」

天海は冷たい目をして考えた。

「三成についていて寝返りそうな者、三成側がその寝返りで大きな打撃を受ける者」

するとある若者の顔が浮かんだ。

それは秀吉の正妻北政所の甥で、後に秀吉の養子となり秀次に次ぐ秀吉の後継と見られていた武将だ。秀次事件への連座で苦汁を舐め、秀頼の誕生で豊臣家から追い出されるように毛利家に縁組された若者、弱冠十九歳の小早川秀秋だ。ある意味、今は毛利の代理として反家康軍に加わっている。

「毛利輝元が参戦しなければ、あの若者には戦いへの大義名分がない。であれば、徳川方に寝返させることが出来る」

冷静にそう考え、直ぐに天海は北政所への文をしたためた。秀秋にとって北政所は母親同様の存在だ。

「この戦の大義は秀頼公の命令で出陣した徳川殿にある。毛利が参戦しないなら、小早川殿は大義を以て徳川殿のお味方となるように告げて頂きたい。そしてそのように振舞われたなら、戦の後の豊臣政権の中で、小早川殿の特別な取り立てがなされることを約束する」

その内容で手紙を書きながら、天海は秀秋のことを頭に浮かべた。

「子供の頃から自身の立場が二転三転して来た若者。その為に心の芯はぶれて弱く、ずっと酒に浸って来たと聞く。可哀相な子だが……ここは使える」

冷徹にそう考え、北政所と同時に家康へもその調略工作を行うように勧めた。

「大きな戦となった場合、秀秋の動きを鍵として一気に大戦を決することが出来る」

徳川家康は江戸に戻ってからひと月、じっと情勢を窺った。心のかなりの部分を、和議をどう持っていくかが占めていた。

上杉への備えは、嫡男の秀忠を譜代の諸武将と共に宇都宮に残す形で整えてある。

「だがもし、上杉景勝が秀忠を蹴散らし江戸を目指して進軍すれば……」

今の状況では難しい戦いを強いられる。

家康は江戸を出立して一気に西へ上ることも考えたが……逡巡していた。

「もし福島正則や黒田長政ら……秀吉子飼いの武将たちが三成と和して向かって来たら……そこで終わる」

そして西との戦いの場合の要衝である、信濃の真田昌幸が三成側へついたことも家康を悩ませていた。

家康は昌幸との長年の係争を思い出した。

策略家の家康は真田調略の為に、昌幸の長男であり上州沼田城主であった信幸に、家康の忠臣本多忠勝の娘を嫁がせている。

「真田はどう出る？」

真田家はしたたかだった。

父の昌幸と長男の信幸、そして大谷吉継の娘婿である次男の信繁が話し合い、この戦いでは信幸は家康につき、昌幸と信繁は三成につくことを決めたのだ。

複雑な状況が家康を悩ませる。

そんな中、家康に与した東軍の武将たちは果敢に西に上り、福島正則の居城である尾張清須城に集結し軍議を開いていた。

「この城は西との戦いの要衝となるところ。そしてこの城と対になる岐阜城を押さえてしまえば……この戦はかなり有利になる」

諸将はそう結論づけると総攻撃に出た。

岐阜城は織田信長の嫡孫秀信の居城だった。幼年期に三法師を名乗り、秀吉がその天下取りに大きな一歩を記す清須城会議で信長の後継として担ぎ上げ、自身がその後見人となった人物で、その後も庇護し岐阜城主となっていた。

弱冠二十一歳、三成に懇願されて西軍に属していたが、大軍に攻め込まれると守り切ることは出来ずにあっさり降伏した。

「何ッ!!」

家康は岐阜城陥落の報告を受けると、好機と見て西上を決断する。

関東の守りに秀忠の兄結城秀康を置き、宇都宮に駐屯する秀忠には中山道を西へ向かって信濃の真田昌幸攻略を命じ、家康自身は三万の軍勢を率いて東海道を上った。

家康は秀忠に対して真田の動きを止め、三成の軍勢に与することのないようにせよと命じた。

「その間に必ず和議に持ち込む。そう心掛けて昌幸との戦に臨め」

家康は秀忠に徳川家臣団の主力部隊を預けていた。戦上手の真田相手にその居城の信州上田城を奪えれば上出来だと考えていた。

「兎に角、和議に持ち込む。敵味方がまだまだどうなるか明確ではない。ここで大戦となっての再び戦乱の世は避けねばならん」

家康はまだそう思っていた。

そうして最前線となる美濃赤坂に到着し、諸将と軍議を行って情勢の判断に入った。

家康を交えての軍議に一人の人物が現れた。

「？」

剃髪した大柄な鎧姿の老将で只者でない気を発している。諸将はその人物が一体何者なのか直ぐには分からなかった。

(誰かに似ている?)

その人物は……大坂にいる毛利輝元は家康に敵対せず。この近くの南宮山(なんぐうさん)に陣を敷いている毛利軍の重臣たちとも、家康との戦には参戦しない旨の約束を取り交わして来たと告げた。

「御上人、有難く存ずる。これで勝ち戦が出来ますな」

家康が上人と呼んだ人物は天海と名乗った。

諸将の中から天海の正体に気づく者が現れた。

(り、利休様ッ?!)

そんな者たちに天海は不敵な笑みで頷く。

千利休とは明智光秀……織田信長軍団最高の武将、そして豊臣秀吉の茶頭にして軍師。

(その方が生きて徳川殿についておられる! この戦、勝ちは決まった!!)

皆、心の中で快哉を叫んだ。

徳川家康は陣中で天海と二人きりで話した。

「危ないところでした。毛利輝元は、三成が秀頼公を奉じるなら参戦しようとしておりましたが淀君の反対で叶わず。そして大坂城内の奉行、増田長盛の徳川殿への寝返りの噂を聞いて、豊臣政権が瓦解していては勝てんと……出陣を取りやめたとのことでございます」

全て天海が仕掛けたことなのを家康は知っている。

岐阜城の陥落と輝元の出陣見合わせで、西軍の士気は戦う前から落ちている。

礼を言う家康に天海は言った。

「西軍の中でも毛利に近い安国寺恵瓊や長束正家は既に戦意は無く、戦が始まれば高みの見物を決め込み形成次第での参戦となりましょう。この戦いの詰めに用意した小早川秀秋は、黒田長政らの説得と北政所の書状もあって当方についております。戦が始まり頃合いを見て寝返る段取りとなっております」

家康はその天海に大きく頭を下げた。

「頃合いを見て和議と思っておりましたが、岐阜城陥落の報せで急ぎ西上しての戦、勇み足をやりましたが、御上人の見事なまでの調略のお陰で勝ちをお膳立てして頂きました。深く感謝申し上げます」

天海は微笑んだ。

「徳川家康と明智光秀を相手に石田三成が戦を仕掛けるのはまだ早かったようですな。我らのように信長様の戦に揉まれた者には、天下分け目の戦でも段取り次第で赤子の手をひねるようになるものでございます」

　家康は首を振った。

「御上人の大事なお命を勝手に手に入れた家康をここまで助けて頂けることに、言葉もございません」

　天海はその家康に毅然と言った。

「そう。徳川殿は私の命を勝手に奪い取った。それ故、絶対にやって貰わねばならない私の願いがあるということ」

　家康は頷いた。

「天下泰平の世の実現。百年二百年、三百年と万民が泰平の世に暮らせる日の本とすることでございますな？」

　その通りと天海は言う。

「この戦の後、家康殿がどのように動かれるかで……この天海、覚悟を決めますぞ」

　そう言った時の天海の眼光の鋭さに家康もたじろぐ思いがする。

（敵に回せば……確実に葬られる）

　その恐ろしさをひしひし感じる。

（この方お一人を敵に回すより百万の軍勢相手の戦の方がずっと楽……）

家康は本気でそう思った。

その家康に天海は冷たい目をして言う。

「この戦の後、どのように秀吉の創った天下、豊臣政権の持つ大義を徳川殿が作り変えられるか。それをお手伝いするのが私の真の役目」

家康は少し考えた。

「御上人はこの家康に、豊臣政権をどこまでも支えよと仰るのですか？」

天海は首を振る。

「私の古い友に油屋伊次郎という南蛮人がおります。この者、猶太の民で途轍もない知恵を持つ者でしてな。その男がこのような諺が彼の地にあると申します。『新しい酒には新しい革袋を』と……」

家康は驚いた。

「豊臣政権は古い革袋と？」

天海は頷く。

「豊臣政権は徳川殿に潰して頂く。そして全く新しい天下をお創り頂く。その絵は私が描かせて頂く」

氷のような目をしてそう言う天海に、家康はぞくりとすると同時に頼もしく思った。

慶長五（一六〇〇）年九月十五日の早朝、桃配山に陣を敷いた徳川家康率いる東軍と、関ヶ原の西縁の山麓に陣した石田三成率いる西軍が、近江の境に近い山中で辰刻（午前八時）に戦闘を開始した。

石田三成は戦いが始まる前から焦燥に駆られていた。

「戦う気がないのかッ⁈」

味方に団結しようとする気概がない。

毛利輝元の参戦が叶わなくなったことで、安国寺恵瓊や長束正家などは山の上に陣を敷いて三成からの出動要請に全く取り合わない。

「頼りに出来るのは宇喜多秀家、小西行長、そして島津義弘だけで……あとは烏合の衆ということか？」

それでも戦闘が始まると緒戦は一進一退の攻防となった。

しかし、西軍には最も恐れていた事態が起こる。関ヶ原の西南に位置する松尾山に陣を敷いていた小早川秀秋が、東軍に寝返り山から猛烈な勢いで西軍に襲い掛かって来たのだ。

裏切りは小早川秀秋だけではなかった。吉川広家など毛利に近い者たちもそうだった。

小西行長、宇喜多秀家らの隊は敗走を始め、三成の隊も混乱し西軍全軍が指揮壊滅の状態に陥った。

「ここまでッ!!」

三成も遁走した。

天海は家康のそばについて観戦していた。

ずっと敵のある隊に天海は注目していた。

「秀吉の天下取りの頃から苦しめられた薩摩の島津。朝鮮の戦いでも途轍もない奮戦をしたという島津……この戦の中でどんな動きを見せる？」

島津義弘率いる島津隊は僅か三千ほどだったが、西軍が一斉に瓦解する中で隊のあり方を整えながら戦っていた。

「凄いな」

天海は感心して見ていた。

本多忠勝、福島正則、小早川秀秋ら東軍の集中攻撃を受けながらも陣形を乱さずに戦い続けている。

天海は明智光秀の時の自分の戦い方に似ていると思った。

「楔形に細かく陣を分けている。各々がその陣形を守りながら攻めと引きを行っている」

だが多勢に無勢、完全に孤立した中で集中攻撃を受けて、どんどんその陣形が失われ小さくなっていくのが分かる。

「どうする？　島津義弘」

天海は自分のことのようにその様子を見ていた。そして千利休時代の島津義弘との茶の湯を思い出していた。

幾つも幾つも茶の湯に関しての質問を利休にぶつけて来た。

それに対し利休は丁寧にひとつずつ返していった。

天海はそれを思い出した。

「あの茶席で義弘は戦をしておった。それが今は本当の戦。それも評判通りの強さ。ここからどのようにするかが見もの……⁈」

天海は驚いた。

島津隊が鋭い槍のような陣形になってこちらに突っ込んで来る。

「まさかこの状況で徳川本陣に攻撃？」

家康もその様子に驚いた。

三千人はいた島津隊の将兵はもう既に数百人しかいない。が、その勢いは凄まじい。

矢尻の陣形を形成する者たちは自らの死を決している。

先頭の者たちが東軍の鉄炮と槍でどんどん倒れていくのを、後ろの者たちは気にも留めず乗り越え次の矢尻を形成して突っ込んで来る。

「島津の将兵は命を一切惜しまんのか?!」

その気迫は数万で陣を固める徳川方を怯ませた。

「まずいッ!!」

天海は直ぐに家康に後ろに下がるように指示した。

家康は島津の攻撃に金縛りにあったようになっている。

天海は大声を出した。

「徳川殿ッ!!　下がられよッ!!」

その声で家康の近臣たちが家康を囲んで後ろに下がった。

そして天海は持参した長い袋を手に取ると、中からそれを取り出した。

「?!」

周りの武将たちはそれを見て息を呑んだ。

見たこともない大きな鉄炮だったのだ。

三つの銃身を持つ燧石銃（すいせきじゅう）だ。

天海はそれを構えると、眼光鋭く島津義弘に照準を合わせた。

そこで天海は気がついた。

「島津隊は旗印を持っていない！　奴ら……全てを棄てているッ。逃げるつもりだッ!!」

瞬時にそう悟った。

徳川本陣へと突撃し家康の姿を大将の島津義弘がその視界に入れた瞬間、義弘は「今だッ!!」と大声をあげた。

なんと島津隊は天海の目の前で直角に曲がった。

家康を守る者たちは何が起こったのか分からず呆気に取られた。

天海は笑った。

「アハハハッ！　見事な逃げ戦ッ!!」

義弘はそのまま南宮山の背後の道を取って、伊勢街道を走りに走り大坂に逃げ去った。

そうして関ヶ原には徳川方の勝鬨（かちどき）が幾度も響いた。

「勝ちましたな……」

天海の言葉に家康は頷いた。

息子秀忠に任せた徳川主力軍はこの戦いに間に合わなかったが、完勝だ。

「これも全て御上人の時を得た軍略と見事な調略があったからこそ……。家康、心から御礼申し上げます」

天海は、軍師として当然のことをしたまでと涼しい顔をする。

家康の近臣たちはその天海を見ながら、皆震えるような思いがしていた。

(これが明智光秀……)

言葉にしないが全員が圧倒された。

「さぁ、ここから」

天海はその本領を発揮する。

◇

慶長五（一六〇〇）年九月二十七日、徳川家康は大坂城に入って豊臣秀頼に拝謁した。

「豊臣に反し天下を乱した諸将全て、秀頼様に成り代わって蹴散らして参りました」

それを聞いて淀君は「徳川殿、大儀」と頷いた。

大坂城にいた毛利輝元は本領を安堵されたことから退去し、家康は何の抵抗もなく元の西丸に居を定め、二の丸には息子の秀忠を置いた。

「三成が秀頼公を奉じて戦に及んでいた方が……我が方には都合が良かったのでは？」

天下を早く手に入れられたのではとの家康の問いに、天海は首を振った。

「それでは下克上、再び大義なき戦乱の世となっておりました。もしそうなった折にはこの天海、秀頼公についておりましたぞ」

天海に睨まれ家康はゾッとした。

(本気で言っている!)

家康は微笑んだ。

「そうなってはひとたまりもございません。いやいや、これは失礼申し上げました」

そう言った家康に天海はニヤリとした。

「徳川殿、改めて申し上げておく……私は、豊臣は滅ぼすべきと考えておる」

家康は慌てて周りを見回した。ここは大坂城の中なのだ。二人きりなのを確認して安心したが天海は全く平気な様子だ。

「徳川殿には天下を奪うのではなく天下を創って頂きたい。泰平の世となる天下を」

何度もそう言われる家康だが、ことここに及んで自分が天下人となっている事実と世の整合とを心の裡では望んでいた。

それを天海は見抜く。

「徳川殿は長生きなさること」

その言葉に家康は項垂(うなだ)れる。

「まだ……長生きせんとならんのですか？」

千利休の時代からそう言われ続けている。

天海は微笑む。

「徳川家康が死んでも長生きするもの……それを創り出してこそ、天下泰平の世となる筈」

家康はまだ分からない。

天海は言う。

「泰平の世は〝形〟が何よりも大事。人は死ぬ有限のもの。しかし〝形〟は永遠のもの。禁裏はまさにその最たるもの。人としての帝は有限だが〝形〟として帝は永遠に続いていく。それを〝武〟でも成さねばなりません」

家康は訊ねた。

「征夷大将軍になれと？」

それもありますと天海は言う。

「だがそれは武の大将ということ、他の誰でも成り代われる。それでは下克上に繋がる」

天海は続けた。

「徳川家康が死んでも長生きするもの。それは〝家〟でございます。徳川家というもの。それが永遠のものとなることが天下泰平の世の肝。家というものが持つ価値。天下を治める主となる〝家〟。そしてその主を支え従う〝家〟。親から子、子から孫、その順序が崩れることのない〝家〟。それを明確にし永続化させる制度。拠って立つべきものは家とする心のあり方とそれを支える法。それを創らねばなりません」

家康はハッとなった。

この世の仕組みの最小単位である〝家〟。

この世に生まれ落ちた殆ど全ての者にある〝家〟。その枠組みをしっかり作ることが、天下泰平の世を創ることだと天海は考える。

戦争と平和。

戦争とは国と国との争いだが、人間世界は様々な争いの相似形で出来ている。

人が二人いれば最小単位の争いは成立する。

人は家族がありさらに組織に属している。それぞれに様々な争いは起こる。家族の中の争いから組織の中の争いと、争いの相似形は大きくなり、最大は国同士の争いである戦争ということになる。

争いの最小単位である、家の中の争いを無くす。

それによって人の争いの核が無くなり、争いの相似形が大きなものに至らないと考えることが出来る。

　家の中の争いで代表的なものは相続だ。

　誰が家を継ぐか財産を継承するか。武士の世界であればお家騒動は戦にまで発展してしまうことがある。その争いを無くす仕組みが嫡男の家督相続ということになる。相続の序列は長子に決まっていて、それを壊すことが出来ないとすれば争いは起こらない。

　社会の最小単位である家、支配者の家であろうと末端身分の家であろうとその制度は変わらないとなれば、お家騒動は絶対に起きることはない。

　争いの核を最小単位の家で消す。

　すると家の纏まりも自ずと生まれるのだ。


「豊臣の〝家〟を御覧なされ。そこに纏まりがございますか？」

　家康は考える。

　豊臣の家を創った秀吉の跡を継いだ秀頼はいるが、その生母の淀君と秀吉の正妻北政所は同体ではない。その〝家〟は分裂しているといえるのだ。

「関ヶ原の戦いの太閤殿下子飼いの武将たちの胸の裡は、北政所への心と淀君と秀頼公への心に分かれていた。そんな〝家〟とはならない〝家〟……つまり〝徳川家〟を創らねばならんということですな？」

天海は頷く。

「絶対に家の中で分裂を起こさない。争いを起こさない。そんな制度を創る。長子相続、長男が世子となることで争いを起こさない。家の中で競うことをさせない。この世の最小単位から争いの芽を摘んでしまう。そうすれば天下から争いは消える」

家康は深く納得した。

「その制度作り。徳川の天下となった時には全て御上人にお任せしたく存じます」

天海は決然と言う。

「家の中の親子の関係を絶対とするように、主君と家臣の関係も絶対とする。本能寺の変で下克上は終わったのです。明智光秀は主君織田信長公を討った逆賊、大謀反人としてその汚名を歴史に残さねばならんのです」

天海の背後に蒼白い炎が揺らいでいるのを家康は見て、ぞくりとした。

（この方を敵に回せばどんなことになるか）

明智光秀と千利休の二つの生、そして今は天海として……織田信長、豊臣秀吉、そして徳川家康という三人の傑出した武将のそばにつき、各々が目指した天下を常に考えて来た男が真の意味での天下泰平の世を考え、その実現に邁進していることを家康は改めて思い知らされた。

だがそこには冷徹な計算もしっかりとある。

「大義名分はしっかりとここから守りながらも、徳川殿は実は取っていかねばなりません。豊臣を追い込むこと、急がず焦らず、しかしやれる時には着実に……」

そして不敵な笑みを見せる。

「この戦での論功行賞。西軍諸将からの領地の没収や減封と東軍の諸将への領地宛行。すべて徳川殿の仕切りで行われることで、皆は天下を動かすのは徳川殿と思い知ります」

家康は頷いた。


石田三成、小西行長、安国寺恵瓊は捕らえられた。長束正家は自裁し、宇喜多秀家は島流しになった。

三成らの処刑は十月一日と決まった。

三人は首に金具を掛けられて乗物にのせられ、大坂と堺の町を引き回された後に京に送られた。洛中を引き回された後で六条河原の刑場で首を落とされ、三条大橋の畔に掲げられた。

そして薩摩の島津……。

家康は薩摩の隣国、日向飫肥城主の伊東祐兵に、薩摩に兵を挙げる準備をするように指示を出し、黒田如水、加藤清正、鍋島直茂ら九州の大名には薩摩への戦いの準備を整えるように伝えた。

その家康に天海は言った。

「島津義弘は無事に薩摩に入った由。上洛の呼び出しにも応じぬでしょうから……秀吉も苦労させられた薩摩との戦がまた避けられんということですが……厄介ですな」

薩摩は主力軍を国元に残して関ヶ原の戦いに参戦していた為に、攻撃するとなると相当な戦になってしまう。

「ここは暫く、知行割当を行った後の徳川殿の天下の体制の落ち着きを見た方が良いでしょうな。薩摩での戦いは会津征伐とは比較にならない相当大きな犠牲が出る筈。そうなると大名たちの間でどんな動揺が起こるか、反旗を翻す者がどれほど出て来るか分かりませんな」

家康は頷きながらも怒っていた。

あの関ヶ原でのこと……若き日の三方ヶ原での、武田信玄との戦いで覚悟した己の死が頭をよぎった。島津隊の決死の突進に家康は恐怖を感じたのだ。しかしその家康を嘲笑うかのようにして、島津隊は徳川本陣の直前で進路を変えて逃げ去った。

「島津は絶対に許さん！」

そんな家康の心の裡が分かる天海は微笑む。

「島津は戦上手……というより死を死と思わぬ軍団。そして南の端という地の利があり琉球を含めての制海力もある。徳川殿のお腹立ちは分かりますが……ここは辛抱。上手く徳川殿の天下に引き入れることをお勧め致します」

天海はあの戦いぶりを自分の目で見て島津を改めて気に入ったのだ。

「御上人様がそう言われるなら……薩摩周辺を我が方で固めさせながら……どう出るか考えるとしましょう」

歯切れ悪くそう言う家康に天海は満足そうに頷いた。

天海は京にいた。

どうしても会いたい人物と会うためだ。

「怒濤のような時の流れの中で、このように顔を合わせることが出来るとは……」

そう言った相手は細川幽斎（ゆうさい）だ。

明智光秀時代、共に足利義昭に仕えてその上洛に尽力した。しかし、共にその義昭を見限り織田信長に従った。

光秀は娘の玉を幽斎の息子の忠興に嫁がせ、共に縁戚となる仲であり互いに高い教養を身につけた莫逆の友だ。

明智光秀として主君信長を本能寺で討った直後、幽斎には秘密裏に「決して動くな」と伝えて細川家に累が及ばないようにした。

「明智殿が千利休様になられて秀吉殿を支え、そして今は天海上人として徳川殿を支えられておられる。しかし一貫して細川家を守って下さってこられたこと……この幽斎、感謝のしようもない。ですのに……玉殿をあのような形で失ったこと面目ござらん。腹を切ってお詫びせねばならんところ……」

天海は首を振った。

「玉は切支丹となり細川家の人間としては失格。よくお手打ちになさらず辛抱して妻として嫁として置いて下さいました。忠興殿、幽斎殿に対し玉の父として深く感謝申し上げなければなりません」

そう言って頭を下げた。

天海も幽斎も共に武将として関ヶ原を巡る戦いの中にいた。

幽斎は石田三成の挙兵を知って丹後の峰山・宮津の諸城を引き払い、全兵力を田辺城に結集、籠城戦で西軍と対峙した。

「良いかッ!!　これは忠興の妻玉の弔い合戦となる。どんなことがあってもこの城を死守する!!」

そうして一万五千の丹波・但馬の将兵で構成された西軍の包囲戦による猛攻に、五十日の間も耐えたのだ。

「幽斎を決して死なせてはならんぞ」

それは後陽成天皇から発せられた言葉だった。

足利将軍家に仕えて来た細川家は伝統として歌道に優れ、中でも幽斎の造詣は飛び抜けている。三条西実枝から古今伝授を受けての秘説を知る数少ない者だった為に、帝はそれが失われるのを恐れたのだ。

帝は豊臣秀頼に「幽斎を害することなきよう」と伝えた。

そして幽斎にも勅使を送り城を明け渡すように諭した。

「ここまで……」

そうして城を出たのだ。

「細川殿の武将としてのお働き、幾つになられても変わりませんな」

そう言う天海に幽斎は笑う。

「天下分け目の戦い、徳川殿の軍師として様々な軍略や調略を行われたこと忠興から聞いております。明智、いや天海殿こそ全くお変わりなく、いやさらにその軍略は冴えておられるとお見受けします」

天海はいやいやと首を振る。

この時、幽斎は六十七歳、天海は七十を超えている。

（それにしても精気漲っておられる。自分より年上の老人とはとても思えん）

幽斎は改めて天海の今の様子に驚く。

明智光秀、千利休、そして天海という三つの生を生きる者として天に選ばれし者であると、古来からの歴史に明るい幽斎は思った。

幽斎は訊ねた。

「三つ目の生。天海上人としてどのように生きていこうとなさるのです？　私などはもう余生はただ日々を楽しむだけにしたいと思っておりますが……」

天海は言う。

「天下泰平の世を創る。その一点だけ。それが私の原点。それが私を生かし、動かしております」

幽斎は瞠目した。

（この方はやはり天に選ばれた方なのだ）

その幽斎に天海が続ける。

「そして……歳を取ってさらに様々なことを知る喜びが湧いて参りました。ひとつは仏道。天台密教の持つもの……人知を超えた何かがそこにあります。その真をこれから摑むことが泰平の世を創る為に必要であると思っております」

幽斎は、天台宗総本山である比叡山焼き討ちを指揮したのが明智光秀であることと、今の天海の言葉とを相容れられない。

「恐れながら比叡山焼き討ちを行われた方がそのようなお気持ちになられるのは……何かございましたのですか？」

天海は学びだと明確に言った。

「人の一生は学びだと知りました。知らぬことは山ほどある。知ればさらに奥深く知ることが出来る。私が焼いた比叡山は腐っておりました。そこは本来の仏道の学びや修行の場ではなく、寺の財産を増やし寺領を増やすことばかり考え、その為に他の宗派や大名との争いを好み薙刀や刀を備えて武装し世を乱した。そんな存在であるからして灰燼に帰したまで。私は単に天に代わって掃除をしただけと思っております」

その姿勢と気迫に百戦錬磨の幽斎も気圧される。

そこで次に大事なことを幽斎は訊ねた。

「茶聖千利休として生きて来られた御仁はどのようにされるのです？」

あぁという表情を天海は見せた。

「茶は忘れました」

あっけらかんとそう言う天海に、幽斎は唖然とした。

天海は微笑む。

「茶はもう忘れた。それが今の私です。茶は千利休の死で終わり。千利休の茶は形としては残るでしょうが真の意味では廃れましょう。ですが様々にまた茶は生まれる。それが茶の面白いところ。しかし……」

そこで天海の目が鋭くなった。

「茶は恐ろしい。茶室の中は戦場です。それ故、皆を惹きつける。真の茶を求めれば求めるほど他人と和することを忘れる。亭主と客という……もてなしの心とされるものは実は戦い。それぞれの力量や度量、美しきものへの感性を披露しあうもの。だから優れた茶人は武将がなることが多い。御子息忠興殿は見事な茶人、利休の愛弟子でございますが、やはりその本性は武人。どこまでも戦を好む。そのような本性を持つ者が茶を究めようとするし、究めることが出来る。ですから天下泰平の世を創るのに茶は忘れたほうが良いと思っておるのです」

幽斎は瞠目した。

(これが千利休の言葉か⁈)

だが感性の人である幽斎もその天海の言葉は理解出来る。

「死んだから分かるのですよ」

その天海の言葉に幽斎はハッとした。

「明智光秀として死んで千利休となった。そして待庵（たいあん）という茶室を自裁の場としようと造ってみると……茶が生まれた。全く新しい茶の湯がそこで生まれた。それは人が創ったのではなく茶室という道具が創らせたのです。人が道具を創るのではない。道具が人を創る。茶は道具がなくては始まらない。それは実は道具が主で人は従ということ……このことに気がついたのです。それが千利休の茶を創らせた。道具が所作を創らせ美しき亭主の姿を創らせた。死んでそのことに気がついたということです」

それは禅の公案のようなものですかと幽斎は訊ねた。

「そうともいえますな。どんなものでも突き詰めたところから立ち上がってくるものは似ている。茶の湯を突き詰める。仏道を突き詰める。曹洞宗の開祖道元の言葉を纏めた『正法眼蔵』を読んで分かりました。そこに書かれていることと千利休が目指した世界は同じだと

……」

幽斎は深く頷いた。

「その千利休が死んで今度は天海という御上人になられた。ここからその天海上人が目指される泰平の世とは極楽のような世でございますか?」

天海は首を振る。

「この世に極楽は生まれんでしょう。しかし、泰平の世は必ず創れると信じております。戦の無い世。万民が戦に苦しめられることの無い世は創れる。しかし……」

その天海に幽斎は身を乗り出した。

「その世は決して自由なものとはならんでしょう。下克上とは自由な心が成せるもの。上を上とも思わん心が成せるもの。私はそんな世は本能寺の変で終わりにし、ここからは主従や上下がしっかりと万民の心に刻まれる世にしようと思っております。そして、その為に徳川家を利用する」

なんとッ! と幽斎は声をあげた。

天海は不敵な笑みを浮かべる。

「私はこれから道具を創る。その道具によって天下の万民が争いや戦を起こさぬ道具を。道具は人を創るのです」

幽斎はただその天海を見詰めるだけだった。

第六章　天海、財産を再分配する

天海はずっと京の徳川家康の屋敷で、大きな日の本の地図と京の地図の二つを前に考えていた。

「徳川の天下を盤石なものとする地ならしは関ヶ原で出来た。次は堀と石垣」

あらゆる階層が様々に支配する財産。その組み替えをやるのが今だと天海は思っていたのだ。

禁裏、公卿、門跡と大名たちの知行や領地の組み替えがそれだった。

「拠って立つもの先立つものを支配してこその天下の枠組み。あらゆる支配の力を徳川に集中させる」

慶長六（一六〇一）年三月、大坂城西丸を出て伏見に移った家康に天海は会った。

「ここで伏見に居を移されるとは、豊臣政権を尊ぶ徳川殿のお心を天下に示されましたな」

不敵な笑みでそう言う天海に家康は笑った。

「御上人の軍略通りに致したまで。豊臣が創った天下泰平の器を壊しは致しません。名物茶器を扱うがごとくに致しております」

天海は満足げに頷いて大きな図面を見せた。

それには知行割や国替えの案が書かれている。

家康はざっと一読すると大きく頷き、このように致しますと言った。

「ただ……薩摩はそのままと？」

天海は微笑んだ。

「私が薩摩を気に入ったから……と申し上げたらどうされます？」

家康は苦笑して「御上人には敵いません」と頭を下げた。

こうして領地を没収された大名の数は八十七名、総石高は四百十五万石に上った。

主なものは……備前の宇喜多秀家五十七万石、土佐の長宗我部盛親二十二万石、大和郡山の増田長盛二十万石、近江佐和山の石田三成十九万石。

そして減封と国替えでは毛利輝元が安芸広島百二十万石から周防・長門への二国三十七万石へ、上杉景勝が陸奥会津百二十万石から出羽米沢三十万石など……没収された総石高は二百八万石となった。

これで、家康が論功行賞に使える石高は他も含め七百八十万石にのぼった。日の本全体の半分の石高に迫ろうかというものだ。

天海から助言された通り、この機会を逃さず家康は四十ヶ国二百二十二万石あった豊臣の蔵入地を摂津、河内、和泉など六十五万石に削減させた。

「出来る機会に出来ることで豊臣の力を削いでおく。そうして最後は大義名分を以て豊臣家を滅する……そうされて下さいませ」

天海の言葉は恐ろしいほど強く家康に響いていく。

そして徳川の天下を担う大名たちへの加増は……加賀金沢の前田利長が八十三万石から百十九万石、黒田長政が豊前中津十八万石から筑前福岡五十二万石、肥後熊本の加藤清正は二十万石から五十二万石、福島正則は尾張清須二十万石から安芸広島五十万石、丹後宮津十七万石の細川忠興は豊前小倉四十万石、伊予板島七万石の藤堂高虎は伊予今治の二十万石などとされた。

東海道の諸国に領地を持っていた豊臣系の大名たちは中国や四国に国替えして加増され、そこに家康が関東に置いていた徳川一族や譜代大名を転封することで、江戸と京を結ぶ重要な線である東海道を完全に掌握したのだ。

「これで薩摩は安心だな」

天海は島津龍伯（義久）からの密書を読んでいた。そこには家康から薩摩、大隅、日向を安堵されたことと、島津忠恒への家督相続が認められたことへの礼がしたためてあった。そして関ヶ原で西軍に属した弟の義弘もお咎めなしとされたことに、格別の恩義が天海に向けられていた。

それまで島津は粘り強く家康と交渉をやり合っていた。「義弘は許さん！」としていた家康にその赦免を強く促してくれた天海に対しては、大きな借りが薩摩は出来たと記してあった。

関ヶ原の戦いが終わってから大名たちの間である噂が流れていた。

それは……千利休は生きていて徳川家康の軍師となっているというものだ。あの関ヶ原でも家康の横で指揮を執っていたと伝わっていた。

「それが天海上人その人。千利休であり明智光秀……茶聖にして類い稀な武将」

その噂は、関ヶ原の戦いで家康に敵対した大名たちを心胆寒からしめた。

「もし本当なら……家康には絶対敵わない」

薩摩にもその噂は届いていた。

島津義弘は関ヶ原の戦いで徳川の本陣に突進して、家康の表情が目視出来るところで急速に向きを変えて逃げることを決めていた。

「あの時……家康の隣に頭巾姿で派手な鎧をつけていた大柄な武将がいた。眼光鋭くただならぬ気を放っていた。家康を後ろに下がらせ仁王立ちになると、見たこともない大きな鉄炮をこちらに向けて構えた。その瞬間、途轍もない殺気を感じ直ぐ軍勢に方向転換を命じたが……あれが天海上人か？　そして茶聖千利休であり名将明智光秀……」

義弘は千利休との茶で戦いを挑んだ自分を思い出した。

「あの時、矢継ぎ早に百近く出した茶への問い。それら全てに利休様は誠実に分かり易くお答え下さった。茶聖とはこういうものかと感じ入った……」

その利休が生きている。

そう思っただけで義弘は嬉しくて仕方がなくなった。と同時に徳川家康にはもう逆らうことは止そうと心に強く決めた。

「あの方は特別な力をお持ちだ。明智光秀、千利休と生きて徳川家康の軍師である天海上人となっておられる。天下があの方を求めて生かしておられるということ……そんな天下に逆らうことは出来ん」

そんな風に感じるのは島津義弘だけではなかった。多くの利休を知る武将たちが心の裡で天海の軍門に降っていったのだ。

徳川家康は故秀吉の正室で、髪を落とし高台院となった北政所おねを訪ねた。

「高台院様のお力添えで、太閤殿下がお創りになった天下の静謐は保てました。心から御礼申し上げます」

そう言う家康に高台院は微笑んだ。

「天下泰平の世、それを真に目指される武将である徳川殿が戦に勝たれるのは必定でございましょう」

高台院は天海に頼まれ、小早川秀秋の家康への寝返りを裏で進めてくれた。そのことに家康は暗に礼を言い高台院は応えたのだ。

高台院は言った。

「これからの世……徳川殿が天下にあれば何の心配もありません。どうか真に平らかな世を創って頂くことお願い申し上げます」

そう言って頭を下げる。

そこには豊臣や秀頼という言葉は一切出て来ない。高台院は関ヶ原の合戦で家康が勝利して以降、豊臣家の知行を大きく削ったことを知っている。しかしそれにも何も言わない。

(この方は天海上人が仰っていた通り秀吉を軽蔑していたのか……。それ故、今の豊臣、秀頼公や淀君に一片の情もないのか……)

家康はここで女心の恐ろしさを知った。

秀吉という化け物の妻として共に天下を取ったものの、その秀吉は天下取りと同様に女漁(おんなあさ)

りに明け暮れ、その末に主君信長の妹の娘を側室にして子供をもうけた。

（そんな秀吉を浅ましい男だと心の裡では思い続けたということか……）

家康は言った。

「どうか天下のことはお任せ下さい。秀頼公の行く末もしっかりとこの家康が支えて参りますので……」

そう言った家康に高台院は呟いた。

「利休様、いや明智光秀殿は息災でいらっしゃいますか？」

家康は目を剝いた。

「高台院様は恐ろしいことをおっしゃいますな。共にとうに亡くなった者……ですが？」

そこまで言って家康は観念したという表情になった。

「あの方は泰平の世のために天下が必要とされる方。あの方がいる限り必ず泰平の世となりましょう」

そう家康は言ったのだ。

高台院は笑った。

「徳川殿でも敵いませんか？　あの方はそれほど恐ろしいですか？」

家康は大きく頷いた。

「百万の将兵を敵に回すより恐ろしゅうございます。この気持ちは……太閤殿下も同じであったと思います」

高台院は頷いた。

「秀吉の天下取り。それは利休様なしにはあり得なかったでしょう。ですがあの人は、秀吉は子供が出来て変わった。子供に渡す将来の天下を考え、敵にしては恐ろしい者を亡き者としていった。利休様はまさにそのお一人だった。しかし、生きておられた。いや、生かされておられる。それは間違いなく天の配剤。その天の示しに従われている徳川殿が天下を治められるのは必定でございましょう」

家康は頭を下げながら思った。

（凄い女性だ。秀吉が天下を取ったのはこの聡明な女性がいたからだと本当に思う。人というもの大きなことを成すには絶対に必要な者がいる。その必要な者を失えば手に入れようとする大きなものは消える）

家康は信長や秀吉を思った。

（二人共……明智光秀の力、天が与えたその力を見くびった。儂はその轍は踏まん）

そして家康は、これから高台院を出来うる限り手厚く扱おうと思っていた。

女性や妻の存在、そしてその価値。

女性の権利は今や広く意識されるようになっているが、女性が参政権を獲得したのは二十世紀に入ってからのことだという世界の歴史は認識しておかなくてはならない。

だがその歴史を見ると、少なからぬ女性が様々な形で力を発揮していたことが分かる。

男性中心社会の中で妻や母の立場でということだが……国を動かすまでの力を発揮した女性がいる。この時代では北政所がその代表と言えるだろう。

豊臣秀吉の正室として高名な女性だ。

貧農の出から武士になり、天下人にまで昇り詰めた夫を支えた北政所の能力は、極めて高いものだったと考えられる。

天下人の妻としてだけでなく、政略的に養子とした多くの武将の子供たちの養母として歴史を動かす力を持つ存在になっている。

そこでは女性ならではの力、母性というものの発揮が大きいと思われる。

類い稀な包容力の持主で皆から「母さま」と慕われ強い信頼関係を築いている。どこまでも行き届いた気配りと目配りの出来る女性で、自分を表に出さず夫を立て子供たちを支え続ける。それだけの能力のある女性であったが故に、淀君を見放したのだと思われる。

北政所は持ち前の目配りの力で世の中の動きを冷静に捉え、次は徳川の天下だと見ていた。

対して淀君は周りが見えず、いや見ようとせず豊臣の天下に固執した。

人を見る目は世界を見る目に通じる。

秀吉という天下人とその周囲の人間たちを観察して気配り目配りの力を磨いた北政所は、きちんと将来が見えたのだ。

自分が置かれた立場や環境を的確に認識して判断を下す能力に、男女の差は無い。

ただ……妻や母という立場を北政所ほど見事に認識し、正しい判断と行動が出来た女性は少ないだろう。

慶長七（一六〇二）年の暮れ、諸大名はある噂を耳にした。
「豊臣秀頼に関白宣下がある」
それは徳川家康が諸大名に対して、年頭の礼は先ず秀頼にするように命じたことから出ていた。しかしそうではなかった。
翌年二月十二日、家康は朝廷に奏請し右大臣・征夷大将軍に任じられ、秀頼は内大臣となる。これで家康は秀頼を名義上超えたのだ。

将軍宣下当日、家康の居城である伏見城で、陰陽師の土御門久脩によって呪法御身固が行われた。

久脩は、陰陽道宗家の一つ安倍氏土御門家三十一代当主で信長や秀吉にも仕えていたが、秀次事件に関わったとして秀吉の怒りを買って尾張に配流されていた。

その久脩を家康が天海の強い求めに応じて京に呼び戻し、将軍宣下のこの日、家康の身辺を強固に守るとする呪法を行わせたのだ。

「これでいい。このことを知った諸大名は、目に見えぬ古の強い力で徳川殿が武家の棟梁として守られると思うことになる。そんな思い、心を持ってくれればしめたもの。武を用いずとも人を支配出来る」

天海は天台密教を学ぶ中で、目に見えない力のあり方を深く考えるようになっていた。

だがそんな力が本当にあるとは信じていない。「そんな力がある」と思う人の心、それを操るにはどうすればよいかを考えていた。

「古より続く帝を守るとされる儀式、秘術、呪法……そこに『何か』があると皆は思う……。その心を上手く利用すれば天下泰平の世を楽に維持することが出来る」

実際、吉凶とされるものを信じている者は多く、その判断は宮中に従う陰陽師が一手に握っている。しかし天海は、天台密教が除災招福の秘術を行っていることを知った。

「陰陽道だけでなく目に見えない力とされているあらゆるものを知る。それら全てを自家薬籠中のものとして天下泰平の世に資するものとしていく」

その姿勢で「目に見えぬ力」を学ぶ天海が知ったのが七仏薬師法だった。

天海には、天下泰平の世の手本を平安の時代に取ろうという考えがある。

「武家が台頭する前、公卿が支配する穏やかな時代。それを武家の世で行わせる」

平安時代に権勢を誇ったのが藤原道長だ。

この世をば　我が世とぞ思ふ　望月の
欠けたることも　なしと思へば

満月に欠けたところが無いように何もかもを支配したとされる道長。その歌が表すような天下を徳川家に担わせることが天海の欲するところなのだ。

その藤原道長は天台寺門宗の総本山である園城寺（三井寺）を厚く保護し、天台密教を信奉していた。

万物を支配するとされる薬師如来の力を用いる秘術の七仏薬師法。薬師如来は東方浄瑠璃世界の教主とされ、それゆえ東の端に位置する日の本に最も重要な仏であると天台密教は教える。

「日の本の教主は帝。薬師如来の力は帝の力」

そう解釈している。

そして、

――薬師如来とは依正の万法にわたって、皆これ薬師如来の示現なり。東方に七仏あって七仏薬師と号す。閻浮提（人の世）に影を映す、これを北斗七星と名づくるが故に本命星と名づく――

鎌倉時代の仏教書『渓嵐拾葉集』は、この世での薬師如来の姿を北斗七星としているのだ。

ここに天海は注目する。

「見えない力を見えるもので表す。それが出来れば万民にその力を信じさせることが出来る」

北斗七星という星を使えば、天下泰平の世を支配する者の力を示すことが可能だと考えたのだ。

「藤原道長は毎朝必ず本命星である北斗七星の真言を唱え、一日の吉凶を占ってから行動したという。人を目に見えぬ力で支配すること。これを徳川の世で必ず使っていく」

北斗七星は万物の構成を司る陰陽五行の総体であるとするのが陰陽道だ。

「天台密教はこれを上手く取り入れている。帝の支配する世の除災招福の呪法を自らも用いることで、帝をもその支配に置けるのだ」

目に見えぬ力を信じる心、それは帝も同じなのだ。帝は様々な目に見えぬ力を備えていると万民に思わせると同時に、目に見えぬ力に支配されていることになる。

「武力だけでなく目に見えぬ力を手に入れることがどれほどの強さになるか。私がこれからやるのはそれを使って人々から争う気持ちを奪うこと。それが私の使命だ」

征夷大将軍となった徳川家康は、その伝統的な称号を形だけではなく実の部分で大いに利用していく。

「これからは、称号はその力を示すものとされて下さい。称号はそれだけで有無を言わせぬ力となります。それを存分に発揮なさって下さいませ」

天海の言葉通りに家康は動いていく。

征夷大将軍とは全ての武家の棟梁ということだ。これで家康は豊臣の家臣、五大老の一人ではなく豊臣をも従える者に名目上なったのだ。

家康はそれを明確に行動で示す。

豊臣秀頼への年頭の礼には出向かなくなり、他の諸大名も年頭の礼は家康のみに行うことになったのだ。

家康は天海と話し合う。

「御上人は、徳川が幕府を開くとなれば京に幕府を置くべきとお考えになりますか？」

天海はそれには明確な答えを持っていた。

「それは豊臣を亡きものにした後、でございますな？」

そんな物言いをする天海に家康はドキリとする。

「御上人はどこまでも恐ろしいお方。その流れでいくとして？」

天海は不敵な笑みを見せる。

「難攻不落の大坂城をどうするかは……ここでは置いておき、豊臣が亡きものとなったとして私の考えを申しましょう」

家康は身を乗り出した。

「徳川殿の天下となり幕府を開く時には江戸にされるのが宜しいでしょう」

家康は少し驚いた。

「京や大坂、上方ではなく？」

天海は頷く。

「徳川家による新たな幕府は、全ての支配のあり方を天下泰平の世の為に創り上げねばなりません。それには全く新たな地が良い。そしてそれも東の地。方角が良うございます」

天海はそこから、陰陽道や天台密教の北斗七星の話をした。

「徳川殿の運命も三河から東国に移されてから開けた。天下をお取りになれた。これも目に見えぬ力が働いたお陰でございます。この日の本に古よりある力を手に入れることが出来ます」

そんな言葉に家康は驚いた。

天海は家康が「目に見えない力」に左右される武将かどうかを試していた。

家康は難しい顔をした。

「半信半疑……と言うしかございませんな」

そう言う家康に天海は満足そうな表情を見せた。

「それでこそ徳川殿。私も信じてはおりません。しかしこれを万民に信じさせることで新たな目に見えぬ力を徳川殿が得ることになる」

そう言われて家康はハッとした。

「なるほど……それだけでいらぬ戦はせんでもよくなりますな？」

その通りだと天海は言う。

「ここからは……軍師の話としてお聞き下さい。江戸の地は私も長くいて分かりましたが……一見、土地の高低差が大きく、森や湿地があり、暴れ川によって度々水の出る悪地に見えますが、普請をすれば見違えるように良い土地になると存じます。武蔵野の山林も開墾すれば広大な田畑になる。さすれば豊かな耕作地を手に入れることが出来る。あれは宝の山となりましょう」

なるほどと家康は納得した。

「関東の地は広い。京や大坂よりも遥かに多くの人間を住まわせることが出来る。穀物を大量に作らせ、多くの商人たちを住まわせれば巨大な市が出来ます。商いを広げることが出来ます。そして江戸は大きく海が広がっている。様々な交易にあの海は使えます。奥州へも通じ上方や西国にも通じる。あれほど良い土地はございません」

さらに決定的なことを天海は言った。

「東国から上には徳川殿のお味方がしっかりとおられ、江戸から京までの東海道もお味方で固めた。江戸に幕府を開けば、徳川を攻めることは難しいと存じます」

家康は全て納得した。

のらりくらりの家康だが納得すると行動は早い。直ぐに家康は江戸の大規模普請を外様、譜代を問わず東西七十名を超える大名たちに命じた。

神田の山を掘り崩し、日比谷の入り江を埋め立てさせた。

「そこへ町屋を作る。京や大坂に負けない大きさのものだ。これで一気に江戸の人の数が増えていく」

そして江戸城の新たな普請にも着手する。

城造りの上手い藤堂高虎に命じ、西国の大名たちが石垣の普請に動員された。

家康の天下は着々と固まっていく。

天海の描いた絵が現実となっていくのだ。

淀君は怒っていた。そして恐れていた。

「徳川家康……」

家康に対する怒りと恐れ。悪しき感情に心が支配される中、ある疑問が頭に浮かぶ。

「亡き太閤殿下の遺命である秀頼の将来は一体どうなる？」

豊臣の後見である筈の家康は恒例であった秀頼への年賀の辞にも現れず、秀頼からの年賀の使者が伏見に赴いても答礼の使いさえ送ってこない。

秀頼の母公である淀君は怒り心頭に発した。

「家康……許せんッ!!」

だがどうしようもない。今の豊臣には家康を動かす力はどこにもない。すると今度は怒りが恐れに変わる。

「どうなる？　秀頼はどうなる？　秀頼の生母である私はどうなる？」

秀頼はまだ十一歳……その周りに頼れる者はいないのだ。

「だがこの大坂城がある。難攻不落のこの城の中にいる限り、誰も秀頼に刃を向けることは出来ない筈」

巨大な大坂城というものが淀君の唯一の心の支えだった。

天守から大坂を、天下を見下ろすとふつふつと自信が湧いてくる。家康に滅ぼされるという恐れもこの城にいる限り現実になると思えない。

城を造ったのは太閤秀吉だ。

その太閤の遺命はこの城のように大きい筈なのだ。

「そう……太閤殿下は今際の際で秀頼を支えることを皆に命じられたのだ。家康はその太閤殿下の手を取って『御意』と口にしたのだ」

それを思い出すと心は軽くなる。

「そうだ。秀頼が元服した暁には家康は将軍職を返上する筈。そうだ！　そうでなければならん」

その楽観を頼って淀君は生きるしかなかった。

その淀君を家康は喜ばせる。

「我が一子秀忠の娘千姫を、秀頼様に娶って頂きたく存じます。徳川と豊臣は一心同体、この家康どこまでも秀頼様をお守り申し上げます」

そうして家康の孫、千姫は秀頼に輿入れした。


伏見で家康は天海と話していた。

「淀君のお喜び……それはもう天にも上らんばかりでございました」

そういう家康に天海は頷いた。

「宜しゅうございます。豊臣はこれでいらぬことはせぬでしょう。こうしておいて事あるごとに徳川殿の勢力を拡大させ、諸大名の豊臣への忠誠心を削いでいけばよい。少し時間は掛かりますが、確実に泰平となる天下が徳川殿のものとなりましょう」

そこで家康は苦笑する。

「もし御上人がおられなかったら関ヶ原の合戦の後で石田三成を動かしたのは大坂の豊臣として一気に殲滅を図っておりましたが……」

天海は首を振る。

「そうなれば太閤殿下の遺子殺害の汚名を徳川殿が着ることになる。それは下克上。天下泰平の世の中で絶対に許してはならんこと。下克上の汚名は明智光秀が本能寺の変で一身に受け大謀反人とすることで終わらせねばなりません。千姫様を差し出すことは心苦しゅうございますがここは辛抱辛抱でございます」

家康は苦笑いをした。

その家康に天海は言う。

「さてもう一つ淀君を喜ばせましょう」

エッという表情を家康はした。

「神となっている秀吉を派手に大きく盛り上げれば宜しいかと。そのような形が大事。形さえ見せておけば、実の方でどれほど徳川殿が豊臣を蔑ろにしようが、誰も何も申しません。そして……」

天海は冷たい目を光らせて語っていく。

その話を聞いて家康は、天海の戦略家としての途轍もない深謀遠慮を改めて感じたのだ。

慶長九（一六〇四）年、太閤秀吉の七回忌が盛大に執り行われることになった。

阿弥陀ヶ峯の頂に太閤は葬られ、その中腹に太閤を神として祀る豊国神社は創建されている。朝廷から正一位の神階と豊国大明神の神号を賜り、社領一万石、境内域三十万坪という派手好きの太閤を彷彿させる壮麗な神社だった。四月と八月の豊国祭には朝廷より勅使が遣わされ、北政所を始め豊臣家縁の者や武将たちの参拝が相次いでいた。

そして太閤が建立した方広寺、地震によって大仏殿は失われたが壮麗な仏閣は太閤の威信を感じさせている。

神となった太閤秀吉、豊国大明神の臨時祭礼としてその七回忌は豊国神社と方広寺を中心に東山七条一帯で八日間に亘って徳川家康の大々的後援で行われたのだ。

それを裏で取り仕切ったのが天海だった。

「信長様の時の帝をお招きしての馬揃え、そして太閤の時の北野大茶会……それを京の人々に思い出させるものにする」

天海は豊国神社の別当である梵舜に様々に指示し、臨時祭礼にはあらゆる階層の人間が参加出来るようにさせた。

「秀吉は荒んでいた京の大改造をやった。信長様に続いて御所を立派に建て直し多くの壮麗な城や寺社、屋敷を造った。御土居で囲むことで洛中を明確にし、碁盤の目の道で短冊のような街並みを美しく揃えることで京童たちを喜ばせた。そんな趣や豊かさは人々の心を穏やかにする」

そんな意図も臨時祭礼にはあった。

「えらいもんやなぁ……徳川はんも太閤はんにちゃんと義理を果たさはるんやなぁ……それもえらい派手やがなぁ」

京童たちは口々にその様子に感じ入った。

大和猿楽四座による能楽奉納が行われ、神官・楽人ら二百騎での壮麗な馬揃えも披露された。

そして上京・下京の何千という町衆が、派手に着飾り豊国踊りに熱中していく。風流傘の周りに踊り手百人、囃子方百人、そして武者姿百人が輪になって一組となり、京の都を代表する町内五組が踊りを競うのだ。見物の桟敷は二千三百余りも出来ていた。

その様子に秀頼は子供の無心さで喜びを見せていた。

その秀頼以上に喜んでいたのは淀君だ。

「徳川殿がここまで亡き太閤殿下の為に尽くして下さる。何も案ずることはない。秀頼が成人の暁には必ずや天下を、将軍職を禅譲される筈……」

そんな安心立命の心持の中で涙を流した。

家康が後援した豊国大明神臨時祭礼……ここに仕掛けられた罠を知るのは家康と天海だけ

だった。

家康は祭礼には出なかったが、淀君の喜びと共に誇らしげな様子を梵舜から聞いて思った。

（天海上人の戦略の深さ恐ろしさ。この祭礼で打たれた布石……それを聞いた時には儂も震えた。今この祭礼で豊臣を安心させ、先でその豊臣を討つのに利用するとは……いやはや今更ながら我が味方で良かった）

天海は「目に見えない力」を使うつもりでいる。八日間に亘る祭礼が終わった時、天海は呟いた。

「この祭礼が……豊臣最後の華」

慶長十（一六〇五）年二月十九日、徳川家康は江戸から伏見城に入った。

その後、息子の秀忠は十万もの軍勢を従えて江戸を発ち、三月二十一日に伏見城西丸に入る。

家康と秀忠、それも大軍勢を引き連れての徳川親子の上洛に皆は驚いた。

最も驚いたのは大坂城の淀君だった。

「十万騎!!　な、何故それほどの軍勢をッ?!」

なんの意図もなく家康がそのようなことをする筈がない。

嫌な予感に体が震えた。

（大坂城を襲うのではないだろうな？）

だが大規模上洛の理由は直ぐに分かった。

「秀頼が右大臣に？」

豊臣秀頼が右大臣に昇進すると伝えられたのだ。家康が宮中に参内、帝にお目通りして二日後のことだった。

淀君はこれが理由かと合点がいき安心した。

しかしその後で奈落の底に突き落とされる。全ては家康によって着々と整えられてのことだったのだ。

四月十六日、その知らせを聞いた時、淀君は目の前が真っ暗になった。

「ま、……まさかッ⁈」

徳川秀忠が征夷大将軍に任じられたのだ。

「こ、これで秀頼が……」

将軍になることはなく豊臣に政権が返って来ることはない。

茫然自失となった淀君に、天海と家康は追い打ちをかける。天海は思っていた。

「淀君。信長様の姪であるお方……血筋通りに聡明であればここで諦める。しかし諦めないとなると……」

五月の初め、家康は秀吉の正室である高台院を通じて、秀頼に対し秀忠の将軍襲職（しゅうしょく）を祝う上洛を促したのだ。

淀君は血の気が引くほどの怒りを覚えた。

「こ、高台院様までが家康の言いなり……」

美しく白い顔が蒼くなる。

「だ、誰が秀頼を伏見城などへ行かせるものかッ!!　豊臣は徳川の臣下ではないッ!!」

その叫びは大坂城を震わせた。

淀君の拒否を聞いて天海は呟いた。

「……豊臣は跡形もなく滅ぶ」

そして淀君の愚かさを憐（あわ）れんだ。

天海は伏見城で徳川家康と軍略を練っていた。

「淀殿は『秀頼を徳川に臣事させるくらいならこの場で秀頼を刺し私も自害する』と大変な

お怒りだったとか……」

家康の言葉に天海は薄く笑った。

「これで決まりましたな。豊臣が徳川の臣下とならぬとなれば……あとは滅するまで」

冷たく光る眼には家康もドキリとする。

(こことという時には明智光秀の眼になられる)

そう言っておいて天海は微笑んだ。

「そうと決まれば、ここは折れましょう」

はぁという顔を家康はした。

「大坂城へ、然るべき方を秀忠様の名代として新将軍就任の挨拶に伺わせれば宜しいかと……」

家康は大きく頷いた。

(揺さぶって揺さぶって……潰す。その深謀遠慮にはこちらが恐くなる)

こうして家康の六男、松平忠輝が秀頼のもとへ出向き、淀君は溜飲を下げることになる。

天海は家康に言う。

「天下の立場そして天下の流れで徳川は豊臣の上となりましたが、それを良しとせぬ者は豊臣譜代を中心にまだおります。大坂が徳川殿との戦となった時に馳せ参じる者はおりましょう。そして……」

大坂城内には莫大な財がある。これが軍資金となると、関ヶ原の残党浪人を全国から集め大量に武器を与えることが出来る。

太閤秀吉が秀頼に遺した財産は……金子九万枚、銀子十六万枚、金銭五貫文、銀銭二百貫文、大判千枚、金分銅二千枚……。そしてそれら金銀だけでなく途轍もない金額がつく宝器や什物、名物茶器、金糸銀糸の衣類が山のようにあるのだ。

「巨大な大坂城、九重の天守閣の各階にはそれらが所狭しと積まれ、さらに武器、弾薬、兵粮などの戦備えも十二分にされてございます。武器弾薬はともかく、財は戦の前に大きく削いでおくことが肝要。その為の豊国大明神臨時祭礼の後援でございましたからな」

家康は大きく頷いた。

(恐るべし、明智光秀!!)

「伊勢神宮に橋を？」

淀君は徳川からその話が回って来たと聞いて考えた。伊勢神宮の遷宮に合わせて豊臣の力で橋を新たに架けて貰いたいというのだ。

「古来の行事に大変名誉なこと、ここで橋を寄進されれば豊臣の家には末代までの誉れとなります」

ならばと淀君はこれを承諾する。

そうして豊臣家から莫大な資金が提供されて宇治橋が完成し、千百人の僧侶による橋の完成供養の読経が行われた。

それに満足した淀君にまた徳川から同じような話が次々と来る。

北野天満宮の改築、鞍馬寺の増築……。

「徳川は費用を負担せぬのか？」

そう訊ねると、あの豊国大明神臨時祭礼を持ち出される。

「亡き太閤殿下の為、徳川家は大変な負担であの祭礼を後援いたしました故」

そう言われると二の句が継げない。

神社仏閣への寄進の依頼はそれ以後もひっきりなしとなる。

出雲大社、京光明寺御影堂、河内観心寺金堂、熱田神宮造営……そして遂にはあの方広寺の大仏殿の再建まで行わされたのだ。それも全て豊臣家単独の寄進だった。家康は他の大名に助力させることを「豊臣家に失礼」と許さなかったのだ。

大坂城内に山ほどあった財が目に見えて減っていくのを、淀君は感じざるを得なかった。

寄進依頼の度に徳川から出される豊国大明神臨時祭礼の話に淀君はゾッとした。

「あの時の秀頼の楽しそうな顔……」

花盛りの夢のような思い出が恐ろしい毒饅頭だったのだ。

淀君は己を呪った。

「浅井長政の娘であり織田信長の姪、その私が何故このような窮地に置かれる。女だからか？　男だったらもっと軍略を働かせることが出来たか？」

太閤秀吉の世継ぎを産んで豊臣家の天下を握ったかと思ったら、あっという間に徳川にそれを奪われていく。

「このまま……秀頼を徳川の臣下として仕えさせることになるのか？」

そう考えると己の血筋が許さんという気持ちになる。その気性が淀君の命取りだった。そして人徳のなさ。高台院のように下から慕われず優れた武将も周囲にいない。

淀君にあるのは血筋と秀頼の生母という誇りだけだ。その誇りが全てに牙を剝かせる。

「家康は絶対に許さん。しかし家康も高齢、この先は短い。家康亡き後を見据え、ここは全て家康の言いなりを装う。それでしのぐしかない」

淀君はここに来てようやく忍従することを覚えたが、もう遅かった。天海が仕掛けた罠に胴が掛かった豊臣は、ここからさらに強く締めあげられていく。

将軍職を秀忠に譲った家康は大御所と呼ばれるようになった。

「徳川の天下は江戸を中心に、そして武家の棟梁である将軍を中心に」

その天海の助言通り、家康は江戸城の主を秀忠として譜代の家臣をその側につけ、関東を中心とした領地の支配を秀忠に任せた。

大御所家康は伏見城と駿府城で過ごすようになる。

そして天海を表に出すことにした。

天海は常々家康に言っていた。

「比叡山再興は私に課せられた大きな仕事と存じます。全山焼き討ちを指揮した者としての宿命。つきましては――」

その頃の比叡山は、正覚院豪盛らが死去して探題執行がいなかった。そこで天海をその補任にするようとの働きかけを家康に頼んだのだ。

その天海の望みを家康は実現する。

慶長十五（一六一〇）年九月に、天海は比叡山延暦寺探題となり新たに智楽院の院号を与えられた。そして家康から東塔南光坊への在住を命じられ、ここから南光坊と称するようになる。

翌年三月には権僧正から僧正に、そして大僧正の地位にあった青蓮院尊純が辞任すると天海が大僧正に補任された。

極めて異例の早さの出世だ。

それはまるで織田信長軍団の中での明智光秀の出世のようだった。

こうして南光坊となった天海を家康は公の場で同席させるようになる。

家康は天下を治める為に自らの力を様々に補完強化していった。家臣だけでなく僧侶や学者、公卿、豪商、そして南蛮人など多くの人材を召し抱えていく。諸国の大名に対する政策、朝廷や公卿、寺社や外国とのあり方への助言や政務の補佐を彼らに求めたのだ。

「皆は私の知恵袋、忌憚(きたん)なく意見を中して貰いたい」

そう言って自らの政策や戦略にその人材を活用する。中でも南光坊天海への信頼は絶大でその発言力は群を抜いた。そこには天海のあらゆる面での知識の豊富さと状況判断の正確さがあるが、別に大きな皆の暗黙の了解がある。

「これが……明智光秀、そして千利休」

それは大きかった。

皆がその秘密を共有することで結束力も生まれる。家康の頭脳集団は、日の本を支配する為に全方位での力を発揮出来るようになっていたのだ。

天海はその人材集団の中の、南禅寺金地院(こんちいん)の以心崇伝(いしんすうでん)と学者の林羅山(はやしらざん)と共に、ある策略を練っていた。

「これを以て豊臣を葬る戦を成す。その為の大義となるもの」

それは天海が仕掛けた最大の罠で、あの豊国大明神臨時祭礼と繋がっている。

「秀頼公は方広寺の大仏殿を再建なさり、梵鐘（ぼんしょう）を寄進される由。さて、そこに銘文（めいぶん）を入れるように上手く働きかけを行おうと思う」

天海の言葉に金地院崇伝と林羅山は妙な顔つきになった。

「銘文を入れさせるように働きかける？　それにはどのような意図がございます？」

天海は微笑む。

「当然、天下泰平を望むという銘文となりましょう。しかし――」

そこからの内容に二人は息を呑んだ。

「そのような文章、なかなか難しゅうございますが……それをお二人にお考え頂きたい。後は私が動きます」

二人は天海の鋭く冷たい目にたじろぎ、ただ「承知仕りました」と頷いた。

慶長十六（一六一一）年三月二十八日、徳川家康は二条城に豊臣秀頼を迎えた。

二人が顔を合わせるのはこれが初めてとなった。

「家康が大坂城に来るのが筋であろう!!　秀頼を京には行かせん!!」

家康からの秀頼上洛を促す話を聞いた時、淀君は怒りを込めてそう言ったが秀頼の政務補佐である片桐且元（かたぎりかつもと）がそれを強く諫めた。

「大御所からのお話を断れば直ぐに戦となりましょう。当方の準備も何もない中では大坂城が落城することに相成るのは必定。ここはどうか忍び難きを忍んで頂きとうございます」

そう言われて淀君は唇を噛んで承諾したのだった。

その片桐且元に目をつけたのが天海だった。

後日、天海は且元の京屋敷を訪ねた。

（やはり……本当だった）

目の前にいるのは千利休その人だ。

天海は何も言わず微笑んでいる。

秀吉の直参として長く仕えて来た且元の政治的な能力の高さ、状況判断の良さを利休時代から天海は評価していた。

「あの男は使える」

そう思っての訪問だった。

「御上人様のわざわざの御成り。この片桐且元にどのような御用でございましょうか？」

天海は眼光を鋭くして言った。

「そなたがここからの天下を握っておることを伝えに参ったと申したら……どうされる？」

旦元は瞠目した。

すると天海はニッコリ微笑む。

「大仰な物言いをした。許されよ。いやなに、一つ頼まれて貰いたいだけ」

そう言って書付（かきつけ）を取り出した。

そこには漢文が並んでいる。

「方広寺に秀頼公が寄進される梵鐘。そこにこの銘文を入れるよう働きかけを願いたい」

豊臣滅亡への鐘が鳴った。

天子万歳　台齢千秋
銘曰
洛陽東麓　舎那道場　聳空瓊殿　横虹畫梁
参差萬瓦　崔嵬長廊　玲瓏八面　焜燿十方

境象兜夜　刹甲支桑　新鐘高掛　商音永煌
響應遠近　律中宮商　十八聲縵　百八聲忙
夜禅晝誦　夕燈晨香　上界聞竺　遠寺知湘
東迎素月　西送斜陽　玉筍掘地　豊山降霜
告怪於漢　救苦於唐　霊異惟夥　功用無量
所庶幾者　国家安康　四海施化　萬歳傳芳
君臣豊楽　子孫殷昌　佛門柱礎　法社金湯
英檀之徳　山高水長

慶長十九年甲寅歳孟夏十六日
大檀那正二位右大臣豊臣朝臣秀頼公
奉行片桐東市正豊臣且元
冶工名護屋越前少掾菅原三昌
前住東福後住南禪文英叟清韓謹書

豊臣秀吉が創建し文禄五（一五九六）年の大地震で倒壊した方広寺。巨大な大仏殿を有するその寺の再建を徳川家康から勧められた秀頼が、豊臣の威信をかけて建造を進めたものが慶長十九（一六一四）年七月に完成した。

鐘楼には新たに秀頼が寄進した梵鐘が吊り下げられ、多くの者が記されている銘文を読んだ。その最後には寄進者である秀頼の名と奉行の片桐且元、そして銘文を起草した南禅寺の僧文英清韓（ぶんえいせいかん）の名が記されている。

これであとは徳川家康の承認を得て八月三日に開眼供養の運び、と誰もが思っていた。ところが七月二十六日、家康は大仏殿の鐘銘の内容と上棟の日時について異を唱え延期を命じたのだ。

同日、駿府城にいた家康は天海から天台血脈相承（そうしょう）を、翌日の二十七日には天台法問の儀を伝授された。これで家康は天台密教の持つ特別な力を与えられたことになる。

「さて、これで全てが整った」

天海は笑みを浮かべた。

家康は大仏鐘銘（しょうめい）の写しを見て、その中に「国家安康」の句があるのを見止めた。

「これは我が名の『家』と『康』を分断したもの！　我が身を二つに裂こうとする呪詛の文言！」

そう喝破（かっぱ）した。

すかさず天海が言った。

「さすがは天台密教を授けられた大御所。よくぞ見破られました！」

こうして方広寺大仏鐘銘は大問題となる。

大坂から方広寺普請奉行の片桐且元と起草者の文英清韓が釈明の為に直ぐに駿府にやって来たが、家康は怒っているとして会おうとしない。その深刻な状況は直ぐに大坂に伝えられた。

全ては天海の筋書き通りだ。

天海は秘密裏に駿府城内で且元と二人きりで会った。

「ようやってくれた。全て首尾通りに行った。あとは貴殿がどこで大坂城を出るかだが……それは貴殿に任せる。出られた後、大御所は貴殿を決して悪いようにせん。この天海が約束する」

且元は頷いた。

「淀君が仕切られる豊臣の家を支えるのは難しゅうございました。御上人からのお話に乗ることに致し……私も安心しております」

天海は、秀頼の最側近として政務を行う且元を調略していたのだ。

「御上人から鐘銘の手本を渡され『南禅寺の文英清韓に見せ清韓が起草したようにせよ』と

命じられた時には……訳がよく分かりませんでしたが、清韓が嬉々として起草者となってくれたのも驚きでした」

天海は金地院崇伝から、同じ南禅寺の清韓の人となりを詳しく聞いていた。

「清韓は学問の知識は半端ですが功名心は人一倍ございます。必ずやこの策略に嵌まります」

鐘銘のことが問題となってからも清韓は、鐘銘は自分の作ではないと口が裂けても言えず……、『家』『康』については家康の諱を祝意から〝隠し題〟とした意識的な撰文であるとその場しのぎの弁明をした。

しかし、家康から鐘銘の評価を依頼された五山の僧たちからの回答は「常識や礼儀を欠いたもの」と問題視され、諱を避けなかったことが強く非難された。

「半端な知識は大怪我のもと」

そしてまたあのことが徳川から示された。

「方広寺は豊国大明神臨時祭礼を大御所が嘗てない規模で行われ、太閤殿下を偲ばれた大事な寺。そこでこのような呪詛が行われようとしていたなど言語道断。豊臣から徳川への隔意がない旨を示されなければ事は収まらん」

天海が仕掛けた罠は蟻地獄だったのだ。

片桐且元は大坂城に戻った。

「徳川側は怒り心頭に発しております。方広寺での豊国大明神臨時祭礼を後援した大御所を逆手に取った巧妙な呪詛であり、この上は一戦も辞さぬ覚悟としております」

その言葉に淀君は震えあがった。

且元は続ける。

「戦となれば落城は必至。ここはなんとしてでも徳川へ隔意のないことを示さねばなりません」

淀君は訊ねた。

「どうすればよいのじゃ？」

且元は頷いてから言った。

「秀頼様、或いは淀君様が江戸に在府なされるか……若しくは秀頼様が大坂城をお出になられて他国に移られるか……」

淀君は怒りで真っ蒼になって震えた。

「片桐ッ!!　貴様はその口で今なにを申したか分かっておるのかッ!!」

且元はその淀君に声をあげた。

「天下を見回して下さいませッ!! 今や天下は徳川のもの！ 武家の棟梁の征夷大将軍は徳川！ 豊臣は一大名というのが今の世でございます！」

淀君は握っていた扇を且元に投げつけた。

「裏切り者ッ!! 許さんぞッ!!」

且元は頭を下げて大坂城を後にした。

その後、淀君とその取り巻きは且元殺害を決めて動き出した。それを察知した且元は摂津茨木城に入った。その報は直ぐ家康に伝わった。

「よしッ!! 大坂攻めじゃ!!」

十月一日、家康は東海道の諸将に出陣の触れを出し江戸の秀忠にも伝えた。

先鋒を藤堂高虎に命じて家康は十一日に駿府を発った。途中西国の諸大名に出陣を命じて二十三日に二条城に入った。

「さて、あの難攻不落の大坂城……どう攻める？」

家康は城を熟知する藤堂高虎と片桐且元を呼び出して、堀の深さとどの口から攻められるのか意見を聞いた。

家康の隣にいてそれを聞いていた天海は冷静に考えていた。

（巨大な二重の堀……それらがなによりもの難敵。籠城を決め込まれれば数年耐えられるだ

けの兵粮は確保されている）

自分から具体的な軍略は言わずにいる天海だが、戦い方の結論は持っていた。

（大坂城を落とすのは関ヶ原のような短期、一回の戦では無理。一度目で大きく揺さぶって和議に持ち込み……あの手この手で邪魔な堀を埋めさせるようにしたいところ）

そして戦いは長引かせたくない。

（豊臣直参である福島正則、黒田長政、加藤嘉明らの大名は江戸に留め置かれている。戦が長引き形勢がおかしくなれば、かの者たちが豊臣への加勢に寝返ることもありうる）

さらに天海は全体を考えて朝廷工作を行う。

どこまでも天下静謐の中で家康はこの戦を行うという意思表示、それを古式ゆかしく優雅に行うのだ。天海は家康からの命として後水尾（ごみずのお）天皇の父である後陽成院に対して『日本後紀』『弘仁格式（こうにんきゃくしき）』等の所持を訊ね、院からは所持しているものは書き写すとの返答を得た。これで徳川方が朝廷第一の意思疎通先であるという証が出来た。

「これで良い。院を押さえておけば帝が豊臣方に利用されることはない」

このように動いた天海は後水尾天皇が気掛かりだったのだ。

「気性が激しく己を通されるところがあると聞く。この戦で徳川に不利となる動きは絶対にして頂いては困るからな」

十月十五日、家康は二条城を発ち、二日後に住吉に陣を敷いた。そして秀忠は平野まで軍勢を進めた。

徳川最前線の布陣は、大坂城の南に藤堂高虎ら譜代の武将たち、東に上杉景勝ら嘗ての徳川旧敵の陣、北である天満・中島には加藤明成(あきなり)ら秀吉の子飼い武将たちが陣取り、家康の前方には伊達政宗の軍勢が控え、毛利輝元の軍勢も兵庫まで来ていた。総勢で三十万となる。

対して豊臣方は大坂城本丸に多くの浪人を集め、外に陣を敷くのは真田信繁、長宗我部盛親、後藤又兵衛、塙直之(ばんなおゆき)らの軍勢でその数は十万足らずだった。

十八日、秀忠、藤堂高虎、本多正信らと家康は軍議を重ねた。

「先ずは淀川の本流を堰(せ)き止め、大坂城廻りの水を涸渇(こかつ)させた後に四方から城を攻める」

十九日から戦闘は始まったが大規模なものはなく、徳川方は大坂城包囲網を着々と完成させていった。

そんな中で功を焦った武将たちが、真田信繁が守る出丸を攻撃したが返り討ちに遭う。

そうして十二月八日、織田有楽斎らが豊臣方の名代として和睦の条件を問い合わせて来た。

天海はほくそ笑んだ。

「敵に戦意はないと見た。ここからは大きく出る！」

第七章　天海、味方を欺く

徳川家康は天海と和睦に至るまでの総攻撃について協議した。

「ここは豊臣方を徹底的に動揺させましょう」

家康は藤堂高虎らの諸将に毎夜二度三度と勝鬨をあげさせ、大坂城内に鉄炮を二刻余り（五時間弱）撃ち続けるよう指示した。

「城内の浪人たちを寝かせるな！　烏合の衆は直ぐ音を上げる！」

そうしておきながら「投降する者は赦免する」との矢文を多数射かけて揺さぶる。

天海は最前線の陣所にまで自ら出かけ、置いてある大きなものを愛おしそうに撫でた。

「これで一発。本丸天守閣を撃ち抜けば城内は騒然となる筈」

天海が撫でているのは巨大な大炮だった。射程距離の長いカルバリン砲と呼ばれるものだ。

嘗ての明智光秀は炮術師だ。英吉利国（イギリス）から帰化し家康の家臣となった三浦按針（みうらあんじん）ことウィリアム・アダムスからその大炮の実射を見せられた時には、武者震いを覚えた。五十貫（百八十七・五キログラム）の炮弾が一里半（六・四キロメートル）先まで飛んだのだ。

「放てーッ!!」

物凄い爆発音と共に大炮は火を噴いた。

「キャーッ!!　ウワァー!!」

炮弾は天守を撃ち抜いて淀君の御座所(ござしょ)近くに着弾、侍女たちが多数死傷したことで淀君は震えあがりこれで一気に戦意喪失する。

十二月十七日、朝廷の勅使が家康の陣所にやって来た。

天海は家康に言った。

「やはり後水尾天皇は動いて来ましたな。ですが後陽成院は押さえております故、ここは強く出ると致しましょう」

家康はその言葉通り勅使とは会わず、帝からの「豊臣と和睦して上洛せよ」との勅定を「和睦の儀、然るべからず」と退けた。

だが、これで己を強く出す後水尾天皇は油断がならないと天海は思った。

「この先で厄介な存在となるな」

そうして十二月十八日、淀君の妹で徳川方の武将京極忠高(きょうごくただたか)の義母である常高院(じょうこういん)が、大坂城から忠高の陣所を訪れた。豊臣方の和睦の使者であることは明らかだ。

「ここは例の条件で良しと致しましょう」

家康は天海に頷いて、側室の阿茶局(あちゃのつぼね)と本多正純(まさずみ)を陣所に遣わした。

そうして和睦の条件が成立した。

・大坂城は本丸以外は破却、ならびに堀は全て埋める。
・然るべき人質の供出。
・秀頼の家臣と浪人衆はお咎めなし。

豊臣方は淀君の江戸在住や秀頼の国替えまで条件として出していたが……それらは許されなかった。

天海は冷たく微笑む。

「豊臣は壊滅させる。真の天下泰平の世の体制にはそれが必要」

慶長二十（一六一五）年四月、大坂での戦いから四ヶ月後、徳川家康は息子義直の婚儀を名目に大軍を率いて駿府を発った。

「さぁ、最後の仕上げをする」

冬の戦いの和議が成った後、大坂城の堀は埋めてしまっている。難攻不落の巨城も堀が無ければ裸同然だ。

家康は大坂城はまだ浪人を召し抱えていると抗議し、秀頼に大和か伊勢のどちらかへの国替えを要求していた。

しかし、秀頼側がそれでは不服とした為、家康は「是非なき次第」と再びの戦となったのだ。

こうして大坂夏の陣と呼ばれる戦いが始まった。

軍勢は徳川方十五万五千、豊臣方五万五千、堀を失った大坂城での籠城戦も豊臣方は出来ないことから勝敗は見えている。

「……長かったな」

徳川家康は汗を滲ませながらそう呟く。

大坂特有のまとわりつくような湿気が、鎧を身につけた老体に堪える。近習二人が床几に腰を掛ける家康を扇であおぐが汗が滴る。だがこの戦いが終われば、天下は完全に自分のものになる。

慶長二十（一六一五）年五月七日のその日の未明、家康は天王寺口となる平野天神森に陣を進めた。時は巳の刻（午前十時）少し前になっているが……まだ合戦は始まっていない。

家康はこの必勝の戦いで、攻撃の主力は将軍である息子秀忠に任せ、岡山口に大軍で陣を敷かせている。そこには黒田長政、加藤嘉明という歴戦の名将二人が秀忠の参謀につくと共に、天海も軍師として置いていた。

「戦下手の秀忠でもこれなら確実に勝利する」

豊臣を滅ぼす戦いを、徳川家の名で完全なものとする家康の深謀遠慮がそこにあった。

七十四年の人生、嫌というほど戦いを経験してきたがこの戦いで確実な勝利、有終の美が約束されているのだ。

時間と知恵を尽くして来た豊臣家滅亡への策略は今日にも完結する。

「秀頼と淀君が全面降伏すれば和睦して命は助けてやろう。どこぞの小国で細々と暮らせば良い」

家康は、秀頼に嫁いでいる孫の千姫を無事に取り戻す為にそう考えていた。ここでも辛抱を心掛けようとしていた。

「！」

その家康の耳に鉄炮を乱れ撃つ音の響きが伝わって来た。

（ちッ！）

徳川方本多忠朝隊の足軽たちが、豊臣方毛利勝永隊が迫って来る姿を見て思わず発砲。それに毛利が応戦したのだ。

敵方はこの戦に勝つ大局を捨てて、秀忠率いる徳川主力軍を無視していた。意地で家康の命一点を狙った急襲だったのだ。

「行けーッ!!　家康の首を挙げよっ!!」

そんな敵方の猛攻に本多忠朝は討ち死にし、勢いを得た毛利隊はさらに小笠原秀政隊に攻撃を仕掛けこれも撃破した。

「なんだ?!　どうなっている?!」

家康は自陣のただならぬ動揺ぶりに嫌な予感を覚え、己を落ち着かせようとした。だが何故か二つの戦いが頭をよぎる。

武田信玄に攻められた三方ヶ原の戦いと関ヶ原で島津義弘が向かってきた時だ。家康は自らの死をそれぞれで覚悟した。

あれ以来、死を意識することなど一度もない。自分にとって最後になるこの戦いでもその筈だった。

しかし、様子がおかしい。

毛利隊はどこまでも勢いづき、榊原康勝、仙石忠政、諏訪忠恒ら徳川方の隊を破り、その後方で控えていた酒井家次隊も敗走させて家康の本陣に迫って来る。

「毛利勝永がやったぞッ!!」

茶臼山の陣からこれを見ていた豊臣方の真田信繁は、その軍勢三千五百に突撃を命じ一気に総攻撃を掛けた。

真っ赤に彩られた真田軍の甲冑の群れが躍るようにして徳川軍に斬り込んでいく。あっという間に真田の五倍の兵力を有する松平忠直隊が劣勢に立たされてしまった。

真田軍は家康本人に手の届くところにまで迫ってくる。

家康は、万一の場合に備えて用意されていた駕籠に押し込められるようにして逃げた。

真田軍の中にいた吉村武右衛門、猛将後藤又兵衛の一の家臣がその駕籠に気がついた。

「合戦の場に駕籠？　もしやッ⁈」

家康が乗っているのではと閃いた。

武右衛門は槍を手にして駕籠に向かって突進、ここという位置で力の限り跳躍した。

「――」

駕籠を守る者たちが怪鳥の鳴声のような甲高いものを頭上に耳にした次の瞬間、

「⁈」

駕籠の屋根から槍が突き刺さっているのを目撃し、全員時が止まったように固まった。

天海は将軍徳川秀忠の岡山口の本陣の中で、ずっと立って戦況を窺っていた。

戦場にあってその威容は他の歴戦の武将たちを圧倒し、横にいる将軍徳川秀忠は子供にしか見えない。

岡山口に陣取る徳川主力軍は家康からの大坂城総攻撃の命令を待っていた。家康は城内の豊臣秀頼が直ぐに降伏すると踏み、いたずらに兵を動かすなと主力軍に伝えていた。

「御注進!!」

伝令が天王寺口で戦いが始まったと伝えて来た。

そうして次に陣中に入って来た人物を見て天海は瞠目した。

(まさかッ?!)

家康の側近、本多正信だったからだ。

死んでも家康を守らねばならない正信が戦の最中にこの場に来るなどありえない。

正信は蒼白な顔をして周囲を見回してから言った。

「御人払いを」

他の武将たちを退出させてから正信は秀忠と天海に近づき声をひそめた。

「大御所が身罷られました」

真田軍の猛攻を受け駕籠で逃がそうとしたところを槍で襲われ落命したと告げた。

秀忠は呆然となった。

だが次の瞬間、天海は静かな口調で言った。

「大御所は御無事。何事もござらん。本多殿、大御所からのご指示は拙僧が承っておる。さぁ、改めて軍議を致そう」

二人は呆気にとられた。

「大御所は死んではおらん。豊臣を滅ぼし徳川の世を、天下泰平の世を盤石のものとするまでは決して死なん！　お分かりかッ！」

二人は雷に打たれたようになった。

「ここからの戦略戦術は全て拙僧が描く。従前より大御所からはそう命じられております。宜しいですな？　上様！」

秀忠は頷くだけだった。

徳川家康本陣を混乱に陥れた真田信繁の軍勢だったが、圧倒的多数でこれに対した松平忠直軍が、多くの兵を失いながらも奮戦しこれを討ち破った。

忠直は伝令に告げた。

「真田の大将は討ち取ったと大御所にお知らせせよ。そして我が軍は北へ進むと」

北、つまり大坂城を目指し進軍したのだ。

「もはや……これまでか」

戦場から大坂城内に戻った大野治長（はるなが）は敗戦を悟った。片桐且元と共に秀頼を支えて来た豊臣直参の武将は、秀頼と淀君の命は救いたいと考え二人に言った。

「千姫様を家康公の許に送り届け、お二人の助命を嘆願したく存じます！」

それに対して秀頼は言った。

「我ら母子の助命嘆願はいらん。だが千姫をここで死なせるのは不憫（ふびん）。どうか徳川の許へ無事に届けてくれ」

治長はその言葉に涙した。そして家中の老臣に千姫を守らせて大坂城を脱出させ、茶臼山の陣にいる家康のところに送り届けた。

「お願いでございます!!」

千姫は、祖父である家康に夫秀頼と姑（しゅうとめ）淀君の助命を、手を合わせて頼んだ。

家康は表情を変えずに黙っている。が、どこか戸惑っているようにも見える。そして近臣に何か耳打ちすると、その近臣が少し考えた様子になってから家康に代わって言った。

「全ては将軍である姫様の父君秀忠様がお決めになること」

千姫はそんな家康を妙に感じた。

（本当に爺さまか？）

そうしてその直ぐ後、陣に戻って来た家康の側近本多正信と千姫は対面した。

千姫の無事を喜ぶ正信に千姫は言った。

「どうか父上に秀頼様と母様の御命をお助け下さるよう伝えて下され」

正信が承知仕りましたと頷いて秀忠の陣へ向かおうとした時だ。千姫が訊ねた。

「正信。あれは爺さまか？」

正信はドキリとした。

十九歳の千姫は七歳で秀頼に輿入れし長く家康とは会っていない。

（血は恐ろしい）

千姫はその感性で家康を偽者だと見抜いていたのだ。

正信は微笑んだ。

「正真正銘、大御所徳川家康殿でございます。姫様の爺さまでございます」

そして次の瞬間、千姫を睨みつけた。

聡明な千姫は全てを悟った。

（あれは影武者！）

だが今は夫である秀頼の命のことが先だ。

「分かった。妙なことを申した。許せ。父上に何卒、何卒お願い申して下されよ」

はっと正信は頭を下げて出ていった。

正信は再び秀忠の許に向かう途中、陣内に置かれている駕籠をチラリと見た。

屋根に穴の開いた駕籠の中には、全身を晒(さら)しで包まれた家康の遺骸が入っている。

「大御所は御無事。何事もござらん」

先ほどの天海の声が耳元で響くように正信は思った。

陣中には家康の影武者をそのまま置いているが……ここから一体どうするのか。

「戦略戦術は全て拙僧が描く」

そう言った天海のことを思った。

その後、正信は天海の指示で、家康の死を知った徳川方将兵全てを草を使って暗殺し合戦で死んだように見せかけた。

「許せよ。全て天下の為。天海上人……千利休であり明智光秀を信じるしかない」

大坂城内には徳川方の軍勢が突入していた。

秀頼は本丸天守で自害しようとしたところを淀君に止められ、そのまま東の矢倉に籠った。

その報告が茶臼山の家康にもたらされた。

その側には、岡山の陣から千姫の姿を見にやって来た秀忠と天海もいた。秀忠は天海に秀頼と淀君の助命を認めるかどうかを改めて相談した。

天海は眉一つ動かさずに言った。

「豊臣はここで根絶やしに致します」

そう言いながら、天海は自分が織田信長になっているように感じた。

「一揆ばらを根絶やしに致すッ!!」

そう言って何万の人間を火の海に沈めた信長と自分が重なる。

(あの時の上様と今の私は何が違う？)

そんな疑問も湧いたが毅然として秀忠に言った。

「徳川の家が創るこれからの天下こそが真の泰平の世となります。その絵は私が描きます。絵を描く紙は真っ白でないとなりません。ここは後顧(こうこ)に憂いを残さぬよう豊臣を滅ぼして下さいませ」

そして家康の影武者に向かって言った。

「大御所。宜しいですな？」

影武者はその天海の気迫にびくりとしながら頷いた。

豊臣秀頼の籠った東の矢倉は包囲された。

そこに残っている秀頼の供は……速水守久(はやみもりひさ)、毛利勝永、真田大助(だいすけ)、大野治長ら二十五人。

淀君の供は大蔵卿局(おおくらきょうのつぼね)ら六人だった。

秀頼は完全包囲を知ると決心した。

「ここまででございます。母上、豊臣の家を守ることが出来ず申し訳ございませんでした」

その秀頼に淀君は涙を流しながら言った。

「こんなことになるとは……太閤殿下が遺命とされたそなたの天下を奪った家康。全てはその家康の策略の所為。そしてそれに嵌まった私の浅はかの所為。母を許されよ」

この時も大野治長は、二人を助命するという徳川方からの使者を待っていた。が……、

「?!」

大炮の弾が近くに着弾する激しい音と振動でその希望は打ち砕かれた。

治長は言った。

「我々家臣が不甲斐ない為このようなことと相成りましてございます」

秀頼も淀君ももう何も言わなかった。

そうして秀頼が速水守久に目で合図した。

次の瞬間、

「御免ッ!!」

守久は素早く抜刀すると淀君の左胸を一突きして絶命させた。そして供の女性たちの首を全て一太刀のもとに落としていった。

女性たちに死への恐怖や痛み苦しみを味わわせたくないとする、秀頼の最後の配慮だった。

そして秀頼は自ら脇差で腹を切った。

他の者たちも切腹、或いは差し違える形で死んでいった。

秀頼二十三歳、淀君は四十九歳だった。

そうして矢倉に火が放たれた。

「本丸に火の手があがりましたな」

天海は大坂城を見ながらそう言った。

秀忠は本当にこれで良かったのかと内心で割り切れない。

（……ここまでやる必要があったのか？）

そんな心の裡を見透かして天海は言う。

「上様。この世は皆弱き者ばかり。その中で強くなっていかねばなりません。上様は将軍、武家の棟梁でございます。そして帝をも使って天下泰平の世を創るお方。よいですか、ここから先は躊躇などしてはなりません。後悔もしてはなりません。ただ前を向く。先にある天下泰平の世だけを見る。その為に邪魔な者が何人死のうが構うことは一切ございません。上様が前を向かれている限り、この天海、そして明智光秀、千利休がついております。織田信長、豊臣秀吉、徳川家康を天下人へと導いたこの天海ある限り、上様が天下泰平の世を目指される限り、その思いは必ず成されるものと信じております」

天海はこの時八十歳をとうに超えている。

秀忠は三十七歳の将軍だが、父家康が天下の全てを差配していた。

（その父がいない……）

しかしその死は完全に秘匿された。

家康の死を知るのは秀忠と千姫、木多正信と服部半蔵、そして天海のみ、他の家臣や徳川方の大名は誰も知らない。

「今は大御所に生きていて貰わねばなりません。豊臣を亡ぼした今、もし大御所の死が明らかになれば再びの戦乱。全てここは私にお任せ下さい。大御所を生かし、使い、必ず上様の天下を盤石なものと致します。ここからの大御所の命は私にお預け頂きます」

そんな天海に秀忠は押し込まれるだけで何も言えない。

天海は思い出したように訊ねた。

「秀頼様には確か側室に産ませた男子がおられましたな？」

八歳になる国松という男子で、生まれて直ぐ千姫を憚って外で育てられていたが、大坂の陣となった時、その身を案じた淀君の命で大坂城に連れて来られ秀頼と対面していた。戦いが激しくなる中、淀君が城から逃がしたことが分かっている。

天海は言った。

「その男子は探し出し、必ずや白日の下で斬首されますよう」

秀忠はその天海の冷たさにゾッとする。

「天下の何もかもを真っ新にして天下泰平の世を創りあげる。それだけでございます」

秀忠は頷いた。

その後、国松は徳川方に捕らえられた。

千姫は秀忠に助命を嘆願したが秀忠は聞く耳を持たなかった。捕らえられた二日後、国松は京の六条河原で斬首されたのだ。

「これで死すべき者は皆、死んだ。殺すべき者は皆、殺した」

天海は呟く。

「そして死んで困る者は、生かさねば」

家康を生かさねばならない。

◇

天海は泉州堺にいた。

堺納屋衆の一人、千宗易こと田中与四郎が営む〝ととや〟のお抱え炮術師として鉄炮を売り歩いていた時代から五十年以上となる。

堺は全てを学んだ地だ。

炮術、商い、そして茶……明智光秀、千利休を創ったのは堺だ。

学びには油屋伊次郎の存在が大きかった。

猶太の民である帰化人で本名イツハク・アブラバネル……他の南蛮人や切支丹が決して教えてくれない様々な知識を全て教えてくれた途轍もなく優れた人物だった。

その伊次郎も死んで久しい。

「見事に焼けてしまったな……」

大坂の陣で堺は豊臣方の攻撃に遭い焼け野原となっていた。

納屋衆の屋敷のあった場所には、巨大な庭石だけが残っているありさまだ。

千利休として生きていた時は弟の竹次郎が千宗易として〝ととや〟を継ぎ、商いと茶の宗匠として生きていたが……利休切腹と同時に宗易もその身を隠した。

僧となって、堺の茶人縁の南宗寺で住職沢庵宗彭の下で臨済宗を学んでいたが、天海がまだ常陸国にいる時に病没していた。

天海はその墓の前で手を合わせた。

「竹次郎……お前にはこの兄の勝手で数奇な運命を背負わせ申し訳なかった」

そう祈りながら亡き弟に深く感謝した。

その後、天海は沢庵と会った。

「綺麗さっぱり焼けてしまいました」

沢庵はそう言って笑う。

(良い表情をしている)

天海はその笑顔で沢庵が気に入った。

「御坊には弟が長年世話になりました。良い修行をさせて貰ったと拝察致します」

沢庵はその天海にただ頷くだけだ。

(余計なことを何も聞かないのも良い)

天海はさらに沢庵を気に入った。

そして大事なことを切り出した。

「南宗寺の再建、徳川家康公の寄進で行わせて頂きます。本日はその名代で参りました」

ほうという顔を沢庵はした。

「天台宗を代表される南光坊天海様からそのような有難きお話を頂戴出来るとは……」

すると天海は書付を取り出した。

それは寺の伽藍の新しい配置図だ。

「焼け野原となった南宗寺、このように再建を願いたいのですが宜しいですな?」

沢庵は「随分手回しの良い……」と言いかけたところで天海の眼光の鋭さに気圧された。

有無を言わせないということだ。

沢庵は頷くしかなかった。

「伽藍の一つの開山堂(かいざんどう)。これは今日から早速建立に掛かります」

沢庵は驚いた。

だが沢庵はそこでも従った。

天海は言う。

「先ずはこの開山堂の建立。何事もなく無事に済みましたら……徳川家は南宗寺と沢庵殿をずっと盛り立てていく所存。そう大御所様から申し付かっております」

沢庵は奇妙な流れだなと思いながらも、何卒宜しくお願い致しますと頭を下げた。

そうして直ぐに堂の普請が始まった。

現場には帷幕が張られて中の様子を窺うことが出来ない。

「何だ？　一体何が行われている？」

沢庵は訝しげにその様子を遠くから眺めるだけだった。

天海は現場を指揮し深く穴を掘らせた。

そこへ荷車が到着した。

降ろされた荷を包む菰を外すと現れたのは立派な棺だった。

そこから天海は念仏を唱え続けた。

その棺が深く掘られた穴の中に納められると直ぐに土が埋め戻され、その上には堂の床石があっという間に敷き詰められていく。

「これで良い。堂が出来上がってしまえば誰にも分からん」

埋めた棺の中には徳川家康が眠っている。

大坂の陣で不覚にも命を落としたが、このようにしてその死は秘匿された。

天海は、開山堂の棟が組みあがっていくのを確認してから堺を後にした。

「大御所様にはご機嫌麗しく」

天海は堺から戻ると二条城で家康の影武者に向かってそう頭を下げた。

家康の影武者は他にも二人いるが、天海はここからはこの男を完全に家康に仕立てようと思っていた。容貌が似ているだけでなく風格のある男でその声は家康かと聞き間違う。

天海は、家康には常に自分がそばについて大事なことは何も喋らなくてもよいようにしていこうと考えていた。書状も全て天海が家康の筆跡を真似て書き、花押も見分けがつかないまで練習してある。

「あとは最低限の言葉だけ発すれば良い」

家康の影武者たちは全員、服部半蔵の〝傀儡の術〟を掛けられて己というものがない。よく出来た木偶の家康なのだ。

「今は御上人様の言葉だけに従うようにしてあります。一人の時に対処出来ないことがあれば『天海上人をこれへ』と言うようにしてあります」

半蔵はそう言った。

天海はその家康の出来栄えに満足していた。

既にその家康は、二条城に来た諸大名を引見し公卿衆ともそつなく対応している。

二条城の大広間でその家康と対峙しながら天海は思った。

(この場にいても全く動じることがない。伊賀者の術は相変わらず凄いものだ)

大広間には豊臣方から没収した金二万八千六十枚、銀二万四千枚が運び込まれていて山吹色と鈍く輝く銀の山脈になっていたからだ。

(次は宮中への参内だが……問題はなかろう)

豊臣が滅亡して一月余りが過ぎた六月十五日、家康は参内し無事に三献の儀を済ませた。

そして後陽成院の許にも院参した。

二十日、秀忠が二条城にやって来た。

二人きりの小間で天海は秀忠に言った。

「何の問題もなく大御所はご健勝のみぎり」

秀忠は苦笑いをした。

「この世とは恐ろしいものですな。徳川家康がどこの馬の骨とも分からぬ者と入れ替わったというのに……何一つ支障なく誰一人面妖だと言い立てる者もいない。天下を取った男がこうも簡単に取り換えがきくものなのでしょうか？」

天海は毅然として言った。

「それが天下。形や型だけが主役なのです。それも大御所が天下を取られたからこそ。取られた天下は本当の大御所がおられなくとも動く。ある意味これが天下の理想。これで天下泰平の世が成されれば何の支障もない。これが理想なのです」

秀忠は頷くしかない。

そこから天海は眼光鋭くした。

「上様。真の大御所は亡く、今は木偶の大御所を神輿にのせているのが徳川の天下のあり様。これは僥倖だとこの天海は思っております」

秀忠はギョッとした。

(なんということを?!)

天海は不敵な笑みを浮かべている。

「ここから一年乃至二年、大御所の死を勘定に入れながら上様は天下を動かせるということでございます」

秀忠は驚きながら訊ねた。

「い、一年乃至二年で……影武者を殺すと?」

天海は大きく頷く。

「天下にとって、大御所の死から逆に考えて様々な手を打てることはなによりのこと。それで僥倖と申したのです」

そんなことを秀忠は考えてもいなかった。

天海は続ける。

「徳川家による天下。大御所の次は上様がその天下を治め、上様のお子が次は天下を治める。そこに争いがないことから世は万民に至るまで争いのないものになる。その為に大事なことは一に形、二に形……。あらゆるものの形や型を決めることでございます。人の世の繋がりを形として見た時、最も大事なのは人の死と後継の形。大御所が成し遂げられた天下泰平の世を恒久のものとする為の形は、大御所のご逝去から始まると言っても過言ではございません。今から私は大御所の死とその後の大御所を神とするあり方、その墓所の体裁など含め全てを考えていくつもりでございます」

秀忠は唖然とするしかなかった。

（そこまでこの方は先を見ているのか！）

秀忠は与えられた将軍職にあるだけの自分を恥じた。そして改めて天海……明智光秀、千利休の凄さを思った。

（この方を敵に回した者は全て亡き者とされている……この方が味方である限りは天下が手に入る）

それが何故なのか？　天がそんな人物を選んだのかと思うしかないが……少しずつ秀忠は、

天海の真の力をその信念にあると思うようになっていた。

（この方の揺るぎない信念。それは天下泰平の世を創りあげること。それも百年二百年、三百年と続くもの）

初めてそれを聞いた時は戯言（ざれごと）のように思った秀忠だったが、今は違う。

（この方にあらゆるものが見え、あらゆることをさせるのは、その信念があるから……）

この悟りがその後の秀忠に安寧をもたらす。

その天海は、天下泰平の世の為にここでやらねばならないことを思っていた。

それは迷いのない天海にとっても気が重く、なんともやるせない。

古田織部のことだった。

千利休が豊臣秀吉に切腹を命じられ、京から追放となる日のことだ。

屋敷を出て淀の船着き場から船に乗った。

「これで京も見納めか……」

そう思っていた時にふと前方に人影が動くのを認めた。

川岸の葦が茂る陰から二人の武将が姿を現したのだ。

細川忠興と古田織部だった。

利休の茶の弟子として双璧の二人だった。

忠興には自分の茶の継承を、織部には自分の茶を超えての茶の創造を利休は望んでいた。

二人は船で行く利休をじっと見詰めている。

利休はそんな別れを喜んだ。

「これは茶会……淀の茶会だな」

淀川という茶室、利休の乗る船が茶碗で利休自身が茶、それを忠興と織部の二人が飲む。

利休は呟いた。

「旨いか？　私の茶は？」

船はゆったりと下っていく。

二人は少し微笑んでから頭を下げた。


「あれが……織部との最期の茶会だった」

天海はその様子を思い出していた。

利休切腹の後、織部は秀吉の御伽衆の一人となり利休の茶の後継、武将茶人として取り立てられていた。

武将としては一度目の朝鮮出兵に参加、戻ってからは軍事面で秀吉と家臣との調整役の一人となって活躍した。

秀吉の死後は領国の山城国西岡（やましろのくににしおか）を嗣子に譲り伏見の屋敷で茶の湯三昧の日々を送る。

博多の神屋宗湛がそんな織部の茶会に招かれ、出された歪んだ瀬戸黒（せとぐろ）の茶碗に驚き「へうげもの」と茶会記にしたためた。

評判となったその茶碗は、美濃土岐（とき）の登窯（のぼりがま）で織部が焼かせたもので、履物（はきもの）の沓（くつ）のような形に押しつぶされた茶碗だったのだ。

天海は秀吉の死後、京に来て織部の評判を聞いた。自分自身は心のところで茶は棄てたが、弟子の織部が新たな茶を創造していることは嬉しかった。

織部は織部で細川忠興から「利休は存命で天海上人となって徳川家康に仕えている」と聞かされて狂喜乱舞した。

その織部に天海と会うことが出来る日が訪れた。

「茶は、なさらない?!」

織部は天海の言葉に耳を疑った。

徳川家康の屋敷で、織部は天海と座敷で向かい合っている。茶室ではない。

会って早々に天海に茶を所望した織部に、茶は棄てたと天海は言ったのだ。

「茶は千利休で終わった。お前や忠興に利休の茶は譲った。今の私は茶人ではない。徳川殿の軍師だ」

織部は驚いた。

千利休時代、利休は豊臣秀吉の茶頭であり軍師であったが、決して自分を軍師とは言わなかった。

(明智光秀を前面に出されているのか?!)

織部は訊ねた。

「お師匠様は今、軍師と仰いましたが……それは徳川の天下を目指しての軍師ということでございますか?」

天海は頷く。

「豊臣の天下は脆い。このままではまた戦乱の世になる。私は天下泰平の世を創る。その為に徳川家を道具として用いる。徳川家を天下泰平の世の茶室、茶道具とし、天下泰平の世の制度を作法として創っていくつもりだ」

真正直なその天海の言葉に織部はたじろぐ思いがした。徳川は道具だと言い切ってしまうところに、千利休が茶に対して持っていた覚悟と同じ凄みを感じたのだ。だが、こと茶に関してはは織部には天海の考えが分からない。

織部は言った。

「天下泰平の世の道具に茶はなるのではないですか？　その真の宗匠としてお師匠様が茶を指導なされば良いではないのですか？」

天海は目を閉じて首を振った。

「逆だ、織部」

はぁ？　という表情を織部はした。

「逆？　何が逆なのでございます？」

天海はそれを言うか言うまいか迷った。

（織部は利休の茶の申し子のような男。真の意味で茶の湯を理解し、己の茶として体現している。それ故に……）

黙っている天海を織部はじっと見続けていた。

（お師匠様は逡巡しておられる？）

あれほど、茶の湯の何もかもに明快な答えを持っていた利休が言い淀んでいることに、織部は驚いた。

天海はようやくその重い口を開いた。

「茶は恐ろしいものだ。そして茶の湯御政道は争いの核を創り出す。天下泰平の世には茶の湯御政道はあってはならん」

織部はその言葉が信じられない。

(こ、これが茶聖千利休の言葉か？　目の前にいるのは本当に千利休その人なのか？)

天海は自分の言葉を今の織部が理解出来るとは思わなかったが、真の心を披露した。

(今の織部は茶と一体となっている。その心技体は恐らく利休が到達した域にまで達していよう。いや、新たな茶の領域を創っていることでは利休を超えている。しかし……)

天海は続ける。

「茶は恐ろしいものだ。茶室は戦場であり亭主と客はそこで戦いを行う。武人の茶は自然とそうなる。勝ち負けが生まれ、心の裡に大きなしこりが生まれる。いや、今のお前は茶に勝ち続けているが故にそれが分からん筈だ。支配する者と支配される者、それが常ではなく時には逆転する。下克上がそこに起こることも度々ある。それが戦いだからだ。そんなあり様の心の裡は次第に本当の戦にも転用される。茶は美しいものだ。その美しさの裡に戦いが隠れてしまう。しかし美しいが故に戦いの心は大きくなることを止めない。そしてまた……戦も美しい。武将たちが戦に駆られるのはそこに美しさがあるからだ。多くの死体が転がり血の匂いが漂う殺戮の戦場で翻る旗指物(はたさしもの)の美しさ、刀の輝き、鉄炮の群れの炸裂や大量の矢を射る光景……戦場で勝つ者も負ける者も……あの美しさに酔う。だから戦をしたいと思うのだ」

織部は全く分からないという風に首を振った。

「茶の湯は戦かもしれませんが、そこに血は流れません。血を流す戦の代わりに茶の湯があるのではないですか？」

その織部に天海は毅然として言った。

「お前は茶で人を斬っているのだ。血は流れておるのだ。それが見えぬだけ！」

天海は唖然とする織部に不敵な笑みを浮かべながら続ける。

「お前の茶は時代をも見事に切り裂いている。だから面白く素晴らしい。物凄い切れ味がある。だから皆は愉しむ。お前を、利休を超えた茶人だと思う。これは私からお前への賛辞であると同時に警告だ。茶の湯は天下泰平の世とは真逆であること。それをしかと受け留め、これからの――」

とそこまで天海が言ったところで織部が立ち上がった。

「分かりません!!　全く分かりません。千利休は死んだ。いや、死んだだけでなくその魂も亡くした！」

そう言って出ていってしまった。

一人残った天海はずっと考えた。

「織部の危険性……」

先ず織部が茶頭として創り上げている人脈の豊富さ、そこに危なさを見る。

「武人で織部がその茶で従えるのは……」

伊達政宗、島津義弘・家久、佐竹義宣、毛利秀元、小早川秀包等々の大名たちとその一族は門弟になっている。そして織田、豊臣系の武将との繋がり。細川幽斎・忠興、織田有楽斎、黒田如水、松井康之、小堀遠州、九鬼守隆、藤堂高虎等々。さらに茶の指南役として徳川家康・秀忠を始めその重臣たち、本多正信・正純、土井利勝らを従えている。

そして文人。

津田宗凡、神屋宗湛、今井宗薫、藪内紹智などの豪商茶人、近衛信尹や西洞院時慶、万里小路充房らの公卿衆、僧では本願寺教如、文英清韓ら、そして本阿弥光悦ら能書家とも親しく茶の湯を伝授している。

天海は、この人脈が茶の湯という魔力の下に繋がりを持っていることを恐れる。

「織部はその茶の魅力を使ってそれらの力のある者たちを纏め、意のままに動かすことが出来る」

そんな織部の力を使って反徳川で結集しようとする者が現れたら、大変な脅威になる。

「茶は恐い。優れた茶頭は信じられぬほどの力を集めることが出来る」

天海は改めて織部の危険性を思った。


茶の湯の恐ろしさ。

現代に於いてそんなことを言う者はいない。

様々な流派が家元制度の中にあって、茶の湯は日本の代表的文化として存在している。

しかし、本来の茶の湯、千利休が創り上げた茶の湯は戦いだった。茶の湯はその元祖が闘茶という賭け事つまり勝負事だ。それを村田珠光という天才が洗練させ、武野紹鷗を経て千利休が茶の湯という芸術に大成させた。

芸術、美という世界は自己をこれでもかと表現する世界、表現の自在で他人を唸らせ屈服させる世界だ。その美を競い、精神を競う。

茶の湯は茶室、道具、作法、設え、亭主と客の関係が創るインスタレーション・アートであり、千利休は見立てた道具や造らせた器を世界初のモダンアートに仕立てた。

戦国時代、血で血を洗う時代に千利休が完成させたそれは、戦いというものを茶室で美と洗練で再構築するものだったのだ。

茶室は戦場であり、茶道具は武器、亭主と客は途轍もない緊張の中で美と精神の刃を交わせる。それは本当の殺し合いと変わることはない。茶の湯の核は戦、競い、争いなのだ。

多くの茶人が茶の湯を巡って死ぬことの理由。それはそんな茶の核にあったのだ。

慶長四（一五九九）年三月、織部が天海と会ってから数日後、織部は奈良吉野に花見に出かけた。

津田宗凡や小堀遠州ら京や堺の町衆三十名近くがそれに集まった。

山海珍味の宴が開かれ、舞が披露され、織部も大鼓を打った。

吉野の竹林院で茶会が営まれた。

「？」

そこに『利休亡魂』と書かれた額が掲げられている。

皆はそれを、八年前に横死した亡き茶聖を尊崇する織部が掲げたものだろうと思った。

そこに、今は亡き利休の魂があると皆は取った。

しかし、逆だった。

「千利休は死んだのだ。そしてその茶の魂まで失った」

織部は心の裡で怒りを込めてそう呟いた。

◇

関ヶ原の合戦で古田織部は徳川家康についた。

「石田三成は気に入らん」

ただその一点が理由だ。

そうでなければ天海、とどのつまり、茶を棄てた千利休への反発から反徳川に回っていた。今や天海に対しては敵意といえる感情が生まれている。

「茶を棄てるなど……この世の全てを棄てたのと同じではないか！」

茶の湯を創生した千利休が茶の湯を全面的に否定したことは絶対に許せない。織部は己が棄てられたような悲しみを感じた。

するとどうだ。

己の周囲にある名物茶器や目利きとして集めた諸道具がガラクタのように見えて、ゾッと身震いを覚えた。それは途轍もない恐怖だ。そんな恐怖を与えた天海を憎んだ。

そんな織部が関ヶ原の合戦では徳川方で参戦する。

武将として戦場で暴れ回るより、茶の湯の人脈を活かしての様々な調略に長けた織部は、徳川方の交渉役として活躍した。

先ず、石田三成と親しかった水戸城主の佐竹義宣を徳川方に引き入れることに成功する。義宣は織部から茶の湯を学んでいた。

他にも、三成に与した尾張国犬山城主石川貞清（いしかわさだきよ）の誘降にも尽力した。

関ヶ原の戦いが家康の勝利で終わり、織部は七千石の加増を受けて一万石となり大和国井戸堂（いどうどう）の地を拝領した。

徳川秀忠は将軍宣下で上洛した折、伏見の織部邸での茶会に二度臨席している。

「当代茶の湯の師なり」

秀忠は織部のことをそう記した。

「如何でございました？　織部の茶は？」

伏見城で天海は秀忠に訊ねた。

秀忠は家康と同様に、茶の湯に深く心が傾くことのない人間だった。そのことは天海を安心させていた。

秀忠は、天海の問いに茶会を思い出しながら答えた。

「客たちは皆口々に道具立てや床の書のことをしきりに面白いと言っておりましたが……よ

く分かりませんでした。しかし茶席の空気は和やかで堅苦しくなく次第に快く感じ、こんな茶なら自分も身につけてみたいと思った次第です」

　天海は微笑んで頷いた。

　その天海に秀忠は訊ねた。

「古田織部、茶聖千利休第一の弟子と聞いておりますが……利休様はどうお考えだったのでしょうか？」

　天海を利休としての問いかけだ。

　間髪容れず天海は答える。

「織部の茶の真髄は自在にあります。あの男の目を通して茶室に揃えられたもの……それら全てからあの男の自由自在が立ち昇る。それに皆は酔うのでしょう。茶というものの真髄を知る者のみが出来る自由自在……」

　それを聞いて秀忠は訊ねた。

「茶の真髄とはどういうものでございますか？」

　天海は少し間を置いてからそれではと立ち上がった。

　何をするのかと思った秀忠に、天海は茶を点てると言う。

　秀忠は驚いた。家康からも、天海は決して茶を点てることはないと聞いていたからだ。

そうして伏見城内の茶室に二人は移った。

秀忠は驚いた。

「何という速さ！」

八十半ばを超えている老人とは思えないような速さで全ての支度を整えると、普段使いの雑器のような茶碗で茶を点て始める。

それはまるで長い冬の終わりに吹く春一番のように思わせた。

床には城内に咲いていたのであろう蒲公英(たんぽぽ)の花が籠に入れられている。

(エッ⁈)

秀忠は驚いた。

自分が春の野の中にいる。

広い野原の中で茶を点てる天海を見ている自分が、確かにいるのだ。

(なんだ⁈　これは⁈)

そうして茶碗が秀忠の前に差し出された。

粗末な茶碗が野の中で映えている。

一口飲んで秀忠は瞠目した。

(旨いッ‼)

それまで飲んだ茶が本当に茶だったのかと思うほどの味わいだ。五臓六腑に沁み込んでいく。

「あぁ……」

秀忠は自分の身が蕩けていくように思えた。

そして気がついた。

（これが……千利休の茶）

すると織部の茶が賢しらで頭でっかちの茶に思えて来る。

（天海上人、いや千利休の茶の自由自在とは道具も何も必要としない……いや、あるもので場の全てを自在に己の茶として支配してしまうものなのだ）

秀忠は思わず手をついた。

「いや、恐れ入りましてございます。千利休様の茶の真髄……未熟な私でも十二分に分からせて頂きました。利休様の茶は、織部殿の茶に遥かに勝るものであること……感服致しました」

そう言って顔を上げた秀忠は天海の眼光の鋭さに気圧された。

（な、なんだッ?!）

厳しい表情で天海は言う。

「今、上様は利休の茶は織部の茶に勝るとおっしゃった。そこに勝ち負けを感じられた。それが茶の真髄の一つであり、それが茶の恐ろしいところでございます」

その言葉に秀忠は驚く。

「勝ち負けを感じてはならんのですか？」

天海は首を振った。

「茶は自然と勝ち負けを茶室に入った者に感じさせるのです。茶室は戦場。特に武人にとっての茶は究極の戦いの場。その人間の持つ全ての知覚、知識、財、趣、気遣い、感性……その総合の戦いです。ですから茶の湯は恐い。様々な戦い、争いの核を生む場になるから恐ろしいのです」

秀忠は驚いた。茶聖千利休の茶への非難がそこにある。

「私は天下泰平の世の為に茶を棄てた。それは茶が武人に、真に優れた武人にとって争いの核となることを悟ったからです。茶の湯御政道は太閤秀吉の時に止しとせよとしました。その理由は今申したこと」

そこから天海は、秀忠に対して最も大事なことだとして言った。

「茶の湯の茶頭は優れていればいるほど危険。何故ならそこに人が引き寄せられるからです。今の世で織部は最も優れた茶頭。そこには公卿、僧侶、武人、町衆……この世を様々に動かす力を持つあらゆる者が揃っております。その者たちが織部を茶頭としてその力の支配下にある。もし誰かが織部を操り、その者たちに徒党を組ませて上様に反旗を翻せばどうなります？　茶頭の力とはそれほどであるのです」

秀忠は、天海は自分が将軍となってからこの話をしようと思っていたことが分かった。

天海は続ける。

「私は天下泰平の世を徳川家によって創ろうと考えて大御所に仕えております。その天下泰平の世は茶の核が持つものとは相容れません。茶の湯御政道は恐ろしいもの。織部はその茶の湯御政道を行えるただ一人の者。そして織部の茶は分かり易く自由自在ということ。ここに茶の心得のある多くの者が酔わされてしまう。自由自在の核を道具で見せつける織部の茶は危険なもの。自由は支配への反逆に繫がる。そして厄介なのはこの自由の為には命もいらんと思わせてしまうこと。茶の持つ美がそうさせてしまうのです」

秀忠は利休の言葉を重く受け留めた。

「織部を茶頭になさるのは上様のご自由。しかし、どうか上辺だけの茶になさって下さい。織部の茶の真髄からは、反徳川が揺らめく炎が生まれることをお心掛け下さいますよう」

そう言って天海は頭を下げた。

その後、織部は江戸に下って秀忠に何度か茶の指導を行った。しかし秀忠は天海の教えを守って決して深入りをせず、何度も茶の基礎だけを教わることにした。

そんな中、あの方広寺鐘銘事件が起きる。

文英清韓が起草した銘文が大きな問題とされたのだ。徳川家康はその内容を詰問し、五山の僧による検証を待っている時、あろうことか織部は旧知の清韓を茶で慰めた。

そこには天下一の茶の宗匠である織部の矜持があった。

「茶とはどんな時も自由なもの」

それを知った家康は激怒する。

だが織部はお咎めを受けることはなかった。が、次に大問題が起こる。

織部の家臣木村宗喜が、豊臣方と共謀して京中に火をかける企てをしているとして、仲間共々捕らえられたのだ。そのことについて詰問された織部は黙して何も語らない。それは織部の武士としての矜持だった。


「織部の処分、どういたしましょうか？」

家康から相談を受けた天海は、織部自身が関係していないのは百も承知の上で言った。

「切腹をお命じ下さいませ」

家康は驚いた。

「そこまでは……さすがによろしいでしょう」

穏便に済まそうとする家康に天海はそれ以上強くは出なかったが、一連の織部の〝意地〟が危険を孕んでいることを改めて理解した。

その後あろうことか大坂夏の陣で家康は殺され、その影武者を立てることで死は隠蔽され、天海がそこからの差配を全て行うことになった。

天海は秀忠に言った。

「古田織部に切腹お申し付け下さるようお願い申し上げます」

秀忠は瞠目したが、そこで天海は腹の底から力を入れて言った。

「ここで茶の湯御政道の核となる織部を滅しておきませんと、必ずや先で徳川の厄難と育ちましょう。もし織部に切腹をお命じにならないなら、私がこの場で腹搔っ捌いて茶の湯の恐ろしさを知らしめるのみでございます!!」

そう言って脇差を前に置いた。

秀忠は押し切られた。

切腹の前日、徳川の数百の兵に取り囲まれている織部邸を天海は訪れた。

「面白いものですな。ことここに及んでお師匠様の茶の心を知ったように思います」

織部は晴れやかな表情でそう言う。

天海は小さく頷いてから言った。

「一服、進ぜようか？」

織部は丁重に断った。

「明日、腹を切る前に自分の為に自分で点てます。最後の千利休直伝の魂の茶を点てて逝くつもりでございます」

天海は悲しげに微笑んだ。

「許せよ。これで茶の湯の恐ろしさは消える。天下泰平の世は必ず私が創る。それをあの世から見守ってくれ」

織部は頷いた。

「私の茶はそれほど恐ろしいものでございますか？　お師匠様の買い被りではないでしょうか？」

天海は首を振った。

「お前は茶の真髄を知った。千利休の茶の核を握り自由自在に出来た。お前の創った茶碗を始め、〝形〟は織部の名と共に残る筈だ。私の茶とはまた別の形で残るだろう。自由自在の美、それをお前は創り出した。だがその自由自在が天下泰平の世にはあってはならんのだ。

そこに争いの核が必ず生まれる」

　織部は頷いた。

「明日、腹を切るのは千利休と古田織部、一人で二人ということですな？」

　天海は「すまん」と呟いた。

　織部は大きく伸びをした。

「いやぁ、肩が凝りました。ずっと茶のことを考え続け根を詰めてしまったようです」

　それがお前の限界なのだと天海は思ったが口にしなかった。

「ゆっくり休め。これでお前は茶から離れて真の自由自在となれる」

　織部は微笑んで「はい」と頭を下げた。

第八章　天海、公のために個を捨てる

徳川家康の死を隠蔽し、その影武者を動かしながら天下を差配する天海は、不思議な心持になっていた。

「私は今、天下人ということか？」

足利義昭、織田信長、豊臣秀吉、徳川家康に仕えて来たこれまでの生涯を思い返し今の自分とは何者かと……思ってのことだ。

「それは信念があったればこそ……その信念を天が認めたから齢九十近くになってもこうして働ける」

天下泰平の世の実現、ただその一点で自分はここまで生きて来たのだ。

今その天下は天海が動かしている。

影武者の家康を傀儡として使いこなし、ここから真の泰平の世を創る為の全てを整えることが自分の仕事なのだ。

「だから強い」

天が望む信念を持っている自分には自信がある。誰よりも健康に気を遣って来たことで頭脳もよく動いている。

その天海が天下泰平の世を考える際に支障となるものが〝人〟だ。

「そう人。人は常にいらぬ欲を持つ。どんな人間も欲を持ち、それが争いを生む」

今、天海がその〝人〟で最も危ないと思うのが将軍だ。将軍秀忠個人ではない。将軍という地位に就いた人間が欲を出し好き勝手をすることで、泰平の世を乱さぬようにしなければならないと考えていたのだ。

「その〝人〟を縛るのが制度。ここで着実にその制度を作っていく」

天海は将軍という〝人〟を縛りながら幕府の力を強くすることを考える。

「一見、配下の大名たちを縛るように見えて、実は将軍を縛るものとしなければならん」

そうして慶長二十（一六一五）年閏六月十三日、『元和一国一城令』を作らせた。それも将軍秀忠を補佐する年寄三人連署奉書という形で、西国大名に向けて発給させたのだ。

各々の大名に「この『居城だけを残しそれ以外の城は全て破却せよ』ということは〝上意〟（将軍の命令）であるからそのように取り計らうよう」とする内容だ。

この〝奉書〟という形が天海の工夫だった。

城の破却という強力な命令を、秀忠が年寄を通じて通告するという形をとらせたことに大きな意味がある。

「これによって、将軍が直接命じる形よりも将軍の権威を高められる。大名からすれば将軍と直に連絡を取ることが難しくなり、年寄の取り次ぎが必要になる。つまりこれで将軍の力は分散出来る」

将軍が、その力を単独で使えなくする工夫がそこにあったのだ。

「幕府の権威を高めると同時に将軍の力を削ぐ。まさに一石二鳥」

一国一城令によって大名たちは領国の中で自分の居城以外には城を持てなくなる。老臣たちが持っている城は潰すことになり、今後家臣が城を持つことは出来なくなる。

城を持つ大名にとっては、幕府の後ろ盾がそこに厳然とあることを見せつけられる。領内に一つの城とはそういう意味だ。これで領内での下克上はほぼ出来なくなる。

「幕府による大名支配はこれで一本化されやり易くなる」

天海はこの〝奉書〟に大名たちが従っていくのを見てほくそ笑んだ。

そして次の形、それは〝法〟というもので人を縛ることだった。

「これでいこうと思うがどうだ？」

天海はその〝法〟の素案を金地院崇伝に見せた。崇伝は古典の知識を深く持ち、能書家であることから最終的な条文の作成を任せることにしている。

目を通して崇伝は言った。

「これだけの武家の法度は、鎌倉幕府の貞永式目（じょうえいしきもく）以来のものとなりますな。徳川幕府による完全な大名支配としての……」

天海は頷いてから言った。

「崇伝殿には、それら先例を上手く引用して条文を飾って貰い、権威を持たせて貰いたいのだ。伝統的な武家法や和漢の政道書、豊臣政権時代の御掟（おんおきて）などからな」

崇伝は深く頷いた。

天海は言う。

「それで……出来上がった法は貴殿が作ったものとして上様と大御所様に諮って貰いたい」

えっという顔を崇伝はした。

「何故でございます？」

天海は不敵な笑みを浮かべた。

「全てを二重にしておきたいのだ。表に出る者と裏で動かす者。徳川幕府で誰が真の力を有しているかを曖昧にする。力の出所を曖昧にすることによって幕府全体の力を強める。そういうことだ」

崇伝はそこで〝奉書〟を思い出した。

「あの『一国一城』の奉書もそういうことでございますか！」

その通りだと天海は微笑んだ。

崇伝は天海が恐ろしい策略家で軍略家だということを再認識した。

こうして『武家之御法度条々』に崇伝が加筆し、まず二条城の家康に提出した。家康は内容には何も言わず「伏見に参り将軍に言上するように」と命じた。

そうして、次に目を通した秀忠が家臣の土井利勝を二条城に遣わし、家康の前で崇伝や天海らと意見を交わした後で定められた。

七月七日、伏見城で観能が行われることになった。諸大名が登城すると、能が演じられる前に金地院崇伝が皆の前に現れた。

「これより『武家諸法度』を言上致す」

そうして全十三条からなるその全文が読み上げられていった。

それは「文武弓馬の道、専ら嗜むべき事」という古式ゆかしい第一条から始まった。

諸大名はじっとその耳を凝らした。

第二条　群飲佚遊（遊興）の禁止

第三条　法度違反の者を領内に匿うことの禁止

第四条　旧主から反逆・殺害者であると報じられた者の領外追放
第五条　領内に他国者を交え置くことの禁止
第六条　居城の修補の際の届け出と新城構築の禁止
第七条　隣国で新儀（新しいこと）を企てる者を知らせること
第八条　私の婚姻の禁止
第九条　参勤の作法
第十条　衣服の在り方を乱さないこと
第十一条　乗輿（じょうよ）の在り方
第十二条　諸国諸侍に倹約を命じること
第十三条　国主政務には器用（才能がある者）を選ぶこと

天海は、それを聞く大名たちの真剣な様子を見て満足した。


二日後、天海は金地院崇伝と共に二条城の家康に呼ばれた。

「豊国神社を破壊しようと思うが……」

家康の言葉に崇伝や重臣たちは驚いた。

これは天海が仕組んだものだ。

「大御所様の強い御意向は承りました。ここから崇伝殿とどのように行えば筋が通るか話し合いたいと存じます」

天海の言葉に家康は頷いた。

「儂は能を観ての疲れがまだ残っておる。横になる。後は頼む」

そうして家康が退出すると天海は言った。

「大御所はあのように、豊国神社は毀すべきと強く思われているが、大仏の鎮守でもある。そこで縮小して移築させるのが良いと思うが……」

異論はないと崇伝は言い他の者も従った。

天海はさらに、方広寺鐘銘事件で家康の呪詛に加担したとされる照高院を廃して元の聖護院に戻そうと考えていると言い、これにも崇伝たちは同意した。

天海はこの時点で、家康亡き後の神格化をどうするべきか考えていたのだ。

(ここで豊国大明神を大御所が明確に否定していたと皆に刷り込んでおかねばならん)

あの豊国大明神臨時祭礼と同様に天海は仕掛けをしていた。

天海は、秀忠と側近の土井利勝の三人で話していた。

「改元もされ武家諸法度も発令することが出来ました。そろそろ大御所に身罷られて頂きたいと存じますが……」

秀忠と側近の土井は目を剝いた。

家康には死んで貰うというのだ。

「ど、どのようにするのです？」

秀忠は訊ねた。

「上様、私は大御所をどのように神とするか。それによって徳川の天下を百年二百年、いや三百年と続く泰平の世とする準備を全て終えております。そして今のままでは、どこで影武者の大御所を担いで、上様にとって代わろうとする輩が出るやもしれません」

秀忠はドキリとした。家康の側近であった本多正信は金地院崇伝と強く結びついており彼らが何らかの逆心を起こす可能性はあると思っていたからだ。改めて天海から指摘されるとその疑心暗鬼は大きくなる。

天海は言う。

「大御所には病で死んで頂きます。その枕もとで遺令を聞くのはこの天海一人として頂きとうございます。そしてその後のあり方は全てお任せ頂きたい」

秀忠と利勝は瞠目した。

「これは真の大御所が亡くなられてからずっと考えておったことでございます。全ては二代将軍秀忠様の天下、徳川の天下を安寧にするため。事と次第は私が全て仕切ります」

二人は頷くしかなかった。

◇

元和二（一六一六）年正月二十一日、徳川家康は駿河の田中に鷹狩りに出かけ、同行した豪商茶屋四郎次郎が宿で手ずから料理した珍しい料理を口にした。

葡国から伝来した伽羅の油で揚げた鯛の天婦羅だった。

「これは旨い！」

一度も食べたことのないサクサクとした口当たりの衣と鯛の甘みに、家康は珍しくお代わりを求めるほどだった。

その衣には遅効性の毒が少量仕込まれていた。若い毒見役は後で具合が悪くなるだけだったが、老齢の家康は油が喉に絡みついて痰がつまり咳き込みを繰り返す。翌日には回復したが様子を見て田中に滞在、二十五日になって駿府城に戻った。そしてそのまま寝込んでしまう。

（上手くいった）

駿府城で家康の具合の悪さを見て、天海は次の策に移っていく。

江戸の秀忠は家康の病状を知って土井利勝らを駿府に派遣、二月二日には自らが駿府を訪れそのまま滞在した。

家康の病状は小康状態を続けた。

枕もとに最も長くいるのは天海だった。

天海は家康と二人きりになると、他の誰にも聞こえないように何事かを呟き続ける。

それは伊賀者から学んだ傀儡の術だった。

天海がある鍵となる言葉を発すれば、家康は無意識に刷り込まれた台詞を口にするのだ。

「これで臨終の床で大御所に言わせることが出来る」

病床にある家康の許には朝廷からの勅使も訪れた。吉田神道による御祓いも行われたが回復を見せることはなかった。

そうして四月二日、天海は家康が呼んでいると金地院崇伝と本多正純に告げ、三人は家康の枕もとに並んで座った。

天海は、崇伝に向かって大御所の言葉を書き残すよう促し、崇伝は紙と筆を用意した。

そして天海は家康に言った。

「大御所様、皆揃っておりますぞ」

それは傀儡の術の鍵となる言葉だった。

家康は一瞬びくりとした後、ゆったりとした口調でハッキリと言った。

「皆に申し伝えておく。儂が死して後、その遺体は駿河久能山に葬り、葬礼は江戸の増上寺で行い、位牌は三河の大樹寺に立てるよう命じよ。そして一周忌が過ぎたら、下野国日光に小堂を建てて勧請せよ」

天海が訊ねる。

「その後で大御所はどのようになられるのでございますか?」

家康は病床とは思えない大きな声を出した。

「関東八州の鎮守となろうぞ」

その言葉で全員は「ははぁ」と手をついて頭を下げた。

その二日後、天海は、今度は榊原照久を家康の枕もとに呼んだ。照久は、亡くなった父と共に幼き頃から家康に近侍して来た武将で、久能山の城番をする者だ。

天海は家康に言った。

「大御所様、久能山の榊原殿ですぞ」

これも鍵となる言葉だった。

家康はびくりとし、かっと目を見開くと大きな声を出した。

「照久、儂の死後、油断するでないぞ。東国は譜代の者が多いが西国は違う。儂は死して後、神となって西国を鎮め護るつもり。我が神像は必ず西に向けて安置せよ」

照久は「ははっ」と頭を下げた。

さらに家康は言う。

「これより天海上人が呪法をなされる。それにより鎮護はなせる」

天海はその家康に頭を下げて家康側近の本多正純に言った。

「こちらに『三池の刀』をお持ち下され」

『三池の刀』とは、平安末期の刀工である三池典太光世が坂上田村麻呂の名刀神通剣を写して打った刀とされ、魔を祓う力を持つと信じられている。家康がこれまで幾度もの合戦に帯刀した刀だ。

持って来られた刀を手にした天海は「試し斬りを願いたい。その後は血を拭わず鞘にも収めずそのまま持って来るよう申し付けて下され」と告げて正純に手渡した。

正純は町奉行に命じ死罪となった罪人の斬首に用いさせた。

「見事一刀にて首を落とし土壇まで斬り込んだとのことでございます」

そうして戻って来た血塗られた刀を右の手に握って、天海は西を向き仁王立ちになった。

大柄の天海が長い刀を手にするのを見て皆は気圧された。とても老人に見えない。若き日の知将明智光秀が立ち現れていた。

天海は物凄い気合を込めて刀を振った。

「エイッ！　エイッ！　ィエーッ!!」

その様子を瞠目して見詰めた家康の近臣たちに、天海は言った。

「今この刀を振ったのは大御所ご自身でございます。大御所には、拙僧が天台密教の血脈相承と山王一実神道(さんのういちじつ)の奥義を授けております故に成し得ること。この刀には大御所の魂が宿っておいでです」

そしてその刀を久能山に納めるように指示した。

「神像とこの刀の切っ先、西に向けて安置するよう」

呪物を西方鎮護とするよう命じたのだ。

天海は皆を見回して念を押した。

「よいですな。これを命じたのは天海ではござらん。大御所ご自身でございますぞ」

皆は頷いた。

四月十七日のその日、家康は死去した。

享年七十五、それが影武者だと知る者は数人だった。

人の死は大きなものを残す。

その人物が偉大であればあるほど残すものは影響力を持つ。

故人の遺志、遺言というものの力は生前の言葉以上に大きなものとなることがある。

天海は家康に引導を渡した。その死を計算に入れて家康の死を起点にした徳川幕府による支配強化への策略を練った。

重要人物であればあるほど、その死への準備は国や組織にとって極めて重要になる。

トップに立つ者の死の準備を前以て出来ていればいるほど、国や組織がその後不安定化する可能性は小さくなる。

そして死人に口なし。

遺言とされたものは残された者に絶対遵守の強い力を持つ。本当にそのようなことが言われたかどうかは……遺言と認定されてしまえば意味のないことになる。

遺言とは未来への特別な意思表明だ。

「誰それの遺言」というものは、いつの時代でも言霊（ことだま）のように語り継がれ特別な力を持つ。

そんな遺言の持つ力を上手く使うことは、為政者や組織のリーダーにとって重要なことだ。

「さぁ、やるぞ！」

天海はここから途轍もなく大きなことをやろうとしていた。それは有史以来、誰もやったことのないことだ。

家康の遺骸を納めた霊柩（れいきゅう）や三池の刀はその夜、久能山へ移送されることになった。

そぼ降る雨の中、影武者の家康の霊柩に付き添う天海は、本当の家康の死を隠蔽することで出来た一年足らずの時間を使ってあらゆることを調べ尽くした。それは天の配剤だと改めて思っていた。

「これで永遠の天下泰平の世を創り出せる」

天海は家康を至高の神にしようとしていた。

帝をも超える神、究極の神に変容させようとしていた。天台密教の秘法、そして天台神道の理論と秘法を駆使してそれを行うつもりなのだ。

「神像と太刀の切っ先を西に向ける。それは西国の諸大名の鎮護とは……方便」

天海は、深謀遠慮のもとに埋葬の地を久能山に選んでいた。

「久能山から真西に一直線を引けばどこに行き当たるか……」

それは京だ。

天海は帝の拠点である京に、家康の神像と血塗られた刀を向けていたのだ。

そして一年後に改葬を命じた日光の地。

そこは徳川幕府の拠点となる江戸とぴたりと南北の軸で結ばれる。江戸から北に日光を思って見上げる夜の空には、決して動かぬ星が煌めくのだ。

「天台密教の根源神である一字金輪【北極星】が江戸を守護する」

天海は見えない力を最大限に使おうとする。

そんなものが本当にあるとは思ってはいない。しかし「ある」と信じる者にとってそれは〝力〟となる。

星や星座は「見えない力が見えるもの」になる。それは使い勝手が良いのだ。

「帝が古より独占して来た目に見えない力を、武士の棟梁である将軍が、その上をいくように使いこなしていく。そのことを知れば畏れる者たちが現れる。そうなればしめたもの」

そして、二日目の夜。家康の遺骸は急ごしらえの仮殿に埋葬された。

この埋葬は古式に則り吉田神道に従って執り行われた。本殿も神明造りで建てられようとしていた。家康は『大明神』として祀られることになっていた。

「そうしておいて、ひっくり返す！」

そこからの天海の策略が、徳川幕府に真の「見えない力」を与えることになる。

四月二十日、駿府城で騒ぎが起こった。

金地院崇伝と天海との大論争だ。

崇伝は言う。

「大御所を神に祝う作法は吉田家に任せ、神号は勅定によるのが筋でございましょう」

それに対して天海は言う。

「作法も神号も山王一実神道によるべし。それにより神号は『権現』とすべし」

山王一実神道とは両部習合神道、日本の神と他の神との関係、神と仏の関係を位置づけたもので、天海はこれによって日本の神と仏を争いなく纏めることが出来ると考えていた。

崇伝は激しく反論した。

「権現など聞いたことがございません。明神として祀るのが筋でございます」

ここで天海は既に布石を打ってある決定的なことを言う。

「明神は不吉！　豊国大明神を見なされ！　その子孫は、家は、どうなりました？」

豊国大明神とは豊臣秀吉の神号だ。

そして天海は、亡くなった大御所が嘗て豊国神社を潰せと言ったことを思い出すよう述べた。

それでその場の全員は黙った。

秀忠はその後、天海の意見を採用した。

この大論争の内容は、天下に広く知られることになった。いや、そう天海は仕掛けたのだ。

崇伝との論争も事前に打ち合わせた通りの大芝居だ。

「崇伝殿には損な役回りだが頼めるかな？」

そう言った天海に崇伝は「徳川幕府の為ならいかようにもなります」と引き受けたのだ。

徳川家康は死して神となり『東照大権現』の名を朝廷から授かった。天海が山王一実神道による権現号を押し通してのことと皆は知った。

そして家康はその遺言で「一周忌が過ぎたら、下野国日光に小堂を建てて勧請せよ」と述べている。全て天海が仕組んだことだ。

天海は、家康の神格化を二重の形にして、帝をも超える強固なものとすることを考えていた。

家康が吉田神道で神葬されたままでは、たとえ神号が権現となっても豊国大明神と同格でしかない。

「それを超えさせるのが日光遷座」

その祭祀を天海が一手に握った。

山王一実神道の実践、そこには天海が前例とするものがある。そしてそれを皆に知らしめる意図があった。

「前例とするのは中臣鎌足。古来より神祇に関わる中臣家にあって大化の改新を成し遂げ、臨終の際に天智天皇から大織冠の冠位と藤原の姓を賜った傑物。その埋葬に倣う」

藤原鎌足の遺体は摂津国阿威山から多武峰に移葬されている。その祭祀を取り仕切ったのは、鎌足の長男で出家していた定恵だ。神祇を司る中臣家の長男が仏門に入るなど極めて異例のことだった。

「このことこそ神仏習合でありその後の藤原家の力の源流を創った。それに倣う」

こうして家康は日光に改葬されたのだ。


将軍徳川秀忠は天海から山王一実神道についての講義を受けた。

「人がその死後、神に祀られる例は数多ございます。古くは菅原道真の北野天神、そして近くは太閤秀吉の豊国大明神……」

その天海に秀忠は訊ねる。

「それらと東照大権現はどう違うと？」

天海は全く違うと説明する。

「大御所様は死してこの世のあらゆるものの極みである大日如来、釈迦如来の化身となられてございます。それは天照大御神（あまてらすおおみかみ）をも包み込むもの」

秀忠は驚いた。それは帝をも超えることを意味する。

「なんと?!」

天海は不敵な笑みを浮かべた。

「天台神道の神祇の考え方からそれは分かります」

秀忠は聞き入る。

「仏教が我が国に伝来し人々に根付いていく際、次のような考え方が出来ました。日本の神は、仏や菩薩が姿を変えて現れたものとしたのです。そこでは仏を本来の姿、本地とし、神は日の本における化身、垂迹（すいじゃく）としたのです」

天海はそこから天台神道について語る。

「天台における比叡山の守護神・山王権現は釈迦の垂迹とされております。釈迦は『末法時（まっぽうじ）には大明神となって衆生を救済する』と言って入滅したとされます。この言葉を日の本に移し、欽明天皇の時の仏道伝来の折、釈迦は大三輪明神として示現したのですが桓武天皇の時に最澄によって比叡山の麓に迎え奉られ、大比叡神あるいは大宮権現とされる仏道の守護神となったのです」

天海は続ける。

「そして元々比叡山を守っていた神、本地を薬師如来とする小比叡神。さらに応神天皇の時に天下って八幡大菩薩として現れた神の聖真子、その本地は阿弥陀如来。これら大比叡神、小比叡神、聖真子神の三神を比叡山並びに仏法守護の山王三聖として来たのです」

そしてこの山王三聖こそ、日本の全ての神々の根源なのだという。

「すると……天照大御神も山王の分身ということでしょうか？」

天海は頷く。

「帝による比叡山日吉社への行幸は数知れません。それは山王の分身である天照大御神を詣でることに他ならないのです。天台宗と朝廷はこのように結ばれております。それは宮門跡などでの血の系譜でもみられること」

近くでは、正親町天皇の異母弟の覚恕が天台座主に就いていた。

秀忠は訊ねる。

「つまり帝は神道と仏道という二重の絶対的な力、霊力と仏力によってその王法が守られているということですか？」

天海は「御意」と答えて秀忠を見た。

「?!」

秀忠は天海が見せた眼光の鋭さに気圧される。

「帝の王法を守る二重の力、それをそっくりそのまま……亡き大御所徳川家康様の神格を東照大権現とすることで、移し替えることが出来たのでございます」

瞠目する秀忠に天海は言う。

「私が唱える山王一実神道の中心の仏は薬師如来。天台密教に於いて薬師如来は大日如来と同体の如来。私は東照大権現の本地はこの薬師如来と致しました。そしてその為の因縁を創ったのでございます」

秀忠は黙って聞いている。

「帝のおられる西の京に対し東の江戸で幕府を開く。東は生命発動そして万物生成の方位でございます。その東を司るのが東方浄土の教主とされる薬師如来なのです。そして東は日の出る方位、対する西は日の没する方位……」

天海は続ける。

「東照大権現の本地である薬師如来は大日如来、つまりは天照大御神！」

秀忠は感極まる思いがした。

「天海上人は、そこまで調べ抜き考え抜いて東照大権現に大御所を祀られたのか?!」

感動に震える秀忠に、天海は背筋が凍るような決定的なことを言った。

「上様、何故私にそんなことが出来たとお思いになられます？」

その天海の目は冷たく光っている。

秀忠は、今度は恐怖に震えながら言った。

「あ、明智光秀……」

天海は微笑んで頷く。

「私は明智光秀の時に比叡山全山焼き討ちを行っております。天台宗のそれまでの全てを灰燼に帰させた。帝を守る二重の霊力をそこで消滅させたのです。そして天海として比叡山に入り、新たに創り上げたものを東照大権現に移し替えた。それが出来るのは比叡山全山を焼いた私だけ。破壊と創造を通貫出来る者。天はそのように配剤された。これで徳川の天下は安泰なのでございます」

秀忠はこれで安心立命した。

そして、天海に全てを任せて良かったと心から思った。

天海は心の裡で呟いた。

（これでよし）

これで将軍秀忠は見えない力を信じた。

そしてそのことを家臣や諸大名に話すことによって、その見えない力は浸透していく。その力をさらに強固にするのが天海の存在だ。

天海とは千利休であり明智光秀である……その秘密を共有する者、共有せずとも単なる噂として知る者……そこに皆が持つのは、謎の人物が途轍もない力を発揮しているということへの恐ろしさだ。それが見えない力をさらに強くしていく。全てが天海の思い描いた通りの動きになっていく。

天海がその力を浸透させる先に見据えているのが朝廷だ。

「朝廷が私の行ったことの真の意味を知れば、見えない力を常に用いる朝廷がそれを知れば……徳川を恐れる。心底から恐れる」

これが天海最大の狙いだった。

天海は霊力など一縷も信じてはいない。

霊力を使うとされている朝廷とその周囲の者たちの心、霊力を信じる人の心、それらの人の心を操ることだけを考えるのだ。

天海には常に現実しか目に入らない。だから強く、年を取っても柔軟に政策や戦略、戦術を考え出すことが出来る。

その天海にとって、家康亡き後の徳川の天下を盤石にする為に弱体化しなくてはならないもの、現実の力でも徳川の支配下に置かなくてはならないもの、それが朝廷だ。

天海は鋭い目をしながら考える。

「あのお方は油断ならん」

後水尾天皇のことだった。

弱冠二十一歳だが頭脳明晰にして学問好き、美への感性鋭く周囲を操ることを巧みに行う。

そして何より気性が激しい。

「あのお方をしっかり囲い込んでおかないと……必ずや先で厄難となりうる」

後水尾天皇は、我を通すことから父である後陽成院とは様々にぶつかり不仲だった。

「激しい御気性は厄介」

天海は朝廷を徳川の支配下に置く為に、ずっと考えていることがあった。

そしてそれは家康とも共有していた。

太閤秀吉が死んで直ぐ、後陽成天皇は弟君の八条宮智仁（はちじょうのみやとしひと）親王に譲位したいと申し入れてきた。

それに対して、家康に強硬に反対するよう助言したのが天海だった。理由は智仁親王の年齢にあった。この時二十歳、今直ぐ天皇になられると困る。

「将軍の娘を天皇に入内（じゅだい）させる」

天海の考える朝廷対策は公武合体だ。だが今はまだ徳川側に入内に適した女子がいない。

それで阻止しなければと思ってのことだった。

その後天下を握った徳川は朝廷に圧力をかけ続け、譲位が実現したのは十三年後の慶長十六（一六一一）年、天皇の三子政仁（ことひと）親王が十六歳で後水尾天皇として即位した。

その間に二代将軍秀忠とお江与（えよ）の方の間に姫が生まれていた。和子（まさこ）と名付けられた姫の入内は六歳となった時から具体化が進められていく。が、大坂の陣や家康の死、後陽成院の崩御などで頓挫（とんざ）が続いた。

「ここでそれを実現させる」

天海は鋭い目を光らせた。

元和四（一六一八）年六月二十一日、京都所司代の板倉勝重が、幕府と朝廷の間の取り持ちに実績のある武家伝奏（ぶけてんそう）の広橋兼勝（ひろはしかねかつ）を訪ねた。

和子入内の儀を纏めるためだった。

「では……明年ということで」

翌年の入内が決まり幕府は女御(にょうご)御殿の建築を企画、作事(さくじ)奉行も任命された。

これで全てが無事進むと思われたが宮中で事件が露見し、また頓挫してしまう。

「これは後水尾天皇の明らかな反抗だ」

それを聞いた時、天海は思った。

「全て黙して闇から闇に葬れば良いものを……わざわざ」

それは、後水尾天皇に仕える女官との間に皇子がいるという事実だった。敢えて天皇は露見させたのだ。

これに激怒したのが和子の母であるお江与の方だった。娘をこれから嫁がせようという矢先に、側室との間に男子がいることを明らかにするとは言語道断と破談を主張した。

幕府側も、皇子であれば有力な皇位継承者となり、徳川家が平安時代の藤原氏のような皇室外戚となる目論見が外れる。

「なんだとッ?!」

さらに驚いたことに、今度は同じ女官がつい最近女子を出産したというのだ。

ここで入内はまた延期となった。

天海はその解決に向け、自分が対朝廷で直接動くと問題が難しくなると判断した。

「任せるとすれば……」

一人の男の顔が浮かんだ。

「頼まれてくれるか」

天海は藤堂高虎と会ってそう言った。

戦国の世に様々な主君に仕えて苦労を重ねた高虎は、難しい問題の処理を硬軟織り交ぜて出来る人物だった。既に六十三歳の老境だが活力旺盛な武将だ。天海は千利休時代、豊臣秀長に仕えていた高虎を当時から高く買っていた。

高虎は秀忠の信頼も厚く宮中にも人脈を持っている。その高虎に、幕府と朝廷の双方を説得し和子の入内を是非とも成し遂げて貰いたいと頼んだのだ。

「将軍家が朝廷の外戚となる公武合体。それによる天下泰平の世の実現は亡き大御所が目指されたこと。東照大権現の遺志。日の本の歴史の中で武家の娘が皇后となり天皇を産んだのは、平清盛の娘建礼門院徳子のみ。ここはなんとしても和子姫の入内を成し遂げ公武を結びつけ平らかな世の礎としたいのだ」

熱く語る天海に高虎は頷いた。

高虎は今、大坂城再建の普請奉行を命じられ忙しく立ち働いているところだったが、これは引き受けなければならないと決心した。

そうして高虎は朝幕間の斡旋に奔走する。

その高虎に対して後水尾天皇が秘密裏に手紙をしたためて来た。

後水尾天皇は悩み抜いていた。和子姫が入内すれば寵愛する女官と二人の子供と離別しなければならない。

「それを避けるには……」

譲位しかないと考えそれを高虎に訴えたのだ。

高虎は天海と会った。

「帝は入内延期は御自身の不行届きとまでお書きになり、将軍の意に適わぬなら自分には弟たちがいるので誰かを即位させ、御自身は法体(ほったい)になると申しておいでです」

情に厚い高虎は、それを認めても良いのではないかと暗に思っていた。

天海はじっと目を閉じて聞いていたが、その目を見開いて高虎を睨んだ時、その眼光の鋭さに百戦錬磨の高虎が怯んだ。

(あ、明智光秀!!)

厳しい眼をして天海は言った。

「譲位はさせん。させてはならん。後水尾天皇の御代は徳川と共にある。それを帝に分かって貰わねばならん」

天海はここで気性の激しい後水尾天皇を抑えておきたいと強く思っていた。そんな帝が万事穏やかに幕府に従うことで、この世の安寧はもたらされることを知らしめておきたいと思っていたのだ。

高虎は困った。

「では、どのように？」

天海は強硬策を高虎に授けた。

その内容に高虎は驚いたが天海は言う。

「貴殿は帝の為に働くのではない。徳川家が創る天下泰平の世の為に働くのだ。徳川の外様である貴殿が、将軍の為として朝廷にその力を見せつけることで、公卿たちも他の大名たちも深く感じ入る。それが狙いなのだ」

幕府が直接手を出さず朝廷の問題を処理させる。それが幕府の威光を示すことになる。戦略家の天海がそこにいた。

「なんでおじゃる?!」

後水尾天皇の近臣と、帝の子供たちの母親である女官関係者が『禁中並公家諸法度』に反するとして一斉に処分された。

武家伝奏広橋兼勝を通して公卿衆六人が処罰されたのだ。三人は流刑、三人は出仕停止となった。処分の理由は定かにされなかった。

後水尾天皇は激怒した。

そして抗議の手段としての退位を声高に口にした。

「さぁ、頼んだぞ！　高虎」

ここからが藤堂高虎の本当の出番だと天海は思っていた。

高虎は単身禁中に乗り込んでいった。

そして五摂家以下の公卿衆を前にして言い放ったのだ。

「大人しく幕府の言うことを聞かぬというなら……後水尾天皇を配流し、自分は腹を切るまで!!」

この恫喝（どうかつ）は効いた。

こうして和子姫の入内は決まった。

元和六（一六二〇）年六月十八日午刻に二条城を出発した十四歳となる和子姫の行列は、

数百人の随行を伴って御所の郁芳門から内裏へと進んだ。

入内の道具は……一番長持百六十竿を始め二番行器(ほかい)十荷、三番屏風三十双、以降二十九番まで分かれ三百七十八荷と……膨大な数に上った。

総費用は七十万石、幕府は出来る限りの贅を尽くした。

犬馬の労をとった藤堂高虎は家臣ら六十人を行列に供奉(ぐぶ)させたが、自身は大坂城の普請場にいた。

天海が酒と杯を持って現れ二人は静かに祝杯をあげた。

「よくやってくれた。これで徳川の天下は安泰だ」

天海の言葉に高虎は頷く。

「御上人様の御意向には逆らえません。全ては東照大権現の御遺志でございますから」

二人の目の前には壮大な石垣や五つの櫓(やぐら)、大きく深い堀が広がっている。

「嘗ての大坂城は焼け落ちたがまたこのように生まれ変わる。私は足利義昭、織田信長、豊臣秀吉、徳川家康と仕えて来て齢は九十をもう幾つも超えたが、天下泰平の世の為にはまだまだやらねばならんことがある。その度に生まれ変わっていかねばならん」

高虎は天海の言葉に驚いた。老体の自分は、もうそろそろお役御免となりたいと思っているのだ。

天海は平気な顔で周囲を見回して言う。

「それにしても見事な普請よの」

本丸は以前より三十尺以上地盛りし、堀も石垣も一新され、秀吉が建造した大坂城の勇壮美麗さをも超える出来栄えになっている。

「これならまだまだ高虎に普請を任せたいものが出て来るな」

そういう天海に高虎は苦い顔をした。

「私もまだ働かねばなりませんか？」

天海は当然だと言う。

「天が生かしてくれておるのだ。その間は頭も体も動かさねばならん。そこには意味がある。人は生きる意味を持っておる。私の生には天下泰平の世を創るという意味がある。数々の主君に仕え、その主君を裏切ったのも全ては天下泰平の世の為。私の生とはその為にあるという意味が大きいのだ」

高虎はなるほどと頷いた。

明智光秀、千利休、そして天海として生きること、そこを貫く信念があることを高虎は改めて感じ入った。

高虎はそこで、気になっていることを敢えて天海にさり気なく振ってみた。

「徳川将軍家はお世継ぎも決まり安泰でございますね」

天海はその高虎の含んだ物言いが分かった。

秀忠の世継ぎ、次の将軍が誰になるのか、家中で様々に噂があったからだ。

嫡男である竹千代ではなく、秀忠と妻のお江与が可愛がる弟の国松が次期将軍となるのではという噂だ。しかし、それを知った天海が裏で動いたことで竹千代が次の将軍となることは決まっていた。

天海は高虎に眉一つ動かさずに言った。

「大御所様は亡くなる前に竹千代様を嫡子とすることを明言なさっておる。そこに何の支障もない」

高虎は「そうでございますな」と頷くしかない。

将軍家の後継のあり方……それは決められた者が絶対であり、それ以外の者には何があってもやらせてはならないとするのが天海の信念だ。

「嫡子は長男。そこに例外があってはならん。跡目争いは武家にも公卿にも絶対にやらせてはならない」

天下泰平の世は〝仕組みが絶対〟とするのが天海の信念だ。その為に天海は将軍家の後継問題には人知れず工作を行って来ていたのだ。

◇

将軍徳川秀忠の嫡男竹千代の元服の儀式は、妹和子姫の後水尾天皇への入内の三ヶ月後、元和六（一六二〇）年九月に行われた。

後の三代将軍、徳川家光が誕生した。

天海はホッとしながら、ここまで自分が行ってきたことを思い出した。

徳川家光は、二代将軍秀忠の二男として慶長九（一六〇四）年七月十七日に生まれた。幼名は家康のそれを取って竹千代とされた。

秀忠はその三年前に側室との間に長男を授かっていたが、僅か二歳で早世していた。家光は〝生まれながらの将軍〟ということになる。

「生まれながらの将軍。そのことを確実なものとしておく」

天海は、将軍家の嫡男後継は絶対不可侵にしなければ、天下泰平の世の永続は無いとの信念を持つ。

「それを担保するものをここで作っておく」

家光誕生直後から天海は動いた。家康に、ある女性を家光の乳母にするよう申し出て了承された。

稲葉福。

福の父は明智光秀が最も信頼していた家臣斎藤利三で母は光秀の妹、つまり福は光秀の姪にあたる。

光秀は若くして生まれ育った美濃を離れたが、郷里で妹が利三と夫婦となっていた縁から後に自分の家臣とした。本能寺の変の後、利三は捕らえられ処刑されたが、その娘である福は秀吉の近臣であった小早川秀秋の重臣稲葉正成に嫁ぐことが出来た。千利休となっていた光秀が秀吉に依頼しての婚姻だった。

千利休時代から天海は福を買っていた。

「福は途轍もなく頭が良い。そして肝が据わっている。男であったなら大大名となる器」

そんな福は健康で正成との間に三人の子供をもうけていた。

天海は家光の誕生直後に福を乳母にするよう頼むと同時に、八歳になる福の息子正勝を家光の小姓の一人に取り立てて貰った。

「これで良い。徳川将軍家嫡男は明智光秀が様々な形で後援しているとなれば……皆は恐れる」

だがその家光は、生母のお江与の方からは疎まれ、そんなお江与の方に秀忠も同調していた。

お江与の方は近江小谷城主だった浅井長政の三女、その母は織田信長の妹であるお市の方であり、二人の姉の一人は豊臣秀吉の側室となった淀君だ。

秀忠とお江与の方の間には、家光の後に弟忠長（国松）が誕生した。忠長は家光とは違いお江与の方の手で育てられた。妻が忠長に愛情を注ぐのをそばで見て来た秀忠も、忠長に対する情は深まる一方だった。お江与の方の強い意向もあり……将軍職は忠長に譲りたいと思うようになっていた。

それを知った福は天海のもとを訪れた。

「御上人様のお力で、竹千代様の次期将軍としてのお立場を大御所様より明々白々にさせて頂きとう存じます」

福は決して口にはしないが、天海が明智光秀であることを知っている。福の話を聞き天海もこれはあってはならんことと思った。

「お福殿の意向は当然のこと。全てこの天海に任せられよ」

福は「ありがとうございます」と微笑んだ。

その時に見せた笑顔の奥の眼光は鋭く、天海は自分を見るように思った。福は不敵な笑みを浮かべて言う。

「伯父上様のお言葉。福は何よりも心強く嬉しゅうございます」

天海はその福に「こやつ」と思いながら小さく頷くのだった。

大坂の陣が終わって駿府から将軍秀忠のいる江戸城へ渡御した家康に対し、秀忠は幼い息子たち、家光・忠長兄弟が大御所様に是非とも御挨拶を申し上げたいと伝えて来た。

(この機に重臣たちの前で忠長を世継ぎとする旨を宣言してしまおう)

本当の家康は死んでいる。秀忠はやって来る家康が影武者であることを利用して何も出来ない筈と思ってのことだった。

「?!」

家康のそばに天海がついている。

秀忠は自分を落ち着かせた。

(大丈夫だ。天海上人には口を挟ません)

家康が座ると直ぐに家光は福に手を引かれて、忠長はお江与の方に同じように手を引かれて入って来た。

家康は孫たちを見て微笑んで言った。

「さぁ、竹千代殿はこれへこれへ」

そう言って家光を手招きする。家光は福に促されその家康の許へ歩み寄っていく。

家康は自分が座る上段の少し下に家光を着座させた。

(なんだ⁈)

秀忠はその様子に驚き、お江与の方に目配せし「直ぐに国松も！」と伝えた。そうして、忠長もお江与の方に促されて家光と同じ席に座ろうとするのを家康は制止した。

「お前には勿体ない。国はあちらだ」

そう言って遥か下の席に着かせる。

秀忠もお江与の方も唖然とするしかない。

家康は二人の席のあり方を指示しただけでなく、家光に対しては「竹千代殿」、忠長は「国」と呼び捨てにし、嫡男とそれ以外という明確な立場の違いを示したのだ。

そこから菓子が出されると「先ずは竹千代殿に進ぜよ」と言い次に「国にも食わせよ」と言った。そして家光付きの福以下の者たちと、忠長付きの者たちとも明らかな差をつけて扱った。

(やられた！)

秀忠は唇を嚙んだ。

こうして大御所徳川家康が明確に家光を三代将軍だと、その態度と言葉で示したことが皆に知れ渡ったのだ。

「全て御上人様の指図ですな？」

そのすぐ後、別室で秀忠は天海を呼んで訊ねた。影武者を動かしているのは天海だ。

天海はそれには答えず秀忠に訊ねた。

「上様。将軍に無いものは何だと思われますか？」

将軍は全てを動かす者、あらゆる力を発揮する者だと秀忠は思っている。

「本来……将軍に無いものは無い筈」

天海は首を振った。

「将軍に私(わたくし)はござらん！」

天海は語気を強めてそう言った。

「将軍は天下の為にある者。天下泰平の世を創る者にございます。そこに私は無い！　私情は一切挟んではならんのです！」

秀忠は難しい顔をして黙っている。

「国松君を可愛がられるお心、そして母君であるお江与の方のお心……姉上であられる淀君を大坂の陣で失われたお悲しみ、それを、国松君をお世継ぎにすることで慰めたいとなさるお心、そのお江与の方のお心に添いたいと思われる上様のお心も分かります。しかし、それら全て私情！」

天海は再び語気を強めた。

「天下を治める者は天下の為だけに身も心も捧げなくてはなりません。天下泰平の世を創られた大御所を継がれる上様はその天下が選ばれたお方、それ故に私は棄てねばならないのです。将軍家だけでなく、武家も公卿も世継ぎは必ず嫡男とし例外は認めない。そうすることで家の争いは絶対に起こさせない。家の争いが国の争い、戦に発展致します。天下泰平の世の仕組みの要、世継ぎは嫡男を、将軍家が守らずして天下泰平の世は訪れません」

それでも秀忠は納得出来ないという顔つきをする。それほど忠長が可愛いのだ。そして、忠長を介してお江与の方とも良好な夫婦の関係を持てることが嬉しかったのだ。

秀忠自身、子供の頃から人質として秀吉の許に送られて過ごし、親子の情愛を交わすということがなかった。

それを今は得られていることが嬉しく、この喜びをさらに大きくする方法は忠長を次の将軍にすることだと思い込んでいた。その気持ちは強く、まだ消すことは出来ない。

天海はそんな秀忠の心の裡を読み取った。

(引導を渡そう)

天海はそう思って秀忠を睨みつけた。

(?!)

将軍の秀忠も、天海に眼光鋭く睨みつけられると怯む思いがする。

「それほどまで……天下泰平の世の仕組みを潰してまで……忠長様を可愛いとお思いになられるのですか？」

秀忠は何も言わない。

天海は不敵な笑みを浮かべた。

「分かりました。では大御所のお考えを申し上げましょう。大御所は駿河に家光様を呼び寄せられて御自身のお子とされたい由。そしてその時には速やかに三代将軍を家光様にされたい由。その際、上様にはその地位を降りて頂き、江戸からどこぞ他の国へお移り頂く御意向でございます」

秀忠は瞠目した。

(儂を引きずり下ろす？)

天海の目はそう言っている。

影武者の家康は天海が自在に動かせる。

(戦って勝てるか？)

天海の目は、それは絶対に無理だと言っているのが秀忠には分かる。

天海は言う。

「上様。たとえ上様であっても、天下泰平の世を乱そうとする者を私は容赦致しません。この天海、いや明智光秀、千利休が全力を挙げて潰しに掛かりますが……如何されます？」

秀忠はその言葉にゾッとし項垂れた。

こうして家光の世継ぎは決定されたのだ。

引導を渡す。重要なことを諦めさせる。

それには大変な力とエネルギーがいる。

特に自分よりも地位の高い者に「やりたいこと」「こうありたいこと」を断念させるのは至難の業だ。

だが、それが出来る力のある下の者がいる組織は強い。その為には個人よりも組織の強い理念がなくてはならない。

「個を棄てる。私心を棄てる」

組織の理念の実現の為として諦めさせることが出来れば理想なのだ。

天海が秀忠に引導を渡した為に、徳川三百年の泰平の世の礎が築けた。

「天下泰平の世を創る」

その理念が何よりも強いから出来たのだ。

第九章　天海、信仰を利用する

天海による天下泰平の世の創造。

徳川家康を死後東照大権現とすることで、帝をも超える神に据えることが出来た。

天海は天台密教や山王一実神道、陰陽道などが持つ様々な〝見えない力〟を駆使し、それを天下を成す朝廷や諸大名、豪商などに知らしめ、その力を〝見えるもの〟にした。

それが日光東照社だ。

「儂が死して後、その遺体は駿河久能山に葬り、葬礼は江戸の増上寺で行い、位牌は三河の大樹寺に立てるよう命じよ。そして一周忌が過ぎたら、下野国日光に小堂を建てて勧請せよ」

天海は影武者の家康に、臨終の床でそう言わせた。

天海は将軍徳川秀忠にその具体化を述べた。

「東照大権現の日光への遷宮。社殿の造営と儀式執り行いの一切、この天海にお任せ下さいませ」

任せるも何も全ては天海の描いた絵だ。

「御上人様に全てお任せ致します」

そうして天海は、普請奉行にした藤堂高虎らと堂社(どうしゃ)造営の為に日光へ向かった。

「質実剛健、かつ豪華なものを造るぞ」

そう言った天海に高虎は驚いた。

「大御所様は、派手は好まれなかったのでは？」

高虎はごく質素な社殿を想い描いていた。

天海は首を振る。

「日光全体を誰も見たこともない華麗な神の世界とするのだ。訪れた者が極楽とはこれかと思うものを……それによって徳川が創り出す天下泰平の世を知らしめるということだ。そして代々の将軍たちにも知らしめ、幕府に臣従する者たち公卿たちにも知らしめる。徳川が目指す天下泰平の世を極楽として〝見えるもの〟とするのだ」

こうして廟地(びょうち)の縄張りを行った後、職人たちが集められた。関東だけでなく京や近江からも職人が呼ばれた。

「煌びやかな社殿造りで都周辺の職人に敵う者はない」

高虎は近江の大工棟梁甲良宗広を総棟梁に据えた。そうして五ヶ月に亘った工事の後に社殿は完成した。

天海に誘われ見に訪れた金地院崇伝は驚愕した。

「何たる綺麗さ!! 何たる見事さ!!」

帝からは『東照大権現』の勅額が下賜され、諸大名は御宮前に石燈籠を進献していた。

元和三(一六一七)年三月十五日、久能山霊廟に安置されていた徳川家康の棺は金の輿にのせられ日光に向けて出発した。

棺には天海のほか徳川家の重臣たちが付き添いその前後は騎馬三百余騎、雑兵一千余人が守る形での列となって行進した。

そうして四月四日に日光に到着、八日に日光奥の院廟塔に納められた。

ここで天海が秘儀を行う。

勧請鎮座秘式とされるものだ。

(これを知れば朝廷や禁裏で祭祀を司る公卿衆、陰陽師たちは東照大権現に対して真の恐れを持つ筈)

それは仏眼印明の授与に続いて行われた三種の神器印明の授与で天台密教の灌頂儀式の中にはないものだった。

神璽秘印明、宝剣印明、神鏡印明の三種の神器印明の授与が行われたのだ。これは天皇即位の時に授与されるものだ。それを家康の霊に対して授与するという儀式を天海は行ったのだ。

（これで徳川幕府の支配の意味を、知るべき者たちは、知る）

日の本を支配するのは朝廷ではなく徳川幕府だということを、朝廷が独占していた神をもて手に入れる形で示した。


天海は不敵な笑みを浮かべる。

そうして十六日に日光東照社に遷宮、十七日に正遷宮の式典が行われた。

将軍徳川秀忠の参詣に始まる司祭の長い列の中には、朝廷から派遣された多くの門跡、公卿も交じって豪華絢爛を極めた。

「信長様の下で執り行った天覧馬揃え、秀吉の下での北野大茶会……豪奢な催しは幾つも仕切ったが……これは格別」

天海は感慨深く呟いた。

東照大権現が東から天下を照らすのだ。

翌十八日から御経供養が始まり、十九日には薬師供養と法華曼荼羅供養が、二十日から二十二日まで法華万部供養が行われた。

全国から集められた僧侶の数は三千五百人、その唱導師を務めたのが天海だった。

「一連の儀式に参加した者たちからこの様子は日の本全土に伝わる。東照大権現が祀られるとはどのようなことか、徳川家が天下を治めるとはどのような力を以てのことか、それが知らしめられる」

見えない力の支配者としての天海がそこにいた。そうして東照大権現の鎮座は完了した。

「いつ見ても見事な眺めでございますな」

藤堂高虎は天海にそう言った。

全ての行事が終わった翌日、天海は藤堂高虎を伴って日光山に登ったのだ。そこから全てが平らかに見渡せる。

北に霊峰男体山、西に中禅寺湖とその向こうに白根山、北西の眼下には華厳の滝や白雲の滝……大谷川が続く渓谷、南東の方角には坂東の地が一望出来るそこは景勝の地だ。

聖地としての日光を創った天海はふと遊び心からあることを思いついた。そしてそれは大きな謎かけにもなることで〝見えない力〟を生むとも思った。

「のぉ、高虎」

話しかけられて高虎は「はい」と応えた。

「この辺りを明智平と命名すると言ったらどうする？」

高虎はドキリとした。

（本気なのか？）

天海は微かな笑みを浮かべている。

日光東照社を造らせた天海とは明智光秀であると、広大な景勝地の名を以て知らしめようと言うのだ。

当惑する高虎の心の裡を読み切っている天海は言った。

「秘密や謎というものは面白いものだ。そんなものが本当にあるのか無いのか。真か偽か、虚か実か、誰も本気で探ろうとはせず自分に都合の良いように解釈しようとする」

高虎は黙って聞いていた。

「日光という徳川家の、日の本の聖地に何故、明智平があるのか？　明智光秀という謎がそこにあるだけで様々な解釈をする。勝手に考えを巡らせる。それでいいのだ。それによって人々は見えない力をそこに感じる。東照社は見えるものだが、そこに祀られる東照大権現の力は見えないものだ。その見えない力をさらに明智光秀の謎によって深めることが出来れば、徳川の天下に資するのではないか？」

高虎は納得した。

「御上人様の深いお考え、感服致しました。では普請奉行として上様にそのように言上致します。如何でしょう？　その際には『日光から広がるこの地は神仏から賜りし叡智を明らかにする地』という意味で明智平であるとするのは？」

天海は満足そうに頷いた。

「それで進めてくれ」

日光東照社には中央に東照大権現、左に山王権現、右に摩多羅神が祀られているが……後に家康を守護する随身として左体に天海、右体には藤堂高虎が合祀された。日光を造り上げたこの二人の名は永遠に刻まれることになるのだ。

「明智平か……」

それは非業の裡に滅亡させた明智一族や家臣たちの鎮魂にもなると深く感じ入り、天海は手を合わせた。

織田信長が企んでいた究極の下克上、朝廷抹殺を本能寺の変で止めた明智光秀の自分を思い出した。

天海は改めて呟いた。

「東照大権現……」

その神号の意味するところを噛みしめるように、明智平を見回して口にしたのだ。

東照……「東に照る」の意味だが、そこでは皇室の祖先神である天照大御神の神号が意味する「天に照る」日輪と並び立つものを目指している。

「東から昇る日輪は初め『東に照って』後に天空に輝き『天に照る』日輪となる。つまり東照もやがては〝天照〟と同等の地位へと近づくということ」

天海はこの世ではやらせてはならないと考えたことを〝見えない力〟の世界で自分はやったことを感無量に思った。

「下克上はもうやらせない。下克上は本能寺の変で終わった。明智光秀を大謀反人として永代貶(おとし)めることで下克上の世は終わらせる」

これは人の世の天下のことだ。

天海は〝見えない力〟、神の世界での下克上を、東照大権現を創り上げることでやった。

「私は神々の下克上をやった」

その起源は天海が採り上げた山王一実神道にある。『延暦寺護国縁起(えんぎ)』に山王権現と天照大御神の同体は説かれている。

「私はそれを見つけた時、快哉を叫んだ。ここで神々の下克上を行えれば……人の世の下克上は無くなると確信した」

天海は自分自身の人生を思い返した。

最初の主君である足利義昭を裏切り、次に仕えた織田信長を本能寺で弑逆した。

「そして、千利休として共に天下取りを成し遂げた秀吉の豊臣家は滅ぼした」

自分の人生とは実は下克上の連続なのだ。

天海は深く息をついて明智平を見回した。

「私は真の意味での下克上をやり続け、遂には神々の下克上までやってしまった。明智光秀、千利休、そして天海として……」

そんな自分とは一体何者なのかと天海は改めて思った。

東照大権現日光遷宮による徳川家の天皇家と並ぶ神格化と、将軍徳川秀忠の娘和子の後水尾天皇への入内による公武合体、二つの大きな事を成し遂げた天海だったが、徳川幕府による天下泰平の世の恒久化に向けては休むことを知らなかった。

「この日の本から争いを無くす。万民が安寧に暮らせる世を創り上げる」

その信念はさらに強くなっていく。

「応仁の乱から続いた下克上の時代、それは織田信長様の時に頂点に達した」

信長は天皇家の抹殺を目論んでいた。

「それは究極の下克上」

そうなると下克上は永遠に続き、全てが焼き尽くされるまで殺戮と破壊は止むことがなくなると明智光秀は考えるに至り、本能寺の変を実行した。

「本能寺の変の衝撃、その後の秀吉の天下取り、そして徳川による幕府の開闢……」

天海が目指すのは下克上の無い世だ。

「嘗て下克上は日の本に何をもたらした？」

上を上と思わず討ち果たし下の者が成り上がる。既存の様々な権威が蔑ろにされ戦乱の中であらゆるものが変動を続けた。

「そこには野心と冒険心が満ち溢れていた」

そんな人間の代表が織田信長だった。

信長は家柄を頼まず、自身の力、体力、知力、胆力だけを頼みとして生きていた。そんな信長は家臣にも同じものを求めた。秀吉や光秀の立身出世は信長の家臣だったからだ。

「下克上の世でなければ私はいない」

天海は改めてそう思う。

美濃の貧しい武士の家に生まれ堺に出て、炮術師として細々と生きていた自分が城持ちとなったのは、下克上の世のお陰だ。

天海は考える。

「秀吉の〝唐入り〟が成功していれば……下克上の世がもたらした闊達な人の心、野心と冒険心を外へ向けて広げ、大きな実を結ばせることが出来たであろうが……」

それは失敗した。

千利休時代の天海が〝唐入り〟を推したのは、戦いを好む心を内から外へ向かわせ大いなる発展を期待してのことだ。しかしそれは失敗に終わった。天海はそこに日の本の人間の心、精神の限界を知った。

「目の前のことを成すには優れているが、長くものを見て大きなことを成すのは苦手なのだ」

日の本の外で巨大な国を相手にした戦に勝利するには、強い精神と強靭な思考を身につけ何年何十年と様々な軍略政略の構築なしには成功はない。

「そして何より海の外に出ると日の本の人間は気弱になる。内弁慶。皆、里心がつき戻って来たがる」

朝鮮へ出兵した武将たちは、誰一人として彼の地に居座ってでも自分の領地や城を創ろうとした者はいない。それだけではない。明や朝鮮が恐れた倭寇、日の本から外海に出て荒らし回る海賊たちは、莫大な富を得ても彼の地に定住せず、皆戻ってきていることを天海は知っている。

「それほど強い里心を持たせるこの国のあり方。そこにある何か。それが天下泰平の世の鍵なのだ」

天海は考える。それは何か？

「目先に強いとは目の前のものに価値を置くということ。つまり今の自分、今目の前にあるものが最も大事ということ……」

すると油屋伊次郎の言葉が思い出される。猶太の民でありながら切支丹に改宗して堺にやって来たイツハク・アブラバネルが言ったことだ。

「我々は〝神の国〟と〝人の国〟という二つのものの見方をします」

それは二元論だ。

「〝神の国〟と〝人の国〟。〝理想〟と〝現実〟。〝将来〟と〝今〟。二つの全く異なるものを頭に描き日々の暮らしを行い戦や商いを行っているのです」

日の本の人間に普通そんな二元はない。

「将来は今の延長、と見る」

〝理想〟という〝今〟とは別のものを〝将来〟に置き、その実現に向けて日々を生きる者などいない。

「だから日の本の人間は時の勢いに流される」

目先に流される。流れに弱いということだ。

天海は、下克上は応仁の乱から始まった勢い、流れだと理解している。

「それ以前の日の本に下克上は無かった。いや、あっても流れとはならなかった。だが応仁の乱から勢いを得てしまった。室町幕府はそんな下克上を潰せず勢いに巻き込まれた」

下克上、戦国の世は次々と勢いを増しての激流となったのだ。

しかし、そこに天下を我が物にするという、次元の異なる〝理想〟を掲げた信長という特別な人間が現れた。

「明智光秀はその信長様を支えた」

信長が掲げる天下布武によって下克上の流れが止められ、天下泰平の世が訪れると信じたからだ。

「しかし、信長様は天皇を弑逆し下克上を永遠のものになさろうとしていた」

それを自分は本能寺の変で止めた。

その自分がこれからの徳川幕府をどうしようとしているのか、徳川の天下で万民をどうしたいのか。

「天下泰平の世を創る」

その一点は変わらない。

争いの無い世、戦の無い世を創ることだ。

「そこに絶対にあってはならないのは下克上」

その信念も変わらない。

「その為に人をどのように導けば良いのか？」

天海は人間を考える。日の本の人間とは何かを考える。日の本の人間の特徴は何か？

「目先が大事。今に最も価値を置く」

ではそのような人間が争わなくするにはどうすれば良いか。

「今いるところで生きる。そこを超えることを考えなくする」

生まれ落ちた身分、職業、生地……それを最も重要なものとし、そこから動かなくすれば良いことに天海は気づく。

「下克上とは、下の身分の者が上の身分の者を弑逆してその立場や財産を奪うこと。それを無くすには……」

上の身分は上のまま。下の身分は下のまま。上にも下にも身分は動かすことが出来なくすれば良いと考えた。

「その世界には光秀も秀吉も生まれない。いや生まれてはならない」

下級武士の光秀は大名になれないし、百姓の秀吉は百姓のままだ。

「そんな世にすれば争いの核、戦の核は無くなる」

身分の固定化。

それを、天海は徳川幕府の最重要課題と位置づけた。

「武士は武士としての身分の心と生活を磨く。百姓は田畑を耕し作物を育て収穫することだけを一生の励みとする。商人はどこまでも商いを盛んにすることだけ。職人は物作りに励むのみ」

そこで天海は、改めて武士とは、武士の心とは何かを考えた。

「下克上の世を無くす上で最もその心を縛らなくてはならないのは武士だ。戦をすることを生きることとする武士……この心を縛っておかなくては争いの世は無くならん」

武士の心、それをどうするか？

「心の中に崇高なものを植え付ける。あるのは侍の心、侍う者。主君に決して逆らわず、命を賭して仕えることが唯一の目的であり最大の名誉とすれば良い。反対に主君への反逆は大罪であり最も恥ずべきこと。それは何よりも不名誉とすれば良いのだ」

本能寺の変で主君を弑逆した明智光秀は、大謀反人であり卑劣極まりない大悪人とすればいいのだ。

「そこに理由の是非はいらぬ。どれほど主君に非があろうと、どれほど主君が悪逆であろうと家臣はそれに付き従う。それが武士の心に染み入ってしまえば下克上は起こらない！」

武家社会の上下の関係の絶対化を行ってしまえば、他の武家との争いは起こらない。

「征夷大将軍である徳川家を最高位として、その下の諸大名との主従関係を明確な形で構築する。徳川家との結びつきの深さから譜代、親藩、外様と分けてその地位はどのようなことがあっても変わることのないものとする」

血の濃さや忠臣の歴史、そして地理上の遠近からその順位を定める。

「それは永遠に変わることがないものとすれば、大名同士の争いの核は無くなる」

天海は、これを法や制度で決めるだけでなく教育として武士に行うことを考えた。

「それに都合の良い者がいる」

学者の林羅山だ。

大坂の陣の発端にした方広寺の梵鐘の銘文で、天海が頼りにした男だ。

天海は、羅山の言葉や書いたものからその教えを武士が身につける学問にしようと考えた。

朱子学というものだ。

天海は儒者としての羅山が道学者であり学問愛好者、博識の徒であることを高く評価し何よりもこの言葉が気に入っていた。

「敬は一心の主宰にして万事の根本なり」

武士の倫理として天海が考える第一のあり方と一致する。

「主君を敬う。その一点」

そして羅山は上下の身分秩序を「生まれながらのもの」として世の基礎に置いている。

天海は羅山と話し合いながら徳川幕府の武士の学問体系をこれを基に創り上げ、どのように学ばせていけば良いかを進めていく。

仏道は「虚なるもの」として批判する羅山だが、天海に対しては違った。

「天海上人は泰平の世を創る為にあらゆるものを道具とするお方。仏道や神道も道具。その割り切り、明確な姿勢は敬うべきもの」

そうして徳川幕府はその基礎固めを行っていく。

「さて、いよいよ始めるか」
天海は、徳川幕府の中心の都市である江戸を、風水易学によって形作ることを考えていた。
「京の東に位置することで意味を持たせた江戸の都は〝見えぬ力〟で最強のものとされている。そう皆に思わせる。その道具として風水は分かり易く使い勝手が良い」

風水とは古代中国の占いのことだ。

大地を流れるとされる龍脈に基づいて王宮や王墓、城や家、町造りを、地相を見てその吉凶を判断して行っていく。

風水は遣隋使や遣唐使によってもたらされた道教や密教の知識の一つとして朝廷で尊ばれ、都造りの際に採用されてきた。

それを司るのが陰陽師だ。卜筮（ぼくぜい）、天文、暦数を使って吉凶禍福を察知し、その対処のための呪術作法を行い、土御門家と幸徳井（こうとくい）家が世襲によって陰陽師の職を執り行っている。

天海は山王一実神道を用いて徳川家康を東照大権現とし帝をも超える神格を与えた。それに加えて天台密教にも伝わる〝風水の力〟を徳川幕府の中心である江戸の町で体現させることを考えていたのだ。

もとより天海はそんな力を信じてはいない。それを信じる者たちの心を操ることだけを考えていた。見えないものを信じる人の心、それを操れば武力を使うよりも簡単に人を支配出来るからだ。東照大権現もその一つに過ぎない。天海は現実だけを見る。現実の人間の心がどのように動いているかだけを見てのことだ。

「秀吉は徳川殿を恐れて関東の地へ国替えさせたが……それがこれほど都合の良いものになるとは思いもしなかった」

天海は江戸の地図を広げながらそう呟く。

徳川家康が江戸城に正式に入ったのは天正十八（一五九〇）年の八月一日、八朔の吉日が選ばれている。

秀吉から与えられた関八州、その中心の江戸の地は太田道灌が城を築いた場所だが……その城は荒れ果てて石垣もなく、ただ草が生い茂る田舎家のようなみすぼらしさだった。そして周囲は見渡す限りの湿地帯だ。

「長雨が降れば皆水没致します」

家康はそれを聞いて深くため息をついた。

だが風水を以て都市造りを行うにはその地は最適だった。元々何も無いのだからやり易い。

家康が将軍となって幕府を開いた時に、天海は江戸の遷地を風水によって行うことを進言し家康は従った。

天海は天文、遁甲、方術などの陰陽道を調べ上げた上で家康の居城の場所を選定した。

西は伊豆、東は下総まで広大な地を隈なく歩き四神相応の地形を探し出したのだ。

四神相応は陰陽五行説から来ている。

人の世で起こることを陰と陽、そして木火土金水の五つの自然要素で読み解くものだ。

天海はこれを単なる迷信とは取っていない。

「古から日の本の地に生きる人々が大地と共に生きる上で自分たちに利するものを体系立てたもの。地を味方につけるものと考えるのが妥当」

四神相応による大吉の地形とは……東に川、西に道、南に湖か海、北に山を持つものとされる。東西南北それぞれ青龍（せいりゅう）、白虎（びゃっこ）、朱雀（すざく）、玄武（げんぶ）という神獣をあてて説かれている。

天海はそこに合理を見る。

「北に山……つまりそこは南斜面となる日当たりの良い地だということ。そして北に山があれば冬の冷たく厳しい風を避けることになる。そして南に海か湖の水辺……夏の南風は水辺を通って涼風となる」

四神相応の北高南低の地形だと、水分を含んだ風は大地の熱で温められ山岳部に雨を降らせて、人が住む平地は豪雨とならず樹木が茂り山には恵みを与えることになる。

「東に川……都市の中央ではなく東を迂回するような川の流れがあれば、農地にはたっぷり水を与えながら海に水は還っていく。川が人や大地の汚物を流すことで疫病は防ぐことができ海の生き物にはこやしとなる」

こうして天海は江戸城の場所を、東に平川、西に東海道、南に江戸湾、北に日光連山という四神相応の地に遷（うつ）したのだ。

「ここは良い！」

それは本丸台地と呼ばれる場所で、上野台地、本郷台地、大塚台地、市ヶ谷台地、麹町台地、麻布台地、白金大地の七つの台地に囲まれる場所だった。

ピタリと七つの台地の頂上の延長線が交わる場所で、陰陽道では交差明堂形と呼ばれてその中心の気は極めて高く文明が栄えるとされている。さらに地形が仙人の掌に似ていることから仙掌格（せんしょうかく）と呼ばれて大吉の地相とされるのだ。

「風水を知る者たちがこのことを知れば……驚愕する筈だ」

それほど最強の地を天海は探し当てたのだ。

そしてその地の気をさらに高めるとして大量の玉（ぎょく）（翡翠（ひすい））を地中に埋めさせた。

「見えない力をこうした〝行為〟によって創っていく。武力や法、制度に加えて見えない力を徳川幕府が縦横無尽に駆使していると知れば知るほど恐れは深くなる」

そうして江戸城が建造され、家康亡き後もその城郭は天海の指示によって拡げられていく。

そこには、徳川幕府の中心都市をどこよりも大きく強いものとする天海の意思が働いていた。それは、京の都に見られる御所を中心とした都市創りを超えたものになる。

徳川は神格だけでなく、都市のあり方でも帝を超えたものであることを示したのだ。

「京の都は碁盤の目。そして秀吉が造った御土居で囲まれ……都市として拡大出来ない」

天海は江戸城の堀を「の」の字を描くように拡大発展させ、その周りに町を造ることで無限に都市が成長するようにしたのだ。

「これで住民の数は京の都の何倍、何十倍になる筈。人の数は力だ」

堀は外からの敵に対しての防衛能力を嫌でも高める。さらに最も恐ろしい火事を防ぐことが出来る上に水路として交通網になる。そして堀を造る際に出る土砂で湾岸を埋め立て、土地をさらに広げることが出来るのだ。

「何もない荒れ地であったからこそ、江戸という土地は思い通りに創れる」

さらに天海は、江戸の民の心を摑むことを城と堀の拡大途上で行っていく。

そこにもまた見えない力を使った。

それは地霊というものだ。

「この地には元々強力な地霊がいるとされている。それを江戸の民の信仰の対象にする」

天海は、螺旋(らせん)状に拡大する江戸城の堀に、放射状に広がる五つの街道を組み合わせることを考えた。日本橋を起点に東海道、甲州道中、中山道、奥州道中、日光道中を敷く。それらの街道と堀の交点には橋を架けて見附と呼ばれる城門を設置し、市中への出入りの監視と治安の維持に使用したのだ。

その城門に隣接して、江戸の地霊の主とされる人物に縁のある神社や塚を設けた。

それは平将門だった。

平安時代の武将で、摂政藤原忠平に仕えて検非違使の職を望んだが叶えられずに憤慨して、関東に赴くと従うべき伯父を討って中央に反逆、近隣を侵略し自らを新皇と称して関東一円にその威を振るったが、朝敵とされて藤原秀郷に討ち取られて非業の死を遂げた。その首は京に届けられ七条河原に晒されたが……三日後に白光を放ち轟音と共に関東に飛び去ったとされている。

その首が落ちたとされるところに首塚が造られ、後にそれが神田神社となった。

天海はこの平将門を江戸の民の守り神とすることにしたのだ。

「天皇への反逆を行い死して後は朝廷がその怨霊を恐れた平将門公、それを江戸の民の心に植え付けてしまう」

そうして天海は神田神社を分割強化する。

将門の首と体を分けて首塚と神田神社を別にしたのだ。そして五街道とお堀の交点にある城門のそばに将門縁の塚と神社を配置した。

奥州道中への大手門に将門の首塚

日光道中への神田橋門に神田神社（将門の胴）

奥州道中への浅草橋門に鳥越神社（将門の手）

日光道中への田安門に世継稲荷神社（首桶）
中山道への牛込門に津久土八幡神社（将門の足）
甲州道中への四谷門に鎧明神（将門の鎧）
東海道への虎ノ門に兜神社（将門の兜）

「これで良い。平将門公の怨霊を鎮魂し七つに分けて配することでその地霊は江戸の守り神とされて人々は尊崇する」

そして風水からも天海は工夫をしていた。

「地の力と共に天の力をも使う」

将門縁の塚や神社は上空から見ると北斗七星の形となるように配置したのだ。

「平将門公の地霊の力と天の最強の星の力、それを融合させることで更なる力を江戸が有することになる」

江戸という真っ新な紙の上へ縦横無尽、天海は天下泰平の世に〝あるべきもの〟を描いていくのだった。

神田神社は江戸の総鎮守として庶民の信仰上最も大切な神社となる。そこには江戸の人々が、自然と朝廷への反逆心を育むように仕掛けがなされている。帝への恨みを抱いて死して後に怨霊となり、その霊力で関東の地まで首を飛ばしたという平将門が、これ以上なく強い形によって祀られているのだ。

「江戸に人が増えれば増えるほど、人の力が増せば増すほど、反朝廷の意識が広がり、それが徳川幕府への尊崇に繋がる」

天海は〝見えない力〟を〝見えるもの〟にしてその力を最大限に利用したのだ。

「さぁ仕上げをしなくてはならん」

天下泰平の世を創る仕事はまだ続いていく。


信仰。

目に見えない何かを信じること。

人間の心のあり方で「信じる」というものほど強いものはない。

信じる心に抗するものは何もない。

人に何かを信じさせることが出来る指導者や為政者は最強の存在だ。

「自分たちはこれによって守られている」

目に見えない力を見えるもの、偶像や象徴に置き換え配置する。するとそこを訪れる人々の心に、その見えない力を思わせることが出来る。

寺社への参詣、お詣(まい)りというものは現在でも日常の風景としてある。そこには今も何かを信じる心があるからだ。

平将門を地霊として江戸の庶民の信仰の対象とする。

江戸に幕府を置く徳川にとって、大都市江戸に移り住んで来る多くの民が土地の神を信仰することで自ずと生まれる郷土江戸への愛着。人口が増えていく江戸に於いて庶民にそんな求心力が生まれることは都市の発展と治安に繋がると同時に、京や他国に対しては対抗心となり反幕府の心が起こらなくなる。

今の我々が何気なく行う寺社への参拝参詣には、同じ心理的効果が存在するのだ。

大仰な信仰でなくともそこに「何かがある」と信じる心を持たせることは、人を見事に支配していることになる。

天海は、人間の欲というものを江戸の地でどう満たしてやれば良いかを考えていた。

「江戸はこれから日の本一の都市になる。大勢の人間をどう喜ばせてやるか……それは天下泰平の世を創るために幕府が考えねばならん重要なことだ」

天海は生の人間の心をどう扱えば良いかを常に考える。そこに神仏が必要であれば使い、必要でなければ使わない。

「全ては人間の心、そこに浮かぶものを上手く捉えれば天下は治まる」

人間の心の中にある大きな欲の一つ。

それは色への欲だ。

「江戸の町でそれを十二分に満たしてやり、上手く管理することが出来れば……」

その手本となるものが京の都にある。

豊臣の世に明の妓院の制度を模して開かれた六条三筋町の遊郭、それがこの頃には大変な繁盛となっていた。

「同じもの……いやもっと大きなものを江戸に創ろう」

硬軟様々に物事を考えられる天海ならではの発想だった。

「人の心を開いてほぐしてやるもの。様々に楽しみを得られるものが江戸にあれば争いは自ずと無くなり栄える筈だ」

天海は現実だけを見る。天下泰平の世を創る現実がそこにある。

江戸には掘っ立て小屋の遊女屋が幾つも点在していたが、江戸城の拡張によって度重なる移転を余儀なくされていた。そこに、小田原浪人から遊女屋の主人に転じた庄司甚右ヱ門という男が「幕府の管理の下で経営を行うので、公認の場所に遊郭を造らせて欲しい」と請願して来たのだ。

天海は、この話を聞いて直ぐに許可してやるよう取り計らった。

幕府は甚右ヱ門を惣名主に日本橋葺屋町(ふきやちょう)の二町四方の葭(よし)が茂る土地を与えた。徳川幕府公認の遊郭……葭の原、吉原の誕生だった。

「この世の全てを幕府の管理下にしてしまうこと。それによって人々に『お上』という意識を植え付ける。そうすれば自ずと秩序が生まれ治安も保たれる」

天海の深い計算がそこにあった。

「江戸の鬼門を封じる？」

徳川秀忠は天海の説明を聞いていた。

天海の指導の下で、江戸城を中心とした堀の普請や町の建設は進み遊郭まで出来ている。

秀忠は、そこに徳川幕府を守る様々な工夫がしてあることを天海から説明される度に、感心すると共に頼もしく思った。

秀忠は決して心の強い男ではない。

疑心暗鬼になることが多く周囲の限られた人間しか信じていない。そして反逆や裏切りを過度に恐れる。それは嘗ての豊臣系の大名や父家康の老臣の改易などに表れていた。

百戦錬磨の天海は人の心を操ることにかけては誰にも負けることがない。押しと引きを心得、持ち上げる時には持ち上げて秀忠の機嫌を良くしてやることで誰よりも気に入られている。だが何より天海自身が、三百年の天下泰平の世の実現の為に徳川幕府を強固なものにするよう常に考えていることが、秀忠を安心させ信頼させる。

事実、天海には私心がない。

そこには明智光秀であり千利休であった人生が大きい。

「武将としての立身出世、城を持つことも経験した。戦の面白さも十二分に味わった。そして千利休となって秀吉の天下取りを実現し、茶の湯という新たな世界を創り、あらゆる美も味わった」

世俗という意味でも天海は全てを手に入れ、それがどのようなものか分かっている。天下を取った秀吉、その天下を奪った家康、共に身近で見てそれがどんなことか知っている。

「権力も富も手に入れてしまえば虚(むな)しいもの。それより心を満たすこと。自分が何かを欲するのではなく、天が欲するまま生きること。それに尽きる。そしてそんな心持になれば、様々に学ばねばならないことが分かって来る」

そんな天海を縛るものは無い。

「私の心は究極の虚なのかもしれん。欲も徳もなく虚だけがある。信長様や秀吉も抱えていた虚、それをもっと深くした虚を私は抱えているのかもしれんな」

その虚を埋めるには、天下泰平の世を創る為自分がやるべきことをやるだけだと天海は思っている。

徳川幕府の中心である江戸の地。そこをあらゆる意味で完璧に守られたものにするのだ。天台密教や陰陽道、山王一実神道などを知悉(ちしつ)した天海が推進して来た、都市創りの最終形態だった。

「この江戸城本丸の鬼門の方角である東北の地に寺を建立させて下さいませ。その寺を以て江戸の鎮護の要と致します」

いつも以上に力を入れて言う天海に秀忠は驚いた。

「要とまで申されるか。御上人様がそこまで仰せになるなら……将軍として何も異を唱えることはございません」

有難き幸せと天海は頭を下げた。

「そう仰るからには、既に土地は選定されておられるのでしょう？」

御明察の通りと天海は微笑む。

「ちょうどこの江戸城の東北の方角に当る上野台地、そこを京の都での比叡山に見立てようと思います」

そしてそこからの天海の言葉に秀忠は驚く。

「この江戸の地に比叡山延暦寺を建立する所存でございます」

天海の頭の中には常に平安京と比叡山の関係がある。

「帝が千年以上も守られているあり様をそのまま真似る」

こうして元和八（一六二二）年十二月、秀忠は上野台地の半分の土地を天海に与えた。

そうして伽藍建設が始まることになった。

翌年正月、天海はあることを秀忠に進言していた。

「上様、徳川の天下を百年二百年、三百年と続くものにするというお気持ちは、まだしっかりとお持ちでございましょうな？」

秀忠は天海の気迫に圧されながらも、持っておりますと応えた。

天海はニッコリと微笑む。

「では徳川幕府を盤石にする好機を逃さず、御嫡男家光様に将軍職をお譲り下さいませ。その好機は今年でございます」

秀忠は突然の言葉に驚いた。

天海は続ける。

「この強大な江戸城も、今年天守台普請が始まれば完成したも同然。そして鬼門となる上野台地に、幕府鎮護の寺が出来れば安泰でございます。上様ご健勝の折に徳川幕府がその政権移行を見事なまでに行ったなら、朝廷並びに諸国大名たちはこれに深く感じ入り、徳川幕府の力を改めて思い知ると存じます」

秀忠はまだ四十五歳、家光は二十歳だ。

（大御所となって裏で天下の仕切りを行えば良いということか……）

秀忠は少し考えたが、自分に合っているかもしれないと思った。表に出ず、裏で隠然たる力を示す方が面白いように感じる。

（その方が、周囲がよく分かるかもしれん）

あらゆる者に疑心を抱く性格の秀忠らしい思考といえた。

秀忠が将軍になったのは二十七歳の時、実権が駿府の家康にあることは誰の目にも明らかだった。自分がその家康と同じ状況になる。

（大御所となる方が動き易いかもしれんな）

天海はそんな秀忠をじっと見ている。

その目は全て見通しているという風だ。

秀忠は将軍職を譲った自分を想像してその身の軽さを感じ、天海に言った。

「御上人様の御慧眼を信じます。異論はございません。早速それで進めます」

天海は満足げに頷いた。

そこで秀忠は天海に頼みがあると言った。

もう気が楽になったのだ。

「そうと決まれば大きな茶会を催し、その場で内々に大名たちに伝えたいと存じます。その際に是非とも……」

天海に点前を願いたい……と言いかけたところで秀忠はギョッとした。

天海の目は恐ろしいほど拒否を示している。

秀忠は申し訳ございませんと頭を下げた。

天海は茶を封じている。

茶聖千利休が茶を封じているということは徳川の世にあっては茶の湯御政道はなく、どこまでも楽しみの茶、娯楽としての茶しかないとされている。それは古田織部の切腹でハッキリと示されていた。

秀忠はそのことを改めて思い知らされたのだ。

天海は穏やかな目に戻って言った。

「茶会は大いに結構。しかし、どこまでも茶は形だけとなさいますように。そこに利休の心など想うことなきよう。上様にも、茶の席ではそのお心得をくれぐれもお忘れになりませんようお願い申し上げます」

秀忠は頷いた。

元和九（一六二三）年正月十一日から十四日、秀忠は諸大名を江戸城に招いて大規模な茶会を催した。総勢三十六人を六番に分けて招待する大茶会で、秀忠が将軍となって初めてのことだった。

秀忠は茶頭である細川忠興譲りの美しい所作で茶を振舞い、そこで諸大名には内々のこととして家光への将軍譲位が話されていく。

皆はその意向に驚きながらも、徳川幕府というものの盤石さを見せられる思いがして恐れ入った。

「将軍職はこのように継承され……徳川の天下はこうやって粛々と続くということ」

全て天海の狙い通りだった。

元和九（一六二三）年五月十二日、徳川秀忠は江戸を発して上洛の途につき六月八日、二

条城に入った。

家光が朝廷から将軍宣下を受けることに伴っての入洛だったが、自分が将軍である間に上方でやらねばならないことがあった。それは天海からの強い懇請があってのことだ。

「新将軍誕生となります大事な節目、此度の上洛の折に是非とも上様に行って頂きたい儀がございます」

秀忠は何事かと思った。

それは、ある場所への新旧両将軍それぞれによる墓参だった。

「どうか上様が将軍職にあらせられる時に、御父君の墓参を成されて下さいませ。家光様には将軍宣下を受けられた後に必ず……」

秀忠も家光も、今回の上洛の前に日光東照社に社参を済ませている。東照大権現となった徳川家康への挨拶となる神事は親子共に済ませているが……それとは違う。

墓参に向かう場所は泉州堺の南宗寺。

本物の徳川家康が葬られている場所だ。

大坂の陣で真田信繁隊の猛攻を家康の本陣が受け、急いで駕籠で逃げようとしたところを槍で突かれて家康は亡くなった。

天海はその死を隠蔽させて影武者を立て、家康の遺骸は秘密裏に南宗寺に運び埋葬した。

日光東照社に眠るのは徳川家康の影武者。その事実を知るのは極少数の者だけだ。

是非とも本物の家康の墓に参って欲しいと望む天海に、秀忠は言った。

「御上人様の格別なるご配慮痛み入ります。大坂の陣の折の御上人様の御働きあってこその徳川家と幕府、私や家光の今の立場と存じます。大坂の陣での大御所の死は徳川にとっては大変な秘密。公となれば天下が転覆するやもしれんと……気掛かりでありながらも墓参を遠慮しておりました。しかし、御上人様のお言葉通り此度の家光の将軍宣下の折は又とない機会、是非とも墓参致します」

そうして七月六日に秀忠は大坂へ出向き、徳川が普請を成した新大坂城に入った後に堺を訪れた。それには天海も同道し、南宗寺開山堂の下に眠る家康に対して念仏を捧げたのだ。

(これで良い。本当の徳川家康の死の真相が明らかになろうと、そんなことは徳川幕府が続く限り些少なこと。全ては既に成されてしまったのだ。全て徳川幕府というものの安泰の形で……)

そして七月十三日に家光が入洛し伏見城に入った。

二十七日、朝廷から家光への内大臣宣下と将軍宣下があった。

新将軍徳川家光の誕生だった。

その夜、家光は天海と二人きりとなった。

そこで天海から、本物の家康の死とその後の顚末を聞かされて驚愕した。

「ご、御上人様はそのようなことをなされたのですか?!」

天海は不敵な笑みを家光に見せた。

「それによって徳川幕府は盤石となり、家康公は東照大権現となられたのです」

だが家光は納得が出来ない。

「私が幼き頃、駿府城でお目通りした折に『竹千代殿はこちらへ』と招いて下さった爺様は?」

あれは影武者でございましたと、天海は平気な顔で言う。

啞然とする家光に天海は毅然として言った。

「天下人という者はあってなき者なのでございます。天下が必要とする者を選ぶ。天下は徳川を選んだ。その三代将軍に家光様はお成りになった。天下人、上様でございます。しかし、上様……」

そこから見せた天海の眼光の鋭さに、家光はたじろいだ。

（何だこの〝気〟は?! これが……明智光秀という途轍もない武将が持つものかッ!?）

家光は乳母の福から、天海が千利休であり明智光秀であることを教えられている。

天海は続けた。

「しかし、上様。天が上様を必要としなくなれば、天下泰平の世を創る者として上様が失格であると天が判断すれば……上様も亡き者となるということでございます」

家光はゾッとした。

（天下泰平の世を創るという天海の意に沿わなければ……私などいつでも亡き者にしてやるということか？）

家光は体の芯から震えが来た。

そしてその後、宮中参内を終えた家光は八月十九日に大坂へと下り、前月の秀忠と同じように天海と共に堺の南宗寺を訪れた。

（ここに本当の爺様は葬られている）

天下を取った徳川家康は、誰にもその真の死を知られることなく粗末な堂の下に眠っている。そして影武者の方は、東照大権現として日光の煌びやかな社殿に祀られている。

（徳川幕府、天下にとって大事なのは東照大権現という創り上げられたものであり、人知れず眠る爺様の真実など、髪の毛一本の意味もないものなのだ。天に必要とされる者とならねば、将軍がそうであらねば、誰にも知られることなく、このように葬られるということ）

三代将軍家光にこの心を持たせることが天海の狙いだった。

(これで良い。この世の虚の中で己がどのように生きるべきなのか。将軍とはどのようなものなのかが十二分に分かられた筈。これで徳川の世は、天下泰平の世は続いていく)

家光の横で念仏を唱えながら天海はそう思っていた。

そして家光はその考えを深くする。

家光は自分が生まれながらの将軍だとずっと周囲から言い聞かされ、自分はそのように特別な人間なのだと思っていた。しかし、それがいかに恐ろしいことか今分かったのだ。

(生まれながらの将軍……それは徳川幕府、天が必要とするものであって、私ではない。どんな人間でも良いということなのだ。つまりは将軍という器に入れるかどうか。器に合わなければ消されるのみ。天下を取る力のあった者でも、天下を取ればもうそれは天下のものなのだ。取った天下の方が強く、そこからは人はどうでも良いということ。影武者で間に合ってしまうということ。傀儡であれば良い。傀儡を動かす者……天海のような者こそが天というこ となのだ)

ここで家光は考え方の大きな転換をする。

天海にはそばにいてそれが分かった。

(徳川幕府の真の将軍という器、それはこれで出来た。秀忠様から家光様にお譲りして頂いたことで全て上手くいった。いや、いかせてみせる！)

天海はこの時新たな策略を巡らせていた。

それは明智光秀の時に織田信長に勧めてやらせたことだ。天海は、光秀の時代に松永久秀からそのことを初めて聞いた時のことを思い出した。

「蘭奢待？」

久秀は東大寺大仏殿を焼き討ちした時、正倉院からそれを持ち出さなかったことを後悔しているのだと語った。

蘭奢待――奈良時代に唐から伝来した香木で正倉院の宝物とされているものだ。

「最上の伽羅でしてな。六十一種ある名香の第二位に位置するもの。これを切り取った武将は足利将軍の義満、義教、義政のみ。その後、多くの将軍が是非にと所望したものの朝廷からは許可されず今に至っておるのです」

明智光秀は、信長の天下布武を示すにはこれだと思って動き実現させた。

天海は、これを徳川幕府の威光を示す為に、三代将軍徳川家光誕生の際に行おうと思った。

しかし相手は一筋縄ではいかない後水尾天皇。

「こと蘭奢待切り取り許可に関しては古より朝廷は特別な権威の力を示したがって来た。信長様の時には朝廷に対し相当な圧力を掛けて実現させた。今回も同じように力で押して後水尾帝は認めるか？」

天海はその頭脳を回転させた。

後水尾天皇は、徳川幕府からの内々の請願を聞いてこれ以上ない苦い顔をした。

三代将軍徳川家光の宣下に伴い、東大寺正倉院にある蘭奢待の切り取りの許可を頂きたいと言って来たのだ。

「許可するとなれば、織田信長以来のことと相成りまする」

後水尾天皇は、徳川秀忠の娘和子の入内を含め幕府からの様々な圧力に対し、その激しい気性からの怒りを隠さずにいた。

「これ以上は幕府の思い通りにはさせん！」

古式に詳しい後水尾天皇は、蘭奢待は禁裏の力の象徴であり、それを切り取ることは帝の身を削ぐのと同じと捉えていた。

後水尾天皇は強い〝否〟の返事をした。

家光は征夷大将軍の宣下の為に上洛し参内を済ませた後、八月十九日に大坂へ下り、その後に堺の南宗寺を訪れて京へ戻り、閏八月二十一日に江戸へ帰って行った。

するとその直後から京の公卿衆の間である噂が広まった。

「なんやて?!　家光公が東大寺正倉院に入り、手ずから蘭奢待を切り取ったやと?!」

実際には家光は奈良に訪れてなどいない。

全て天海が流させた噂だった。

それを聞いた公卿衆は、新将軍の恐ろしさに震えた。

してやったりと天海は話を聞いて微笑んだ。

そのことを耳にした後水尾天皇は、公卿衆がそれを本当だと信じたことに愕然とした。

「朕（ちん）がそんな暴挙をさせると公卿たちが信じるほど……朝廷の権威は落ちているのか?!」

後水尾天皇にこう思わせることこそが天海の狙いだったのだ。

「徳川幕府、もう我慢ならんッ!!」

帝はある決断をする。

第十章　天海、泰平の世を創る

「そうでございますか……後水尾天皇から」

大御所徳川秀忠は江戸城で天海と二人だけで話していた。

高仁親王への譲位を伝えて来たというのだ。

新皇は帝と中宮和子の子、つまり秀忠の孫にあたる。公武合体の象徴といえる存在だ。

寛永四（一六二七）年四月に入っている。

「鬼門を封じる為に建立した上野の寺も、比叡山延暦寺と同様に年号をその名に賜り寛永寺となる栄誉を得、昨年は帝の二条城への行幸を煌びやかに行えました。ここは御譲位を幕府としても認めたいと思うのですが……」

家光への将軍宣下の後、後水尾天皇が幕府に対して従順な態度を取っているということを天海は十二分に分かっている。

(但し蘭奢待の件と、もう一つを除いて……)

天海は上野に建立した寺の宮門跡として、後水尾天皇の実子を迎えたいと禁裏に内々に願い出た。それに対して帝は、天海を田舎坊主呼ばわりして断固拒否したのだ。

（表向き徳川幕府に従いつつ、真のところで常に反逆のお心をお持ちの帝……禁裏を出て上皇の身の自由さを使って反幕府の動きをされては厄介。まだまだ帝のままでおいで頂いた方が都合が良いのだが……）

後水尾天皇は三十二歳、既に即位して十六年になる。これまで幕府が裏でその譲位を封じて来たが、その禁を解く時期とはいえる。

天海が江戸に天台宗の拠点作りを考えて建立した上野の寺は、寛永二（一六二五）年の十一月に本坊が築かれ、東叡山寛永寺円頓院とされた。宮門跡を迎えることは叶わなかったが、寛永の寺号は、延暦の年号を勅許を受けて用いた比叡山の例に倣い後水尾天皇の勅許のもとにつけることが出来た。

そして昨年の九月に行われた後水尾天皇の二条城への行幸、それは徳川幕府が総力を挙げたもので室町将軍屋敷への行幸や秀吉の聚楽第への行幸を遥かに上回るものとなり、諸大名は秀忠と家光に行幸の成功を祝し、徳川の威光を新たに強めることが出来ていた。

（確かにこれらに関して帝は幕府に協力して下さったが……）

天海は、朝廷が徳川幕府に対して従順である限りに於いて、幕府は朝廷に対して最大限の尊崇の態度を取りこれ以上ない財の献上を行うことを良しとして来た。

（そこには「徳川幕府は鎌倉や室町の幕府とは違う」と朝廷が思うことが必須。東照大権現は天照大御神と同格、いやそれを超えるものであることから……朝廷は永遠に徳川幕府に対して従順でいるべき。公と武は実では武が上。それこそが天下泰平の世の永続の要）

だが後水尾天皇は油断がならない。

天海は暫く考えてから秀忠に言った。

「宜しゅうございます。帝の御譲位はお認めになるようなさって下さいませ」

天海は不敵な笑みを浮かべている。

秀忠はその笑みが恐い。

「御上人様には何かご懸念があるのでは？」

天海は小さく頷いた。

「確かにございます。帝は御気性激しく、心の芯のところで徳川幕府を受け入れてはおられません。しかしここは、御譲位をご承認下さいませ。その後……考えがございます」

こうして後水尾天皇の高仁親王への譲位は、親王が四歳になる二年後と決まった。

翌月、その事件は起こった。

それは十四年前に徳川家康が発布した勅許紫衣法度（しえはっと）、それに違反とされるものだった。

勅許紫衣法度……大徳寺以下の寺院で住持（じゅうじ）となり紫衣を着ける際、帝の勅許を必要としているが、今後はそれを事前に幕府に伺いを立て幕府が承認した後に勅許するようにと命じていた。

この頃の家康は、天海の助言を受けて朝廷が持つ寺社への権限を取り上げるように動き、大名以下の武家の官位を公卿官位から分離して独立させたりもした。

これらによって寺院勢力を完全に幕府の支配下に再編成し、朝廷の権威を排してその権限を縮小することを狙ったのだ。

勅許紫衣法度を発した二年後の元和元（一六一五）年七月、幕府は禁中並公家諸法度を発し、勅許の乱発を禁じると同時に、紫衣に限らず、朝廷によって授与された上人号、香衣などを各宗ごとに制限した。それらの法度は、天海から指示を受けた金地院崇伝が老中らと協議の上で書き上げたものだ。

それを突然、幕府は適用するとしたのだ。

諸宗の出世（寺院の住持となること）が家康の発布した勅許紫衣法度に背いて猥りに行われているとし、法度以降の出世を無効とし再吟味するよう命令を出したのだ。これによって紫衣を認める帝の綸旨七、八十枚が無効とされた。

これを知った後水尾天皇は激怒した。

「譲位を認めたその舌の根の乾かぬ裡にこれか!!　徳川幕府はどこまで朕を貶めるつもりなのだッ!!」

これが天海の揺さぶりだとは、帝の知るところではなかった。

僧たちも帝と同様に激怒した。

「これまで何の沙汰もなかったものが何故今になって突然?! 綸旨を出された帝の権威をどう心得る!!」

大徳寺では大仙院をはじめとする北派が中心となって反対論を展開、嘗て住持を務めた沢庵宗彭ら三人の僧が抗弁書を纏めて京都所司代に提出、妙心寺もそれに倣った。

「上手くいった。だが……」

天海は江戸にいて計略通りにことが運んだと思ったが、沢庵が出て来ることは予想していなかった。

「仕方ない」

天海は京都所司代には、大御所秀忠が当該禅寺の態度に激怒の旨と秀忠付の年寄たちと崇伝がこの件を協議していることを伝えた。

そんな幕府の様子を知って、大徳寺の南派と妙心寺は直ちに詫び状を入れたが、大徳寺北派は強硬な姿勢を貫いた。その結果、沢庵ら大徳寺北派の三人は江戸に召喚された。

そうして天海、崇伝、藤堂高虎らも加わって三人への審理がなされた。

「理不尽だと思っておるだろう？」

召喚された沢庵に天海は二人きりで会うとそう訊ねた。

「幕府のあり方はどのように考えても理に適いません。天海様がついておられて何故このようなことをなさるのか……」

泉州堺の南宗寺に沢庵が住持していた折、大坂の陣で焼失した寺の再建を天海に助けて貰った時からの二人の仲だ。

徳川家康の遺骸を秘密裏に南宗寺に葬る際、何も訊かず何も見ずの態度を通した沢庵は徳川にとっては隠れた恩人なのだ。

天海は沢庵を高く買い、その後沢庵が大徳寺の住持となるよう陰で後押しした。だが沢庵は「大きな寺は間尺に合いません」と直ぐに辞して、郷里の但馬国出石に草庵を営んでの隠遁生活をしていた。しかし今回の大徳寺の一大事を知って自らが動いていたのだ。

（心の底から気持ちの良い男）

天海はそんな沢庵を本当に気に入っていた。

そしてその沢庵に、今回の件を仕組んだのは全て自分だと語った。

沢庵は驚いた。

「御上人様が?!　まさかッ!!」

そこから天海は持論を展開する。

天下泰平の世の永続の為、徳川幕府が天下の全てを管理下に置かなくてはならないこと。朝廷はその幕府に従う限りに於いてどこまでも尊崇され保護されるということ……。

「公武というものがそれぞれそのあり方をしっかりと弁える。幕府のあらゆる政そして法度に朝廷は従って貰わねばならん。寺社も同様。三代将軍が誕生し、そんな徳川幕府が盤石であることを周知させる為に今回のことを行った。これは天下の為、決して徳川の私益の為ではない。全てが徳川幕府の下に平らかにあること。私はその為に全てを行っている。朝廷は古来よりの祭祀に励み寺社は仏道や神道の修行に励むことに徹して貰う。そしてそれぞれに何らかの政が関わるものは全て幕府が関与する。知っての通り朝廷が発する綸旨は古来より大きな力になる。『幕府を倒せ』との綸旨は大義名分となってしまう。それ故、朝廷が恣意的に綸旨を出さぬようにせねばならなかった。天下泰平の世の永続の為、争いの種はどこにあっても除いておくということだ」

沢庵はじっとその天海の話を聞いていた。

天海は続ける。

「私は現実しか見ていない。神仏も実のところは信じてはいない」

その言葉に沢庵は驚いた。

「私が信じているのは人の心の動きだ。この日の本の人間たちの心。それはどうすればどう動くのか……。その心から争いや戦を為すものを取り除き、泰平の世を成すことを必定とするにはどのようにすれば良いかを考える」

そこで天海は沢庵に最大の秘密を話した。

「私は嘗て明智光秀だった。そしてその後、千利休となった」

(本当だったのかッ?!)

沢庵も噂は耳にしたことがある。

「足利義昭、織田信長、豊臣秀吉、徳川家康に仕えて、下克上を無くし戦乱の世をどう治めるかを考え実践して来た。そうしてこの徳川幕府の形にたどり着いたのだ。ようやく天下泰平の世の永続の仕組みが出来たのだ」

沢庵はその天海に言葉がない。

「沢庵殿も目先を考えず先を見て考えてくれ。天下泰平の世の永続の為に必要なものを考えて貰いたいのだ」

沢庵は納得した。

天海は言う。

「幕府が本件で行う厳しい沙汰は大徳寺への沙汰ではない。天下泰平の世の為の号令なのだ。

そう受け留めてくれ」

僧たちには判決が下され、沢庵は出羽国上山（かみのやま）に配流となった。

紫衣事件とされる問題が取り沙汰されている最中の寛永五（一六二八）年六月十一日、三歳の高仁親王が病没した。

二年後に譲位されることが定まった中での親王の死は、後水尾天皇を落胆させると同時に秀忠の痛恨事ともなった。天皇となるべき孫が死んだのだ。徳川将軍家が天皇の外戚となる公武合体が頓挫することになる。

「そうはさせない」

天海は、中宮和子がこの時懐妊中で男子が誕生すればことはまた問題なく進むと考えた。

だが親王の死から三ヶ月後に生まれた皇子は十日あまりで亡くなってしまう。しかし、和子は多産な女性でまた次子を懐妊する。

「この子が男であればよい。それまでは後水尾天皇に譲位はさせない」

しかしその後水尾天皇は、幕府の思い通りにさせまいと考えていた。紫衣事件への怒りがあまりにも大きい。

「寺社への朝廷の権威権限を取り上げられるのは言語道断。そんなことを許して何も抵抗しなかったとなれば歴代の帝に顔向けできん」

譲位は抵抗の証になる。

寛永六（一六二九）年八月二十七日、和子は出産したがまたも姫だった。天皇は即刻譲位の主張を続けた。

幕府は大御所である徳川秀忠と将軍の家光とが各々帝に書簡を送って、譲位の延期を求め続けた。

「もしここで譲位となれば、和子の第一子である女一宮の即位しかありえない。女帝となれば一代限り……それでは公武合体が永続とならない」

天海は自分が後水尾天皇を甘く見ていたのかと思った。

「ここまで強く譲位を主張するとは……」

実は後水尾天皇には譲位を急ぎたい他の理由があった。ずっと背中の腫物に悩まされていて医師が勧める灸治を受けたいのだ。しかし、古来より天皇は針や灸のように体に傷をつける治療を受けることは出来ない。治療の為にも譲位を行いたいと願っていたのだ。

ようやく幕府にそのことが内々に伝わった。

秀忠は天海と協議した。

「中宮和子様にまた男子が誕生するまでは、帝に譲位は思い留まって頂かなくてはなりませんが……」

女帝は避けたいが、病が問題ということになれば幕府としても無理強いは出来ない。

後水尾天皇の真意はどこにあるのか、健康状態は本当のところどうか、それを知る為に知恵を絞らなくてはならなかった。

天海はどこまでも幕府の力を朝廷に見せつけ、譲位という最も重要なことを幕府の意向を無視して行わせてはならないと考えている。

(どうする?)

事実を見極めることと圧力を掛けること。その双方が出来る策を考えなければならない。

(本当は自分が禁裏に出向いて帝と直にお話し出来れば良いのだが……)

そう思った時、あることが閃いた。

(自分に似た者……勘が鋭い上、肝が据わっている者……!!　一人いる!)

その思いついたことを天海は語った。

秀忠は驚いたが「御上人様のお考えなら」と承諾した。

「私が宮中に?!」

天海から直々に呼び出されて何事かと思ったお福は驚いた。

将軍家光の乳母である稲葉福、明智光秀の姪でもあるお福を天海は難しい朝幕関係の突破口にしようと考えたのだ。

「名目は中宮和子様への出産のお見舞いだが……帝に目通りしてそのご様子を窺って貰いたいのだ」

お福も後水尾天皇の譲位問題のことはよく知っている。

「帝のお体のご様子と譲位の意思のほど、勘の鋭いお福なら必ず見抜いてくれると思ってな」

天海はそう言うがお福は懸念を語った。

「一武将の娘の私ごときが帝にお目通りを許されたとして……禁裏並びに公卿衆は権威を貶められたとお怒りになるのではないでしょうか?」

天海は尤もだと頷いた。

「それも狙いだ」

平気な顔をしてそう言う天海にお福は唖然とした。

「お福の参内に関しては中宮和子様がお力をお貸し下さる。徳川方の女子二人の力を存分に禁裏で発揮してくれれば良い。そして……」

天海は冷たい目を見せる。

「柔らかく、しかし強く、徳川幕府に朝廷が協力するように圧力を掛けて来て貰いたい」

お福も腹は据わっている。

「では伯父上様のご期待を裏切ることなきようこの福、努めて参ります」


寛永六（一六二九）年九月十二日、上洛したお福は江戸の局として中宮和子に拝謁した。

「父上は息災であらせられますか？」

姫君出産のお祝いの言葉を述べたお福に、和子は訊ねた。

「大御所様はすこぶるお元気でございます。ひとえに皇子誕生を待ち望んでいらっしゃいます」

和子の周囲の女官や公卿は、この言葉に帝の譲位は許さないという強大な徳川幕府の生の声を聞いたと思った。だが和子はそのお福に帝の体の状態を話し、早期の治療の為にも譲位を認めて欲しいと訴えた。

（中宮様のお言葉は真実と見た）

お福は帝の病は本当だと確信した。

その後、徳川幕府は強くお福の帝への拝謁を要求し、和子もそれを望んでいることを強く示した。だがその実現は、朝廷にとっては屈辱以外の何物でもない。

「無位無官の者……それも女子が参内」

禁裏にそんな例はない。

古からの朝廷内の儀式を深く学び、絶えて久しい朝儀の復興を自らの手で是非とも成したいと強く思う懐古主義の後水尾天皇に頭から水を浴びせるような所業なのだ。

しかし、帝は譲位の為にはこれに屈せざるを得ないと涙を呑んだ。

お福は参内にあたっては、武家伝奏の職にあった三条西実条の妹分となってその名に春日局を賜り十月十日に参内した。

帝に拝謁し天盃を授けられた。

その時だった。

極めて異例なことに、帝から春日局にご下問があった。

「そなたは武家の娘か？　血の嫌な臭いがここまでたなびいて来るぞ」

春日局はそれに対し毅然と即答した。

「恐れながら……私は生まれながらの武家の棟梁、征夷大将軍徳川家光の母でございます」

後水尾天皇の強烈な反武の言葉と、それに怯まず徳川幕府の威光を表す春日局の言葉の応酬に緊張が走った。

帝は不快な表情を見せるだけでそこから何も言わなかった。

こうしてお福の参内は終わった。

春日局を引見した後、後水尾天皇は幕府の同意を待っての譲位は不可能と判断した。

(幕府がこう出るのであればこちらにも考えがある)

後水尾天皇は譲位の一方的敢行を決心する。

その後、帝は密かに女一宮に内親王宣下を行うなどして準備を進めた。

十一月八日朝、公卿衆は突然の伺候の命令に驚いた。

「束帯を着けて直ちに参内せよ」

その触が公卿衆にまわったのだ。

「何事に候や？」

誰もが集まった者に訊ねるが分からない。

兎にも角にも、公卿衆は残らず全て参内せよとのことなのだ。

節会をするということで上卿、外弁、そして他の公卿衆も陣になって座った。

「？」

奉行頭中将が来て一言言った。

「譲位である」

一同は呆気に取られた。

その後、儀式は整然と行われたが公卿衆は訳が分からない。

譲位を受けたのは興子内親王、七歳の女帝の誕生だった。

そして後水尾は中宮御所を仮の院御所と定めると、逃げるようにして移っていった。

「何ッ?!」

幕府の反応は早かった。

京都所司代は中宮御所の門を閉じ、女子の入所を禁じた。

江戸の大御所秀忠と将軍家光への報告には、中宮和子からの取り成しの書状も添えられた。

「やられたな……」

徳川秀忠は天海に苦い顔を見せた。

天海も今回はやられたと思った。

暫く考えてから、天海はあっけらかんとした表情と口調で言った。

「上皇を隠岐に流しますか？」

天海はそれでも良いと思っている。

(徳川幕府を舐めるとどんなことになるか……朝廷には見せつけなければならん)

しかし中宮和子からの取り成しの手紙を読んでいた秀忠は「さすがにそれは……」と、譲位しただけの理由で上皇を島流しにするのは無理があるだろうと言葉にした。

すると今度は、天海がぱっと明るい顔になる。

「冗談はさておき、譲位は追認し徳川が外戚となる女帝を恙なくお支えして参りましょう」

秀忠は頷いた。

こうして明正天皇が誕生した。

女帝の誕生は奈良時代の称徳天皇以来のことであり、都が京に遷ってからは初めての出来事だった。

即位の行事は恙なく終わった。

天海は秀忠の孫娘が天皇となり、不完全ながらも公武合体が出来たことで良しとした。

「これで徳川幕府の支配体制は整った。あとはこの命が尽きる時まで天下泰平の世の永続の為の仕組みをさらに強固にするだけ」

天海の気力は齢百を超えても尽きることがなかった。

◇

徳川家は三代目となる将軍を擁し、帝の外戚となるだけの権勢を誇れるようになったその陰で……大きな内部の問題が起こっていた。

天海はその話を聞いた時、耳を疑った。

そして自身が持つ伊賀の草の情報網を使ってことの真偽を確かめ、詳細を知った。

「まさかそれほどまで……」

それは将軍家光の弟で駿府にいる徳川忠長の乱行だった。いや乱行などと呼べる生易しいものではなかった。

「狂っておられる……」

多くの家臣を手討ちと称して斬り殺しているのだ。それも大御所秀忠がつけた優秀な家臣たちだ。

忠長の行状は注意深く秀忠の耳には入らないようにされていた為に、それまで江戸には届いていなかった。

「忠長様を可愛がって来た大御所の耳に入れるには忍びないということだが……放ってはお

けん」

天海は、将軍家光のところに出向き事の詳細を語った。

家光は啞然としながらも弟の性格からありうることだと思った。両親の愛情に恵まれて育てられ甘やかされて来た弟は、子供の頃から聞き分けが出来ず癇癪(かんしゃく)を起こすと手が付けられないところがあった。

「忠長は心が弱い。それは……自分も同じだから分かる」

家光も精神力は決して強くない。幼い頃から気鬱になることが多く今も悩まされる。しかし乳母のお福が、そばで陰になり日向になり家光の心に寄り添い、「生まれながらの将軍」としての心のあり方と態度を学ばせたお陰で自制することを覚えていた。

対して忠長は、実母のお江与の方が猫可愛がりして来た為に武士の棟梁として身につけるべき態度を学べなかった。秀忠とお江与の方は、忠長への溺愛から嫡男家光を追いやって世継ぎにしようと目論んだが、天海から止められ諦めざるを得なかった。しかし、お江与の方は亡くなるまで忠長を将軍に就ける夢を追い続けていた。そんな母親の心が忠長の心を歪めていく、そして母の死後は感情を爆発させると自制出来なくなってしまった。将軍の弟である主君に逆らうことの出来ない家臣たちを気分次第で斬り殺すことに快感を覚えてしまい、止められなくなっていたのだ。

天海はその事実を知った時、忠長を暗殺して全てを闇から闇に葬ることを考えた。

「だがそんな闇の仕置きを徳川家中で行えば必ず禍根を残す」

将軍家というものは全ての正しき規範でなくてはならないのだ。

「諸大名はこれを知っている。将軍家が内輪の問題をどのように処理するかをしっかりと見ている。ここは正攻法を取り、最後は正々堂々と処分をさせなければならない」

天海は家光に駿府に使者を遣わして意見するように求め、家光はそれに従うと共に直接自らも書面を出して意見した。

だが無駄だった。

完全に人を斬ることが中毒となり、駿府の町に出て辻斬りまで行うようになってしまっていたのだ。

「ここまで！」と天海は家光と共に秀忠に事の全てを報告した。

秀忠は呆然となった。

「まさか……そんな」

そして詳細を知ると秀忠も忠長を見放した。

「忠長は……静かに葬ることとするか？」

暗殺を二人に示唆したが、天海も家光もそれには同意しない。結局、家光は先ず重臣の酒井忠世と土井利勝を遣わして、忠長に厳しく意見することとした。

「此度のこと大御所も大変ご心配なさっておいでです。今後二度とそのようなお振舞いはなさらないよう大御所様に成り代わり申し上げます」

利勝は強い調子で忠長に言った。

忠長は、意見されている間は神妙に聞いているようだった。

しかし使者の二人が退出すると、自分の守役である内藤政吉が内通したと思い込み怒りを爆発させる。

「貴様が父上に内通したかぁッ!!」

そう叫びながら具足や兜を着けると、政吉に斬りかかったのだ。

「?!」

政吉は危ういところを逃げることが出来た。

そこからは地獄になった。

憂さ晴らしの殺人を繰り返したのだ。

仕えていた禿を闘犬に食い殺させたり、侍女たちを酒責めにして殺したりしていく。

忠長は完全に狂っていた。

具足を着けては「成敗致す!!」と刀を振り回し側近は誰も出仕しなくなってしまった。

そしてその状況にさらに荒れて暴れる……悪循環は続き、忠長のそばにはお気に入りのお稚児が一人仕えるだけ……。

駿府城は幽霊城のありさまとなった。

天海は秀忠に呼ばれて、その忠長からの書状を見せられため息をついた。

そこには、自分につけられている家老が不届きであるから切腹させるようにと訴えが書かれている。当然のことながら家老に何の落ち度もない。

「もうこれは……忠長様をどこかにお預けになるしかないですな」

幽閉するしかないという天海の言葉に秀忠は頷いた。こうして秀忠は忠長を勘当とすることを決めた。

「ここからのお沙汰は将軍が行う。それが筋かと存じます」

天海は、忠長を妻のお江与の方と共に特別可愛がっていた秀忠の心の裡を察して、処分を家光に任せることを勧めたのだ。秀忠はそれに同意した。

さらに天海はこの一連の徳川家内の処分のあり方を全て諸大名に明らかにした。

「徳川将軍家の親子であっても『天下の御政道』は些かも揺るぎなし。泰平の世の永続の為に例外なし。法度を破ったり、秩序を乱す者は誰とても許されない」

諸大名は、決定を下した徳川幕府の公平公正を称賛すると共にその襟を正した。

天海の戦略は生きている。

「禍を転じさせて天下泰平の道具に使う。それが真に仕切る者の務め」

そうして忠長は、将軍徳川家光の命により付家老の鳥居成信の所領である甲州谷村に蟄居となった。厳しい監視の下で忠長はそれまでの行いの反省を求められたが、些かも出来ないでいた。

全てが夢の中の出来事のようで現実感がないのだ。狂乱の中にいた自分のことが全く思い出せず、今何故自分がこのような境遇に置かれているのかも理解出来ない。

そして忠長は、天海や金地院崇伝を頼って書状を何度も書き綴った。そこには大御所秀忠の御勘気赦免の嘆願が書かれている。

だが天海も崇伝も取り成すことはなかった。

忠長は家光の命で改易され、上野高崎に移されて切腹を命じられ自害して果てた。

忠長の問題が大きな心労となって、徳川秀忠は胸中の発作を起こし病の床に臥した。

医師や薬師たちは手を尽くし、天海は病気平癒祈禱を行ったが亡くなってしまう。

享年五十四。

天海は、忠長のことがなければこのようなことにはならなかったと思いながら、もう次を考えていた。

「これで家光様に名実共に将軍としてのお力を発揮して貰わねばならん。それをお支えせねばならん」

自分よりもずっと若い秀忠の死を糧にまだまだ天下の為に働こうとする天海がいることは、徳川幕府にとって僥倖だった。

秀忠の葬儀が終わった後、天海は春日局と二人きりで話していた。

「どうだ？　今のお福の気持ちは？」

春日局は不敵な笑みを見せる。その表情が伯父の天海にそっくりだ。

「これで家光様の真の天下。御上人様が理想とされる泰平の世の永続の為、さらに私も上様と共に精進致す所存にございます」

その春日局にもう一度天海は訊いた。

「お前の正直な気持ちは？」

春日局の目が光った。

「明智光秀、千利休、そして天海上人となられたお方の姪としてこれ以上の喜びはございません。御上人様あってのお福、御上人様あっての上様、御上人様あっての徳川の天下。改めてそのことを嬉しくも恐ろしくも存じます」

天海は満足げに頷いた。

「まだこれからよ。まだまだ……」

この時、天海は百七歳になっている。

三代将軍徳川家光の天海への信頼は、父の秀忠のそれよりずっと深いものだった。

乳母のお福、春日局と天海の特別な関係もそこには影響している。少数の有力者の間で昔から公然の秘密とされてきている天海の出自、皆がその秘密を抱えることでの闇の結束、そんなものが天海を中心に出来ることで、天海はその力を隠然としたまま強くしていた。

家光はその天海から武家諸法度を改定するように勧められ、それを認めた。内容は天海が指示し林羅山が書下ろした。

その中には、天海が天下泰平の世の永続の為に必要と考える制度があった。

参勤交代だ。

諸大名は徳川家康の時代から、妻子は幕府への人質として江戸に住まわせ国元と江戸の間を参勤する形を取っていたが、その在府の期間や交替の時期は定まってはいなかった。

「それを明確に定めることと致します」

大名は二組に分かれて一年おきに江戸に詰めることにし、その交替期を四月にすることとしたのだ。参勤交代を命じられた大名は皆外様で、この時点では、譜代大名は在府が原則とされた。

「つまりは、外様に徳川への臣従の証を示させると共に……」

莫大な費用が掛かる参勤は、外様大名の財力を常に削ぎその力を溜めさせないように自然と出来る。強大な徳川幕府には絶対に武力で逆らえなくなる。

「そして大名が動くことで、全国津々浦々に銭が落ちることになります。これによって様々な街道の者たちが潤う。そうして街道は整備され治安も保たれましょう」

大名の移動による経済効果と土木整備を天海は言う。

炮術師として堺で商いをしていた明智光秀の頃から商いの本質を知っている、天海ならではの発想だった。

「人、物、銭の回転を増やすこと。それが富を生む」

参勤交代は全国でその効果を生む。

そして巨大な都市となった江戸のことも考えていた。

隔年の参勤交代となると、大名の半数は江戸に少なからぬ軍勢と共に詰めていることになる。交代道中には、大名を守る為に武装将兵を相当数伴わせなければならないからだ。

「つまり……江戸には常に強大な軍勢が駐屯することになる。日の本最強の都市が江戸ということになれば、諸大名はもとより江戸に住む万民がその力を畏怖する」

そのことで自然と江戸の治安が保たれると天海は考えていたのだ。

改定を出して直ぐ、家光は薩摩の島津、肥後の細川をはじめとする西国の大名六十一名にこの年の江戸在府を命じ、加賀の前田、陸奥の伊達など三十八名には国元に戻って翌年四月の交代を命じた。

「これでいい。この制度によって江戸も他の諸国も良い結果となる。武というものをこのように転化すれば天下泰平の世は創れるのだ」

戦の為にある武を平和と富に転ずることが出来る例には、明智光秀時代に織田信長から命じられて奉行を行った馬揃えがある。

「参勤交代を各大名があのように煌びやかに行えば、街道中は沸き立ちそして潤う」

この後、参勤交代は狙い以上の効果が分かり譜代大名にも適用されていく。

「制度というものは使いよう。上手い制度を作り運用が始まれば……ずっと続いていくことになる。それがこの国のあり様」

そして天海は別に大きな制度を創り上げる。

日の本の町民、百姓までの万民を枠の中に入れる制度だった。

「本末？」

徳川家光は天海からその話を聞いた時、何のことかと思った。

天海は武家諸法度、公家諸法度などでの法による武家や朝廷、公卿の支配の仕組みを構築すると共に寺社を支配し、その下で町人、百姓を管理する体制を考えていた。

「全て枠の中に嵌めこみます。それによって上下を明確にし、争いを生まぬ世に致します」

天海は仏道全宗派の有力寺院を本寺と定め、その下に末寺を位置づけそれまでバラバラだった個々の寺院を幕府の支配体制に組み込むことを考えたのだ。

それが本末制度と呼ぶものだ。

「これにより、住職は他の地に移ったり宗派を変えることは出来なくなります。もう自らの意思で寺を動くことは許されない。本末制度の下で、寺中心に住職を管理することで仏道の安定は図られます。そして……」

天海はこの制度の下でさらなる支配体制を考える。そこには二度と一揆を起こさせないという天海の強い意志がある。

「明智光秀時代から苦しめられた一揆、あれほど世の泰平を乱すものはない。一揆を起こさせない制度。それを創る」

そうして創ったのが檀家（だんか）制度だった。

日の本のあらゆる民は、必ずどこかの寺の信徒とならなければいけないとしたのだ。

そしてそこから離脱することも変更することも許さないとした。

「住職だけでなく信徒もその寺を離れられなくする」

寺が人々を管理出来れば、寺を管理する幕府はあらゆる民を管理出来る。万民の戸籍を管理し、通行手形の発行許可など人々の行動を管理出来るようになる。

「この世からどこの誰か分からない者は全て消えるということ。寺は人々の管理の責任を問われますことから……一揆などは絶対に起こさせないようにする。そして仮に一揆が起こった場合、誰が参加したのかが分かり直ぐに取り締まることが出来ます」

檀家は世襲とされた為に、寺はこれで布教活動を行う必要はなくなる。自然と寺に檀家から銭が入る仕組みになっているからだ。

天海は本心のところで思う。

「これで仏道は骨抜きになる。全て形だけのもので真剣な修行や精進なども無くなるだろう……」

それは千利休、古田織部亡き後の茶の湯と同じだ。だがそれで良いと思うのが天海だ。

「全てを今ある形の中に入り込ませる。枠の中に嵌めこむ。それによって天下泰平の世の永続は実現出来るのだ」

それは幕府の組織そのものでも成させようと天海はしていく。

「大老を新設、老中は月番制に？」

家光はその案を天海から聞いて驚いた。

「さらに三奉行を新たに御設置下さい。寺社奉行、町奉行、勘定奉行の三つを……」

天海は、真に幕府を強力なものとして将軍を支えるには、最強の布陣での専門の形が必要だと説いたのだ。

「真の強さで上様を支え、幕府を永遠にする為のものでございます」

天海は心の裡で呟く。

（人が統治するのではない。機構と制度で人を統治するのだ。そうすれば将軍が愚鈍でも簡単に幕府が間違いをしでかすことはない）

家光は、天海の助言を全て受け入れてそれらを実行に移していった。

そんな家光は徳川家の最重要施設である日光東照社の大造替を持ち掛ける。

「東照社をさらに立派なものとして余は社参致したいのです」

天海は家光の心が嬉しかった。そしてその家光がさらに言った言葉に驚く。

「大造替の資金は全てこの家光が寄進致します。諸大名は江戸城の普請で物入りですからな」

そう言って笑う。

天海は恐らく春日局が吹き込んだのだろうと思ったが、それも嬉しかった。

「流石は生まれながらの将軍！　上様のその太きお心。東照大権現に勝るかと存じます」

そう言って頭を下げる天海に「お戯れを」と家光は笑った。

家光の祖父家康への崇拝は途轍もなく強い。

病の際に家康の夢を見て治癒するという体験を経てその思いを強くし、身につける御守袋の中には「生きるも、死ぬるも、何ごとも、みな大権現さま次第」の書付を入れているほどだ。

天海が家光の父秀忠の下で作った東照社は質実剛健な造りだったが、家光はこれを豪華絢爛なものに造り替えたいと思っていた。

「極楽とはこのようなもの。そしてその極楽をこの世に創り出すのは徳川幕府」参詣に訪れるあらゆる人々がそう思うものを造ろうと決心した。

そしてそこには朝廷も含まれていた。

家光は天海の意見も聞いて朝廷に太政官符を出させ、東照社に宮号（ぐうごう）を受けさせることとしたのだ。それだけではなく、毎年朝廷から日光へ奉幣使（ほうへいし）を出させるようにした。

東照社から東照宮へ、そしてそこへ帝が幣を奉る……天照大御神同様に東照大権現をも尊崇させるということだ。

こうして家光は東照宮の大造替に五十七万両もの資金を投じ、一年半の月日を掛けて社殿を大改築した。

造替された建物は三十有余棟……嘗ての建物が和様であったのに対し禅宗様を基調とした。当代一流の大工、左官、絵師、彫り物師たちによって造られ、壁画だけでなく極彩色の立体彫刻もふんだんに飾られた。

日光を訪れ唐門や陽明門などを見た人々は、その美しさ豪華さに感嘆の声をあげた。

そうして、東照宮は徳川幕府だけでなく日の本の支柱のようになる。

毎年朝廷から派遣される使者は日光例幣使と呼ばれ、さらに朝鮮通信使や琉球使節の参詣も行われるようになっていく。

そして家光自身その存命中に十回もの日光社参を行うのだった。

そしてその日光には、全てを見渡せる明智平が広がっている。

天海は寛永寺で忙しく仏務をこなしていた。

「そうか、百をもう超えたか……」

日光東照宮造替を恙なく終えて寛永寺に戻った天海は、自分の年齢が百をとうに超えていることに気がついて感慨を覚えた。

「よくもまぁ、ここまで来たものだ。美濃の下級武家に生まれ堺に出て一介の炮術師であった者が将軍足利義昭公に仕え、そして織田信長様に仕え、秀吉さらに家康殿に仕えて徳川幕府を創った。明智光秀、千利休、天海とその生のあり方を変えながら……天下泰平の世を創りたい一心でここまで来た。そしてそれは出来たと言って良いだろう。今の徳川幕府という仕組みは百年二百年で壊れるものではない。それだけのものを私は創った。いや、天が私に創らせた」

天海はそう思った時、ふと明智光秀時代の家族と家臣たちのことを思い出した。

そして寺を出ると、坂道を下って不忍池（しのばずのいけ）の端まで歩いた。

天海は江戸に比叡山延暦寺と同格となる寛永寺を建立した時、上野の山を比叡山に、不忍池を琵琶湖に見立てて全景を造営させた。琵琶湖に浮かぶ竹生島（ちくぶじま）のように弁天島（べんてんじま）も築かせている。

「江戸の庶民に京周辺のあり方を見せる」

その思いもあったが、天海の郷愁がそこに強くあった。天海は家族や家臣たちと過ごした坂本の地が好きだったのだ。

不忍池に来ると坂本を思い出せる。

織田信長の家臣中で初めての城持ちとなり琵琶湖畔に築いた坂本城、その天守から望む湖の眺め……喜ぶ妻や娘たち。

「本能寺の変の後、その家族や家臣たちは皆、死に追いやった。天下泰平の世の為とはいえ、皆を死なせたのだ」

主君織田信長を本能寺で討つ。

信長が唱える天下布武に邁進していた明智光秀が抱いた逆心、そこには大きな理由があった。天海は信長がその言葉を口にした時の口調、声色、表情……全て今も覚えている。

「天下布武が成った後、朝廷を滅する。儂は天子となり織田家が皇族となる。それを万民に認めさせるあり方……。制度、法、そしてどのような過程を経れば円滑にそれが成せるかを考えよ」

それを聞き瞬時に思ったのは……これで下克上は永遠に続くということだ。日の本全土が焼け野原となり人々が死に絶えるまで続くと……。

「それを避けるには上様を殺すしかなかった。その機会がまるで天の配剤のように現れた」

それが本能寺の変だ。

「本能寺の変で下克上は終わらせる。その為には、逆賊明智光秀は惨めに死ななければならない」

そう覚悟してその後は自裁の戦いとなった。

「私の心の裡を知らず道連れにした家族や家臣たち……天下泰平の世の人柱としてしまったことはどこまでも申し訳なく思う」

一族の墓はその後、坂本の西教寺に立派なものを造らせた。だが山崎の合戦で散った家臣の多くは、屍のまま野晒となって消えたのだ。

それには今も断腸の思いになる。

「私だけが……生き残った」

秀吉によって命を拾われ、明智光秀とされる死骸は別に仕立てられた。

「そうして千利休となって秀吉の天下取りを支えた」

天海はそこからの自分の変化を改めて考えてみた。

「自らの死に場所として造った茶室待庵、あれがその後を変えてしまった」

たった二畳のあの茶室が千利休に茶を創造させ、その茶が天下を取る秀吉の強力な武器となった。

「茶室を含め道具や作法というものがいかに人を、茶人というものを創るか。創ったと思った人が道具や作法によって新たに創られていく……千利休が創った茶の湯とはそういうものだった」

茶の湯の真髄を創った自分を思い出し、茶の湯の持つ争いの恐ろしさも思い出した。

「千利休の茶の湯は創造。そこにあるこだわりと自由さ。自由を核とする茶は危ういもの。それは命すら要らないと思わせる究極の争いをも生み出す。茶の湯の美。美は自ずと勝ち負けを心の中に生む。争いを生む」

その争いの中で、千利休は秀吉から切腹を命じられたのだ。

天海には秀吉の笑顔が浮かぶ。

「あの人たらし……共に天下取りを目指したのは本当に楽しかった」

そして切腹に臨んだ千利休が、徳川家康によってまた別の人生を与えられる。

その時を思い出し天海は苦笑いを浮かべた。

「本当に私は死なせて貰えん人間だった。天は私をいつまでも生かした。こうして天下泰平の世を創り出すまで……」

千利休としての切腹の場から知らぬ間に連れ出されて、家康に引き合わされた。

「そして天海となって仏道を学びながら、家康殿の軍師として生きて来た」

天下泰平の世を徳川幕府によって創り上げることが出来ると信じ邁進して来た。

本物の家康の死の後は、影武者を動かして方向性を定め、家康の神格化では朝廷のそれを超えるものにまでした。そして二代将軍秀忠、三代将軍家光に仕えることで徳川幕府を強固なものに仕立て上げた。朝廷をも支配出来る体制を作り諸大名が逆らうことはもうない。

「天下泰平の世の永続は夢ではなくなった」

琵琶湖に見立てた不忍池が夕日に染まっていく。

ふとその時、自分は一体何人の人間を殺めただろうかと思った。

「明智光秀としての数々の合戦、比叡山焼き討ち、一向一揆の殲滅……そして本能寺の変」

数万数十万の様々な人間を武将として殺して来た。千利休時代、そして天海としても密かに殺戮に手を染めている。

「表でも裏でも……私は多くの人を殺めた」

それを考えると万死に値するだろうとも思う。しかしそれも天下泰平の世を創るという信念を持ち続けてのことだ。

「これから百年二百年三百年と……戦の無い世が続けば人々はどう思う？　昨日と同じように穏やかな今日が来て同じように穏やかな明日が来る世を……」

徳川幕府の世をそんな世に自分が創り上げたのだ。泰平の世とはそういうことだ。

「その為に私は様々な者を縛った。武家を縛り、朝廷や公卿を縛り、寺社を縛り、町民百姓をも縛った。そして人の心も縛った」

武家諸法度や公家諸法度、嫡男相続の絶対、士農工商の身分制度、檀家制度による宗教と戸籍の管理、切支丹禁制……。

「上下を明確に分け、上にも下にも行けない世を創った。下克上は絶対に起こさせない。それによって争いは無くなると信じて様々な縛りと枠を創ったのだ」

そこには自由はない。

「徳川幕府の世には秀吉も光秀も生まれない。千利休も古田織部も生まれない」

百姓は百姓のまま、下級武士は下級武士のまま……どれほどの才覚や活力気力があろうと別の身分になることは出来ないのだ。

「自由闊達な空気の生まれない世を私は創った。そこには奪ってしまった大事な大きなものがあるのではないのか？」

天海は暗くなっていく不忍池を見た。

周囲の家々から夕餉（ゆうげ）の支度の煙が無数にあがり、灯りがともっていく。江戸は既に大都市となっているのだ。

天海はこれを見て最後の悟りを得たと思った。

「そうか……これか！　これが求めて来た天下泰平の世がもたらすものなのだ！」

戦の無い泰平の世、そこでの主役は武士ではない。町人や百姓など市井の人々が闊達に動き生活を楽しむ世なのだ。

「こうやって市井の人々の生活の裡から生み出されるものが、天下泰平の世を豊かにしていく。そうだ。そうなのだ！」

天海は、自分が成したことは間違ってはいなかったと強く思った。

寛永十八（一六四一）年、八月三日。江戸城大奥で第四代将軍となる男子が生まれた。

家光の世継ぎ誕生を見届け、安心したように乳母の春日局が二年後の九月十四日に六十五歳で亡くなった。

「全て成したな。徳川幕府はこれで万全……」

病床にあった天海はそう呟くと上野寛永寺で入寂、百十年以上に亘る途方もない人生を全うした。

織田信長の死から六十一年、豊臣秀吉が死んで四十五年、そして徳川家康の死から二十七年が経っている。

死後、天海には朝廷から慈眼大師の諡号が贈られ、その廟所となる慈眼堂は三ヶ所も設けられた。日光の輪王寺、川越の喜多院、そして坂本の西教寺の直ぐそば……西教寺には明智光秀一族の墓があり、その側に必ず自分の墓を造って欲しいと伝えてのことだった。

明智光秀、千利休、そして天海と三つの人生を生きた人間の最後の願いだった。

天海が死んで一年後、丹波国で嘗て明智光秀が山城を築いた周山の麓に慈眼寺という名の寺が建立され、そこに黒く塗られた明智光秀の木像が置かれた。

何故その寺が慈眼寺とされ、黒くどこまでも深い影のような明智光秀の像があるのかは、今も謎とされている。

完

あとがき

日本人の心とはどのようなものだろうか。

私は欧米にビジネスで数多く出掛けるようになり、顧客だけでなく上司や同僚部下として様々な国籍の人間を相手にするようになってその疑問を持った。インターナショナルな仕事の中でナショナリズムが生まれたのだと思う。

日本人の心を論じたものは多い。

古くは本居宣長から近代では和辻哲郎、丸山眞男、加藤周一など様々な学者や哲学者、文学者、作家が多くの著述を残している。

漢心に対する大和心からモンスーン的体質、悲惨な敗戦を招いた超国家主義まで様々な日本人論がある。

そんな中、リアリストの私は、何故徳川幕府が三百年近くも平和であり続けたのかという歴史的事実とその日本人論を重ねて考えるようになっていった。さらに以前では平安期も長く平穏な時代が続いている。

「日本人は例外的な時期を除くと実は大きな戦争をあまりしていない。基本的に争いごとが嫌いなのではないか？」

そんな風に考えるようになった頃、古い器に嵌まって骨董屋に出入りするようになった。骨董屋から色々と話を聞くうち業界の都市伝説として「千利休は明智光秀である」というものがあることを知る。それを聞いた時、何故だかそれを荒唐無稽と思えず妙な納得感を持った。そしてそれ以前から、南光坊天海が明智光秀であるという伝説は知っていた。

明智光秀＝千利休＝天海
この等式をパスワードにすると……様々な歴史や茶の湯の謎が自分の中で解けるのを感じた。

その後、ひょんなことから作家の道に入るとこれを小説にしてみたいと思った。

それが三部作。

『ダブルエージェント　明智光秀』

『ディープフィクサー　千利休』

『ピースメーカー　天海』

三部作の最大のテーマは日本人の心だ。

明治維新で欧米に追いつけ追い越せとなった為に歪められた日本人の心。だがその本質は古来、決して変わることのないもの。それを大事なものとしたのだ。

世界は歴史の大きな転換点を迎えている。

気候変動やパンデミック、そして強権主義国家の台頭と格差拡大による民主主義の危機……。

そんな中で日本人の心、日本人の本質というものが、それらの危機解消に向けた解をもたらすのではないかと思った。

読者の皆さまがこの三部作から日本人の心をお考え頂き、あるべき未来をお考え頂けたなら……著者としてこれ以上の幸せはない。

この作品は書き下ろしです。原稿枚数７３０枚（４００字詰め）。

ピースメーカー　天海

波多野聖

令和3年12月10日　初版発行

発行人――石原正康
編集人――高部真人
発行所――株式会社幻冬舎
〒151-0051東京都渋谷区千駄ヶ谷4-9-7
電話　03(5411)6222(営業)
　　　03(5411)6211(編集)
　振替00120-8-767643
印刷・製本―中央精版印刷株式会社
装丁者――高橋雅之

幻冬舎文庫

ISBN978-4-344-43145-4　C0193　　は-35-7

幻冬舎ホームページアドレス　https://www.gentosha.co.jp/
この本に関するご意見・ご感想をメールでお寄せいただく場合は、
comment@gentosha.co.jpまで。